空を飛ぶパラソル

夢野久作

角川文庫
22543

目次

空《くう》を飛ぶパラソル　5

いなか、の、じけん　43

復《ふく》讐《しゅう》　121

ココナットの実　163

怪夢　195

キチガイ地獄　221

老巡査　261

白菊　279

解説　東雅夫　305

空《くう》を飛ぶパラソル

その一　空を飛ぶパラソル

水蒸気を一パイに含んだ梅雨《つゆ》晴れの空から、白い眩《まぶ》しい太陽が、パッと照り落ちて来る朝であった。

　ちょうど農繁期で、地方新聞の読者がズンズン減って行くばかりでなく、新聞記事の夏枯れ季期《どき》に入りかけた時分なので、私のいる福岡時報は勿論《もちろん》のこと、その他の各社とも何かしら読者を惹《ひ》きつける大記事はないか……洪水《おおみず》は出ないか……炭坑は爆発しないか……どこかに特別記事は転がっていないか……と鵜《う》の目鷹《たか》の目になっていた。そんなようなタヨリナイ苛立《いらだ》たしい競争の圧迫を、編集長と同じ程度に感じていた遊撃記者の私は、ツイこの頃、九大工学部に起ったチョットした事件を物にすべく、福岡市外筥崎《はこざき》町の出外れに在る赤煉瓦《あかれんが》の正門を、ブラリブラリと入りかけていたのであったが、あんまり暑いので、阿弥陀《あみだ》にしていた麦稈《むぎわら》帽子を冠《かぶ》り直しながら、何の気もなく背後《うしろ》をふり帰ると、ハッとして立ち止まった。

　工学部の正門前は、広い道路を隔てて、二、三里の南に在る若杉山の麓《ふもと》まで、一面の水田になっていて、はてしもなく漲《みなぎ》り輝く濁水の中に、田植笠《たうえがさ》が数限りなく散らばっている。その田の中の畦道《あぜみち》を、眼の前の道路から一町ばかり向うの鉄道線路まで、パラソルを片手にさげて、危なっかしい足取りで渡って行く一人の盛装の女がいる。

そのパラソルは一口で言えば空色であるが、よく見ると群青《ぐんじょう》と、淡紅色《ときいろ》の、ステキに派手なダンダラ模様であった。小倉縮《こくらちぢみ》らしいハッキリした縞柄《しまがら》の下から、肉づきのいい手足と、薄赤いものを透きとおらして、左手にビーズ入りのキラキラ光るバッグを提《さ》げて、白足袋《しろたび》に、表つきの中歯の下駄《げた》を穿《は》いていたが、長雨でぬかるむ青草まじりの畦道を綱渡りをするように、ユラユラと踊りながら急いで行くと、オールバックの下から見える、白い首すじと手足とが、逆光線を反射しながら、しなやかに伸びたり縮んだりする。その都度《つど》に、華やかな洋傘《パラソル》の尖端《さき》が、大きい、小さい円や弧《こ》を、空に描いて行くのであった。

そこいらの田に蠢《うご》めいている田植笠が、一つ二つ持ち上って、不思議そうにその女の姿に見惚《みと》れはじめた。……と見るうちに、左手の地蔵松原の向うから、多々羅川《たたらがわ》の鉄橋を渡って、右手の筥崎駅へ、一直線に驀進《ばくしん》して来る下り列車の音が、轟々《ごうごう》と近づいて来る気《け》はいである。それにつれて女の足取りも、心持ち小刻みに急ぎ始めたように見えた……。

……私は今一度ハッと胸を躍らした。思わず、

「……止めろッ……轢死《れきし》だッ」

と叫びかけたが、その次の瞬間に私は又、グッと唾《つば》を嚥《の》み込んだ。……これは新聞記

事になるな……と思った次の瞬間にはもう正門前の道路を、女の行く畦道と直角の方向に引返していた。

　そうしてその取付きの百姓家の陰から、田に添《そ》うた桑畑の若い葉の間を、女と並行した方向に曲り込むと、急に身を伏せて、獲物を狙《ねら》う獣のように、線路の方へ走り出したが、桑畑と線路との境目に在《あ》る、狭い小川を飛び越えた時には、スッカリ汗まみれになって、動悸《どうき》が高まって、眼が眩《くら》みそうになっていた。

　女はもうその時に田の畦を渡りつくして、半丁ばかり向うの線路に出ていたが、軌条《レール》の横の狭い砂まじりの赤土道を汽車の来る方向に、さり気なく、気取った風付きで歩いて行くようすである。

　勢い込んで来た私は、そうした女の態度を見ると、ちょっと躊躇《ちゅうちょ》して立ち止まった。覚悟《かくご》の轢死じゃないのかしら……と思って……。

……と思う間もなく、真正面に横たわる松原の緑の波の中から、真黒な機関車が、狂気のように白い汽笛を吹き立てつつ、全速力で飛び出して来た。機関手が女の姿を発見したに違いないのだ。

　それと見た女は洋傘《パラソル》を、線路の傍《そば》の草の上に、拡《ひろ》げたままソッと置いた。下駄を脱ぎ揃《そろ》えて、その上にビーズ入りのバッグを静かに載《の》せた。そうして右手で襟元《えりもと》を繕《つくろ》いながら、左手で前裾《まえずそ》をシッカリと摑《つか》むと、白足袋を横すじかいに閃《ひら》めかして、機関車の前に飛び込もうとしたが、線路の横の砂利に躓《つまず》いて、バッタリと横向きに倒れた。その拍子に右手で軌条を摑んで起き上りかけたが、何故《なぜ》か又グッタリとなって、軌条のすぐ横の枕木《まくらぎ》の上に突伏した。そのまま白い両手を向うむきに投げ出して、肩を大きく波打たして、深いため息を一つしたように見えた。

　私はそれを石のように固くなったまま見とれていた様に思う。身動きはおろか、瞬《まばた》き一つ出来ないままに……と思う間もなく女の全身に、真黒な機関車の投影《かげ》が、矢のように蔽《おお》いかかった。するとその投影の中から、群青と淡紅色のパラソルが、人魂《ひとだま》か何ぞのようにフウーワと美しく浮き出して、二、三間高さの空中を左手の方へ、フワリフワリと舞い上って行ったが、その方にチラリと眼を奪われた瞬間に、虚空を劈《つんざ》く非常汽笛と、大地を震撼《しんかん》する真黒い音響とが、私の一尺横を暴風《はやて》のように通過した。

　思わず耳と眼を塞《ふさ》いで立ち竦《すく》んでいた私は、その音響が通過すると直《す》ぐに又、新聞記者の本能に立ち帰った。編上靴《あみあげぐつ》を宙に踊らせて、二十間ばかり向うに投げ出されている、屍体《したい》の傍へ駈《か》けつけた。線路の左右の田の中から、訳のわからない叫び声があとからあとから起るのを聞き流しながら……。

　まだ生きているのと同様に温かい女の屍体を、仰向けに引っくり返して見ると、どんな風にして車輪にかかったものか、頭部に残っているのは片っ方の耳と綺麗《きれい》な襟筋《えりすじ》だけである。あとは髪毛《かみ》と血の和《あ》え物見たようになったのが、線路の一側の十間ばかりの間に、ダラダラと引き散らされて来ている。その途中の処々《ところどころ》に鶏《にわとり》の肺臓みたようなものが、ギラギラと太陽の光を反射しているのは脳味噌《のうみそ》であろうか。右の手首は、車輪に付着《くっつ》いて行ったものか見当らず、ブッツリと切断された傷口から、鮮血がドクリドクリと迸《ほとば》しり出て、線路の横に茂り合った蓬《よもぎ》の葉を染めている。その他の足袋の底と着物の裾に、すこしばかり泥《どろ》が付いているだけで、轢死体としては珍しく無疵《むきず》な肉体が、草の中にあおむけに寝て、左手《ゆんで》はまだシッカリと前裾を摑んでいた。

　私はチラリと汽車の方をふり返りながら、その左手を着物から引き離して検めてみた。手の甲も、掌もチットも荒れていないようであるが、中指の頭にヨジムチンキが黒々と塗ってあるのに、そこいらが格別腫《は》れても傷ついてもいない処を見ると、刺《とげ》か何かを抜いたあとを消毒したものであろう。して見れば、この女は看護婦かな……と思い思い手早く胸を搔《か》き開いてみると、白く水々しく光る乳房と、黒い、紫がかった乳首があらわれたが、その上を、もう、一匹の大きな黒蟻《くろあり》が狼狽《ろうばい》して駈けまわっていた。

　さては……と私は息を詰めた、すぐに安物らしい白地の博多《はかた》帯《おび》をさぐってみると……どうだ……ムクリムクリ……ヒクリヒクリ……と蠢く胎動がわかるではないか……たしかに、妊娠五か月以上である。なお序《ついで》に、袂《たもと》と、帯の間を撫《な》でまわしてみると、筥崎から佐賀までの赤切符の未改札が一枚と、小型の名刺に「早川ヨシ子」「時枝ヨシ子」と別々に印刷したのが十枚ばかりずつ白紙に包んだのが、帯の間から出て来た。

　その名刺をポケットに落し込みながら、私は取りあえず凱歌《がいか》を揚《あ》げた。早川というのは九大医学部の寺山内科にいる、医学士の医員で、記者仲間に通った色魔に相違なかった。その背後には姉歯なにがしと言う産科医がいて、何かしら糸を繰っているという噂《うわさ》まで、小耳に挟《はさ》んでいる。又、時枝ヨシ子と言うのは、これも同大学の眼科にいる有名な美人看護婦ではないか。……二人の関係は二、三か月前にチラリと聞いた事があるにはあったが、評判の美人と色魔だけに、いい加減に結びつけた噂だろう……などと余計なカンを廻していたのが悪かった。もうここまで進んでいたのか……と思い思い今度は下駄を裏返してみると、まだ卸《おろ》し立てのホヤホヤで、福岡市大浜竪町金佐商店という商標《マーク》が貼《は》ってあって、踵《かかと》の処に┐サと刻印が打ち込んである。次にビーズ入りのバッグを開いて見ると、新しいハンカチが二枚と、六円二十何銭入りの蟇口《がまぐち》と、すこしばかりの化粧道具を入れた底の方から、柳川ヨシエという名宛の質札が二枚出た。お召のコートと、羽織と、瓦斯《ガス》の矢絣《やがすり》の単衣《ひとえ》物と、女持ちのプラチナの腕時計の四点を、合計十八円也で、昨日と一昨日の二日にわけて、筥崎馬出の三桝質店に入れたものである。

私は又も、その質札をポケットに突込みながら、二度目の凱歌を揚げた。……これだけのタネを握り込んで、三段や四段の特別記事が書けなければ、俺《おれ》は新聞記者じゃない……むろん警察や、同業《なかま》の奴等は指一本だって指せやしないだろう……占めたナ……と奥歯を噛《か》み締めながらも、何喰わぬ顔を上げて、そこいらを見まわした。

私の周囲には二、三人の田植連が魘《おび》えた顔をして立っているきりである。一気に筥崎駅へ馳け込んだ列車の窓からは、旅客の顔が鈴なりに突き出ていて、そこから飛び降りて二、三人の制服制帽が、線路づたいに走って来るのが見える。その外にもう一人、サアベルを摑んだ警官らしい姿も、遅れ馳《ば》せにプラットホームから馳《か》け降りて来るようであるが、しかしまだ四、五町の距離があるから、私の顔を見知られる心配はない。

　私は靴の踵に粘りついた女の血を、蓬《よもぎ》の葉で拭《ぬぐ》いながら悠々《ゆうゆう》と立ち上って、はるか向うの青田の中に落ちたパラソルを見かえりもせずに、今しがた女が伝わって来た畦道の、下駄の痕《あと》を踏みつけ踏みつけ、平気な顔で工学部の前に引返した。みるみる殖《ふ》えて行く、線路の上の人だかりを横眼に見ながら、手近い法文科の門を潜《くぐ》って、生徒がウロウロしている地下室を通り抜けて、人通りのすくない海門戸に出ると、やっと上衣を脱いで汗を拭《ふ》いた。ここまで来れば、もう捕まる心配はないからである。ついでに腕時計を見るとチョウド十時半であった。

　……夕刊の締切りまでアト二時間半キッカリ……その中で記事を書く時間をザット一時間と見ると……質屋にまわり込む時間はまずあるまい……プラチナの腕時計がチットおかしいとは思うけれど……。

　……色魔の早川や、黒幕の姉歯にも会わない方が上策だろう……わざわざ泣きつかれに行くようなもんだからナ……。一つ抜き討ちを喰わして驚かしてくれよう……。

　……帰り着くまで降り出さなきゃあいいが……。

　と腹の中で勘定をつけながら、とりあえずバットを啣《くわ》えてマッチを擦った。

　それから数時間の後、私は今川橋行きの電車の中で、福岡市に二つある新聞の夕刊の市内版を見比べて微笑《ほほえ》んでいた。ほかの新聞には「又も轢死女」という四号標題《みだし》で、身元不明の若い女の轢死が五行ばかり報道してあるだけで、妊娠の事実すら書いてないのに反して、私の新聞の方には初号三段抜きの大標題で、浴衣《ゆかた》を着た早川医学士と、丸髷《まるまげ》に結った時枝ヨシ子の二人が並んで撮《と》った鮮明な写真まで入れて、次のような記事が長々と掲載されていた。

◈「標題――田植連中の環視の中で……妊娠美人の鉄道自殺……けさ十時頃、筥崎駅付近で……相手は九大名うての色魔……女は佐賀県随一の富豪……時枝家の家出娘」……「両親へ詫びに帰る途中……思い迫ったものか……この悲惨事」……。

◈記事……（上略）……時枝ヨシ子（二〇）が東京にあこがれて家出をしたのは、四年前の事であったが、何故か東京へは行かずに、博多駅で下車し、福岡の知人を頼って、九大の眼科に看護婦となって入り込んだ。これを聞いたヨシ子の両親は非常に立腹し、直ちに勘当を申し渡したとの事であるが、美人の評判が高いままに、あらゆる誘惑と闘いつつ、無事にこの四年間をつとめて来たものであった。……（中略）……さすがの色魔、早川医学士（三〇）もヨシ子と関係して、現在の大浜の下宿に同棲《どうせい》するようになってからは、人間が違った様に素行を慎《つつ》しんだばかりでなく、得意の玉突さえもやめてしまって、ひたすら彼女との恋に精進するように見えた。彼女ヨシ子の早川に対する愛着が、それ以上であった事は言う迄《まで》もない。……（中略）……かくて妊娠七か月になったヨシ子は、早川医学士と、その友人で、かねてから二人の事について何くれとなく心配していた姉歯某とが、極力制止するをも諾《き》かず、窃《ひそ》かに旅費をこしらえて、単身人眼を避けつつ、佐賀の両親の許《もと》に行くべく決心した……（中略）……わざと博多駅より二つ手前の筥崎駅から、佐賀までの赤切符を買ったが、その列車を待ち合わせている間に、いろいろと身の行く末を考えて極度に運命を悲観したものらしく、遂に自分が乗って行く筈であった下り四二一号列車の轍《わだち》にかかって、かくも無残の……云々《うんぬん》……。

ここまで読んで来ると私は、内心大得意の顔を上げて、電車の中を見まわした。当てもない咳払《せきばら》いを一つして反《そ》り身になった。

ところがその翌《あく》る日のこと……。

昨日取り損ねた九大工学部の記事を、漁《あさ》りなおしに行くべく、今川橋の下宿から、電車で筥崎の終点へ行く途中、医学部前の停留場を通過すると、職業柄懇意にしている筥崎署の大塚警部が飛び乗って来たので、脛《すね》に傷持つ私はちょっとドキンとさせられた。

大塚警部は私よりも十五、六位年上で、二、三度一緒に飲みに行ってからと言うもの、同輩みたように交際《つきあ》っている。かなり狡《ずる》い処のある男であるが、殆《ほと》んど空っぽになっている電車の片隅《かたすみ》に、私の姿を発見すると、ビックリした表情をしながら、ツカツカと私の横に来て、二十貫目あるという大きな図体をドタリと下した。それからサアベルを股《また》倉《ぐら》に挟んで、帽子を阿弥陀にして赤ッ面の汗を拭き拭き、頗《すこぶ》る緊張した表情で、内ポケットから新聞を引き出すと、無言のまま、私の鼻の先に突きつけた。見ると私が書いた昨日の夕刊記事の全部に、毒々しい赤線が引いてある。

私はわざとニッコリしてうなずいた。その私の顔を大塚警部はニガリ切って白睨《にら》み据《す》えた。

「困るじゃないか……こんな事をしちゃ……僕等を出し抜いて」

「フフン、何もしやしない。工学部の正門を入ろうとしたら、鉄道線路の上に真黒な人ダカリがしていた。行って見たらこの轢死《れきし》だった……というだけの事さ……」

「女の身元はどうして洗った」

「屍体の左手の中指の先にヨジムチンキが塗ってあった、別段腫《は》れても、傷ついてもいない処を見ると、刺《とげ》か何かを抜いたアトを消毒したものらしいが、ヨジムチンキをそんな風に使う女なら、差し詰め医師の家族か、看護婦だろう」

「……フーム……ソンナモンカナ」

「ところで服装を見ると看護婦は動かぬ処だろう。同時に下駄のマークを見ると、早川の下宿の近所で買っている。そこで取りあえず九大の看護婦寄宿舎の名簿を引っくり返してみたら、時枝という有名なシャンが三月ばかり前から休んでいる。もしやと思って原籍を調べたら驚いたね。佐賀県神野村の時枝茂左衛門、第九女と来ているじゃないか」

「それだけで見当つけたんか」

「失敬な……憚《はばか》りながら君等みたいな見込捜索はやらないよ。体格検査簿にチャンと書いてあるんだ。身長五尺二寸、体重十四貫七百というのが昨年の秋の事だ。ちょうど屍体と似合っているじゃないか。妊娠七か月は無論当てズッポウだが、胎児の動き具合から考えても多分三か月か四か月目から休んだ事になるだろうよ……」

「……フーン……よく知っとるんだナア何でも……」

「大学の外交記者を半年遣《や》りゃあ、たいていの医者は烟《けむ》に巻けるぜ。……しかし念のために、吾輩を崇拝している二、三の看護婦に当って見ると、内科の早川さんと正月頃からコレコレと言うんだ。早川が寺山博士のお気に入りで、みんな反感を持っている事までわかった。どうだい。……恐れ入ったろう……」

「……フーム。それじゃ写真はどうして手に入れた」

「……訊問《じんもん》するんなら署でやってくれ給え。絶対に白状しないから」

「アハハハハ。イヤ、実は非常に参考になるからヨ。……腹を立ててくれては困るが…………正直の処を言うとこの記事はソノ……素人《しろうと》が見たらこれでええかも知れんがネ。僕等の立場から見ると不思議な事だらけなんだ」

「ウン。そんなら言おう。その写真はやっぱり看護婦仲間の嘘《うそ》から手繰《たぐ》り出したのさ。アノ恵比須通りの写真屋には、大学の看護婦がよく行くからね。二人で秘密で撮ったのを見るかドウかしたんだろう。そんな写真があるという事をチラリと聞いたから、ためしに当って見ると図星だったのだ。受取人は柳川ヨシエという偽名でネ。チャント種板まで取ってあった……その時の嬉《うれ》しさったらなかったよ」

「いかにもナア。……それじゃアノ姉歯という産婆学校長の医学士が、一所懸命で二人の世話を焼いとる事実は、どうして探《さぐ》り出したんか」

「内科の医局での話さ。姉歯という産婆学校長が、この頃よく内科の医局へ遊びに来て、早川とヒソヒソ話をする。何でもヨシ子がこの頃急に佐賀へ帰ると言って駄々をこね出したので、二人が困っているという噂《うわさ》があるんだ。……ドウダイ……事実とピッタリ一致するじゃないか」

「相変らず素早いんだね、君は……」

「これくらいはお茶の子さ。それよりも今度はアベコベに訊問するが、アノ姉歯という男が、産婆学校長の医学士だと言う事を君はどうして知っている。新聞にはわざと伏せて置いたのに……」

「ソ……そいつは勘弁してくれ」

と大塚警部は眼を丸くしながら、慌《あわ》てて手を振って飛び退《の》いた。苦笑しいしいハンカチで顔をコスリ廻した。私は厳然として坐《すわ》り直した。

「ウム……君がその料簡ならこっちにも考えがある」

「……マ……マ……待ってくれ。考えるから……」

「考えるまでもないだろう。僕は今日まで一度も君等の仕事の邪魔をしたおぼえはない。秘密は秘密でチャンと守っているし、握ったタネでも君等の方へ先に知らせた事さえある。現に今だって……」

「イヤ。それは重々……」

「まあ聞き給え……現に今だって、自分の書いた記事を肯定しているじゃないか。本当を言うと編集長以外の人間には、自分の書いた記事の内容を絶対に知らせないのが、新聞記者仲間の不文律なんだぜ。いわんやその記事を取った筋道まで割って……」

「イヤ、それはわかっとる。重々感謝しとる……」

「感謝して貰《もら》わなくともいいから信用して貰いたいね。姉歯という医学士が、善玉か悪玉かぐらい話してくれたって……」

「ウン、話そう」

大塚警部は又汗を拭いた。帽子を冠り直して一層身体をスリ寄せた。小さな眼をキラキラ光らして声を落した。

「……エエカ。こいつが暴露《ばれ》たら署員《ぶか》が承知せん話じゃがな……姉歯という奴は早川よりも上手の悪玉なんだ。エエカ……早川をそそのかして、女を膨らましては自分で引き受けて、相手の親から金を絞《しぼ》るのを、片手間の商売にしとるんだ。つまり手切金と、堕胎料と、二重に取って、早川にはイクラも廻さないらしいのだ。僕の管轄でもかなり被害者があると見えて、時々猛烈な事を書いた投書が来る」

「ありがとう、それで何もかもわかった。ヨシ子が駄々をこねて、単身《ひとり》で佐賀へ行きかけたのは、どうも少々オカシイと思ったが……そこいらの消息を薄々感づいたんだナ」

「ウン。それに違いないのだ。ちょうど姉歯・早川組の奸計《かんけい》と、両親の勘当とで、板挟《いたばさみ》みになって死んだ訳だナ」

「書きてえナア畜生……夕刊に……大受けに受けるんだがナア……」

「イカンイカン。まだ絶対に新聞に書いちゃいかん」

「アハハハハハ書きゃしないよ。……しかし君等はナゼ姉歯をフン縛らない」

大塚警部は苦笑した。二、三本白髪の交った赤い鬚《ひげ》を、自烈度《じれった》そうにひねりまわした。

「手証が上らないからさ。あの姉歯という奴は、大学の婦人科におった時分から、主任教授に化けて大学前の旅館に乗り込んで、妊婦を診察して金を取った形跡がある。今開いとる産婆学校も、生徒は三、四人しかおらんので、内実は堕胎専門に違いないと睨《にら》んどるんじゃが、姉歯の奴トテモ敏捷《はしこ》くて、頭が良過ぎて手におえん。噂や投書で縛れるものなら縛って見よと言う準備を、チャンとしとるに違いないのだ」

「フーン。この辺の医者の摺《す》れっ枯らしにしてはチット出来過ぎているな」

「そうかも知れん。殊に今度の事件などは、相手が佐賀一の金満家と来とるから、姉歯も腕に搓《より》をかけとるという投書があった。むろん十が十まで当てにはならんが、彼奴《きゃっ》のやりそうな事だと思って前から睨んでおったんだ」

「投書の出所はわからないか」

「ハッキリとはわからんが、大学部内の奴の仕事と言う事はアラカタ見当がついとる。早川の今の下宿を世話した奴が、姉歯だという事もチャンとわかっとる。何にしてもヨシ子が子供さえ生めば、姉歯の奴、本仕事にかかるに違いない。二人をかくまって置いて、時枝のおやじを脅喝《いたぶ》ろうと言う寸法だ。だからその時に佐賀署と連絡を取って、ネタを押えてフン縛ろうと思っておったのを、スッカリ打ち毀《こわ》されて弱っとる処だ」

「アハハハハ、大切《だいじ》の玉が死んだからナ」

「ソ……そうじゃない。君がこの記事を書いたからサ。実に乱暴だよ。君は……」

「別に乱暴な事は一つも書いていないじゃないか。事実か事実でないかは、いろんな話をきいているうちに直覚的にわかるからね。第一この写真が一切の事実を裏書きしているじゃないか」

「そうかも知れん……が、しかしこの記事は軽率だよ」

「怪しからん。事実と違うところでもあるのか」

「……大ありだ……」

「エッ……」

「しかも今の処では全然事実無根だ」

私はドキンとして飛び上りそうになった。……早川に直接当らなかったのが手落ちだったかナ……と思うと、立ってもいてもおられない様な気持ちになった。大塚警部も困惑した顔になって、サアベルの頭をヤケに押し廻したが、やがて私の顔とスレスレに赤い顔を近づけると、酒臭いにおいをプーンとさした。

「実は僕も弱っとるんだ。……と言うのは……こいつも絶対に書いては困るがね。この記事を夕刊の佐賀版で見た時枝のおやじが、昨夜のうちに佐賀から自動車を飛ばして来て、今朝暗いうちに僕をタタキ起したんだ。人品のいい、落着いた老人だったので、僕もうっかり信用して、ちょうどええ処だから大学の解剖室へ行って、お嬢さんの屍体を見て来て下さい。貴下《あなた》のお子さんときまれば、解剖をしないでそのまま、お引き渡しをしてもええからと言うので、巡査をつけて遣った訳だ」

「なるほど……それから……」

「ところがそのおやじが、轢死当時の所持品や何かを詳しく調べた揚句《あげく》に、娘の屍体を一眼見ると、これはうちの娘では御座らぬと言い出したもんだ」

「……フーン……その理由は……」

「その理由というのはこうだ。……うちの娘は元来勝気な娘で、東京へ行って独身で身を立てる、女権拡張に努力すると言う置手紙をして出て行ったくらいで、そんな不品行をするような女じゃない。新聞の写真もイクラカ似とるようだが、ヨシ子では絶対にありません。家出したのは四年前じゃが、チャンとした見覚えがあるから、間違いは御座らぬと言い切って、サッサと帰って行きおった」

「……馬鹿な、そんな事でゴマ化せるものか……」

「……涙一滴こぼさず、顔色一つかえずに、僕の前でそう言うたぞ」

「ウーン。ヒドイ奴だな。それから……」

「ウン。それからこれは昨日の事だが、女の下駄を売った大浜の金佐商店に当らせて見ると、売った奴は店の小僧で、しかも昨日の朝早くだったので、服装や顔立ちがサッパり要領を得ない。あとから新聞の写真を持って行って見せると、丸髷《まるまげ》になっとるもんだからイヨイヨ首をひねるんだ」

「フーン。困るな」

「それから早川の下宿のお神も新聞の写真を見て、早川さんの方は間違いないが、女の方は誰《だれ》だかわからんようです……とウヤムヤな事を言いおるんだ。念のために佐賀署へ電話をかけて聞いて見ると、時枝の家族も口を揃えて、あの写真は家出したヨシ子さんではないと言うとるゲナ。しかし市中では君の新聞が引張り凧《だこ》になっとるチュウゾ」

「そうだろうとも……フフン……」

「つまり時枝のおやじは、屍体の顔がメチャメチャになっとるのを幸いに、家の名誉を思うて、娘を抹殺《まっさつ》しようと思うとるんだね」

「フーン。そんなに名誉ってものは大切なものかな」

「何しろ佐賀県随一の多額納税者だからナ」

「なおの事残酷じゃないか」

「もっとヒドイのはこっちの連中だ。第一色魔の早川を昨夜下宿で引っ捕えて見ると、そんな女と関係した事はない、夕刊に載《の》っている女は、昨夜手切れの金を遣って別れた柳川ヨシエと言うので、自分と関係する以前に妊娠しとった事が判明したから追い出したものだが、どこの生まれだか本当の事はわからん、ホンの一時の関係だと強弁するし、産婆学校長の姉歯医学士も、そんな世話をした覚えは絶対にないと突き放すのだ」

「ダラシがないんだナ、君等の仕事は……」

「証拠がない以上、ドウにも仕様がないじゃないか。おまけに今朝になってから、早川の下宿のお神の奴が、御丁寧に筥崎署へ電話をかけて、新聞の写真の時枝ヨシ子さんは、早川さんと一緒にいた、柳川ヨシエさんに違いありませんが、時枝という苗字《みょうじ》ではありません。その柳川ヨシエさんは、昨日早川さんと別れ話が済んで、どこかへ行かれましたそうです。いずれにしても柳川ヨシエさんを私が、時枝のお嬢さんと言ったおぼえはありませんから、ドウゾそのおつもりで……という白々しい口上だったそうだ。まるで警察が、寄ってたかって冷かしものにされてるようなあんばいだ」

「早川医学士と、時枝のおやじと、轢死女の血を取って胎児の血液と比較すれば、すぐにわかる話じゃないか」

「他殺か何かなら、それくらいのことをやって見る張り合いがあるけども、自殺じゃ詰らんからネエ……まだ他に事件がうんとあるもんだからトテも忙がしくて……」

「早川や姉歯は今どうしている」

「どうもしとらんさ。そのうちに柳川ヨシエの行先がわかったら知らせます……そうしたら轢死女と違うかどうか、おわかりになりましょう……とか何とか吐《ぬか》しおって……」

「君の方じゃそれ以上突込まないのか」

「突込んでも無駄だと思うんだ。おれの睨んどる処では、みんな昨日から昨夜のうちに、いくらかずつ、時枝のおやじに摑ませられとるらしいんだ。その黒幕はやっぱりアノ姉歯の奴で、君の書いた夕刊を見るなり、佐賀の時枝へ電話か何か掛けおったんだろう」

「そうだ。それに違いないよ」

「君の新聞に書かれる前に警察《こっち》の手で引っぱたけば一も二もなかったんだが、すっかり手を廻しくさって……口を揃えて新聞記事を事実無根だと吐《ぬか》すんだ」

「失敬な……」

と言いさして私は唇を噛んだ。気がつくと二人はいつの間にか工科前の終点で電車を降りて、往来のまん中で立話をしているのであったが、そう言う私の顔をジッと見ていた大塚警部はチョット四囲《あたり》を見まわすと、黄色い白眼をキラキラ光らせながら、一層顔を近づけた。

「君の手で確かな手証を挙げてくれんか……エエ?……推定でない具体的な奴を……そいつを新聞に書く前に、僕の手に渡してくれれば、スッカリタタキ上げて君の方の特別《とく》記事《だね》に提供するがね。君の手から出たタネだという事も、絶対秘密にするのは無論の事、将来キット恩に着るよ。あの記事が虚構《うそ》となったら君の新聞でも困るじゃろう」

私は唸《うな》り出したいほどジリジリするのを押えつけて、無理に微笑した。

「ウン……いずれ編集長と相談して研究して見よう」

「ウン、是非頼むよ。ドウセ時枝の娘に間違いないんだから……話がきまったら電話をかけてくれ給え。死体でも何でも見せるから……ウンウン……」

大塚警部は一人で承知したように、形式だけ片手をあげると、クルリと私に背中を向けて、サッサと筥崎署の方へ歩いて行った。そのうしろ姿を見送りながら私は、昨日のまま上衣のポケットに入っている、ヨシ子の名刺と質札を、汗ばむ程握り締めた。いつの間にか私自身が、大塚警部の手中に握り込まれていることに気がついて……。

　私は急に身を翻《ひるがえ》すと、案内知った法文学部の地下室へ駈け込んで、交換嬢に本社の編集長を呼び出して貰った。

「モシモシ。僕は今法文学部の交換室からかけているんですがね。昨日の夕刊の記事ですね。あれは取消を申込んで来る奴があっても、絶対に受け付けないで下さい」

　編集長の上機嫌《じょうきげん》の声が受話器に響いた。

「ああ、わかっている。今朝六時頃にネエ。佐賀の時枝のオヤジが僕の処へ駈け込んで、取消しの記事を頼んだよ。それから九大の寺山博士がツイ今しがた本社《ここ》へやって来て、早川という男は自分の処にいるにはいるが、色魔云々《うんぬん》の事実はないようである。それから、これは眼科の潮教授の代理として言うのだが、時枝という看護婦が眼科にいた事もたしかだが、四か月ばかり前からやめているので、新聞の写真と同一人であるかどうかは不明だ……と言ったような下らない事をクドクド言っていたが、どっちもいい加減にあしらって追い返して置いたよ」

「感謝します」

「あとの記事はないかい」

「……あります……時枝のおやじと九大内科部長があなたの処へ揉《も》み消しに来た事実が

あります」

「アハハハハ一本参ったナ。しかし何かそのほかに時枝の娘に相違ないと言う確証はないかい」

「あります……ここに持っています。死んだ娘が悲鳴をあげる奴を……」

「そいつは新聞に出せないかい」

「出してもいいですけど、屍体を掻《か》きまわして摑んで来たものなんです。検事局へ引っぱられるのはイヤですからネエ」

「いいじゃないか。あとは引受けるよ」

「……でも……あなたと一緒に飲めなくなりますから……」

「アハハハハ。そうかそうか。サヨナラ……」

「……サヨナラ……」

　それから三、四十日経った或る蒸《む》し暑い晩の事、私は東中洲のカフエーで偶然に私服を着た大塚警部に出会《でっくわ》した。警部は誰かを探しているらしかったが、私が声をかけると、すぐに私の卓子《テーブル》に来てビールを頼んだ。その顔を見ているうちにフト思い出して尋ねて見た。

「時にどうしたい……アノ事件は……」

「……アノ事件？……ウンあの事件か。ありゃあアノマンマサ。医学士は二人とも君のお筆先に驚いたと見えて、その後神妙にしているよ」

「イヤ、女の身許《みもと》の一件さ」

「ウン、あれもそのまんまさ。今頃《いまごろ》は共同墓地で骨になっているだろうよ。可哀相に君のお陰で親に見棄《みす》てられた上に、恋人にまで見離された無名の骨が一つ出来たわけだ」

「………」

「何でも女が線路にブッ倒れてから間もなく、色男の医学士らしい、洋服の男が馳けつけて、懐中や帯の間を掻きまわして証拠になるものを浚《さら》って行ったという噂も聞いたが、その時刻にはその色男は、チャンと下宿におったと言うからね。どうもおかしいんだ」

「……ウーン……おかしいね……」

「……とにかくあの別嬪《べっぴん》は、君が抹殺したようなものだぜ。その色男というのは君だったかも知れんがネ……ハッハッハッ、まあええわ。久し振りに飲もうじゃないか」

二人はそれから盛んにビールを飲んだが、私は妙に大塚警部の言った事が気にかかって、どうしても酔えなかった。しまいには自棄《やけ》気味になって、警部が出て行くのを待ちかねてウイスキーを二、三杯立て続けに引っかけると、ヤット睡《ねむ》くなって来たが、ウトウトすると間もなく眼の底の空間に、空色のパラソルが一本、美しく光りながら浮き出した。そうしてフワリフワリと舞い上りつつ左手の方へ遠く遠く、小さく小さく消えて行った……と思うと又一つ同じパラソルがもとの処にポッカリと浮かび出したが、それがだんだんと小さくなって、左手の方へ消えて行くのを見送るたんびに、私は何とも言えない、滅入り込むような恐怖を感じはじめた。

私はハッと眼を見開いて、キョロキョロとそこいらを見まわした。そうして、その恐ろしさを打ち消すために、もう一杯、又一杯とグラスを重ねたが、飲めば飲む程その幻影がハッキリして来るのであった。しまいには美しいパラソルが、あとからあとから浮き出して、数限りなく空間を乱れ飛ぶようになった。

そのめまぐるしい空間を凝視《ぎょうし》しながら、私はガタガタとふるえ出した。

その二　濡れた鯉のぼり

前のパラソル事件以来、私はピッタリと盃《さかずき》を手にしなくなった。それでも時折りはたまらなく咽喉《のど》が鳴るのであったが、飲めば必ず酔う……酔えばキット空色のパラソルの幻影《イリュージョン》を見る……ガタガタと慄《ふる》え出す……と言う不可抗力のつながりに脅かされて、とうとう絶対の禁酒状態に陥ってしまったので、そんな事を知らない連中《みんな》を、かなり不思議がらせたらしい。何しろ飲み旺《さか》っている絶頂だったので、以前の飲み仲間なぞは、一時真剣に心配したり冷かしたりして、手を換え品を換えて詰問したものであるが、私は唯《ただ》ニヤニヤと笑うばかりで一言も説明らしい説明をしなかった……否、説明したくなかった……と言うのが本当の説明であったろう。そうしてそのお陰という訳でもないが、事実はやはりそのおかげに違いなかったであろう。私は間もなく社長の媒妁《ばいしゃく》で妻を迎えたのであった。

私の禁酒を不思議がっていた連中は、そこでやっと訳がわかったような顔をして、盛んに私を冷かしたものであった。けれども私は依然としてニヤニヤのまま押し通した。そうして福岡から二里半ばかり東北の香《か》椎《しい》村に、二人切りの新世帯を作って、そこから汽車で福岡へ通勤することにしたが、しかし私は、その新妻から尋ねられた時にも、やはりニヤニヤと笑った切り「酒が飲めなくなったわけ」を説明しないで済ましたのであった……パラソルの女を見殺しにしたお陰で、お前と結婚した……と言う結論になるのが、何となくイヤでたまらなかったので……。

ところがそれから一年足らず経過した、翌年の五月十日の或る曇った朝のこと……九州本線の下り列車は、いつもの通り風光明媚《めいび》な香椎潟を横断して多々羅川の鉄橋を越えて、前の事件の背景《バック》になった、地蔵松原の入口で大曲りをすると、一直線に筥崎駅まで、ステキに気持ちのいいスピードをかけるのであったが、その線路の南側に展開する麦畑や、菜種畑のモザイクを、松原越しに眺《なが》めるともなく眺めて行くうちに、フト妙なものが私の眼に止まった。

松原の中に一町四方ばかりの墓原《はかはら》がある。その南の端の、すこし離れた処に在る、小さな白木の墓標の前に、赤と、青と、黒と、大小三四の鯉《こい》を繋《つな》いだ、低い幟竿《のぼりざお》が立っている……と思ううちにその光景は、松の幹の重なり合った陰になってしまった。

……この頃死んだ男の子の墓だな……と思うと、私は何とも言えないイヤナ気持ちになった。ジット眼を閉じると間もなく、薄暗く、ダラリと垂れた鯉幟の姿が、又もアリアリと瞼《まぶた》の内側に現われたので、思わず頭を強く振った。

しかし筥崎駅で汽車が停《とま》ると、私は妙に降りて見たくなった。それでも暫《しばら》く躊躇《ちゅうちょ》して考えていたが、発車間際に思い切って飛び降りて見ると、今度は是が非でも今一度、あの墓原へ行かなければならないような気持ちになった。それは一種の新聞記者本能で、あの墓原の鯉幟が、何かしら面白い記事になりそうに直感されたからであったろう……が……一方から考えるとこの時すでに、アノ鯉のぼりが象徴している不可思議な、悪魔的な魅力が、グングンと私の心を引き寄せていたのかも知れない。とうとう社へ出るのを後まわしにして、鉄道線路を十五、六町程引返すと、さいぜんの墓原へやって来た。

幟竿は墓地の最南端の、麦畑や村落を見晴らした処に樹てられていた。二間ばかりの細い杉丸太の根元を、砂の中に埋めたもので、大小三匹の紙製の鯉は、いずれも数日前からブラ下っていたものらしく上の方の一番大きな緋鯉《ひごい》も、その次の青も、その下の小さな黒鯉も、雨や夜霧に打たれて色が剝《は》げ落ちたまま、互いにピシャンコになってヘバリつき合っている。その中でも一番下の黒鯉は、半分以上白鯉になっているのに、上の二匹から滴《したた》り落ちた赤と青のインキをダラダラと浴びて、さながら血まみれになっているようで、白い砂の上に引きずった尾の周囲は勿論のこと、幟竿の根元から、白木の墓標の横腹へかけていろんな毒々しい、気味わるい色の飛沫《したたり》を一パイに撒《ま》き散らしたまま、ダラリと静まり返っている。ただ、竿の上に取りつけてある矢の羽型の風車が、これも彩色をなくしたまま時折り、あるかないかの風を受けて廻転しかけては、ク――ック――ッと陰気な音を立てているばかり……空は一面の灰色に曇って、今にも降り出しそうである。

私は白砂の染まった処を踏まないように、グルリと遠まわりをして、小さな松の角材で建てられた、墓標の表面を覗《のぞ》いて見たが、又も奇怪な事実を発見したので、思わず唾《つば》を呑《の》み込んだ……真黒々になるほど浸み流れた墨汁《ぼくじゅう》の中に「花房ツヤ子之墓」と書いた拙《まず》い楷書が威張っている。裏の文字を見ると「……四月三十一日卒……行年二十三歳……」とある……ツイ十日ばかり前に出来た仏様である。

……若い女の墓と……鯉幟と……心の中で繰り返しつつ、私は暫くの間石のように立ち竦《すく》んでいたが、やがて思い出した様に横を向いて唾を吐いた。

それから二十分程経つと、私は筥崎《はこざき》の町役場へ行って死亡届を調べていた。そうして、それから又、十分ばかりの後には、筥崎八幡宮の裏手の森陰に「花房敬吾」と標札を打った、長屋風の格子戸の前に突立っていた。

「……御免下さい……お頼み申します……御免下さい……」

と二、三度繰り返すと、何の返事もないままに、格子の中の玄関の破れ障子がガタガタと開いた。

「……敬吾かえ……」

と言うシャガレた声が聞えると間もなく、一人の老婆が、障子に縋《すが》りつくようにして這《は》い出して来た。

　私は又もやドキンとさせられた。古い格子越しに見ると、その老婆は、黄色い胡麻塩《ごましお》頭が蓬々《ぼうぼう》と乱れて、全身が死人のように生白く、ドンヨリと霞《かす》んだ青い瞳《ひとみ》を二ツ見開いて、一本も歯のない白茶気た口を、サモ嬉しそうにダラリと開いている。身体には垢《あか》だらけの手拭浴衣を着て、赤い細帯を巻きつけていたが、帽子を取った私の顔を見上げると、みるみる暗い、萎《しな》び込んだ表情にかわってしまった。

「ドナタサマデ……アナタ……」

　と頭を下げつつゴックリと唾を呑んだ。

　私は返事するのを躊躇した。この新聞材料《たね》にぶつかった最初から受け続けている、何とも言えないイヤナ感じを、ここでもっと突込んでみようか……それともこの辺で思い切ってしまって、もっと明るいキビキビした、ほかの材料《たね》に乗り換えようかと、一瞬間思い迷った。けれどもその時に私は、今までの惰力とでも言うべき一種の気持ちに押されて、ツイ間に合わせの返事をしてしまった。

「……エエ……敬吾君と以前御交際を願っておりました……和田というものですが……」

「オオ、オオ、それはそれは。まあお入り下さいまし。お上り下さいまし。……アナタ……」

と言ううちに老婆は、古ぼけた畳の上を、赤ん坊のようにベタベタと這いながら引込んで行った。そのあとを見送って考えていた私は、やがて又、思い切って格子戸を開いた。

　家は二畳の玄関と、一坪ほどの台所と便所と、八畳の座敷に押入れと床の間という、古ぼけた長屋みたような瓦落多《がらくた》普請であるが、家具らしいものはあまり見えない。座敷は両側とも雨戸を閉めて、蚊帳《かや》が一パイに釣《つ》ってあるので、化物屋敷の様に暗い上に、黴臭《かびくさ》いような、小便臭いような臭気《におい》が足を踏み込むと同時にムッとした。しかし老婆は暗闇《くらやみ》に慣れていると見えて、平気で蚊帳の裾《すそ》を這いながら、縁側から台所の方へまわって行った。私もそのあとから蚊帳を押し除け押し除けして、雨戸の内側の板張りへ出たが、そのついでに蚊帳の中を覗いてみると、寝床が三ッ敷いてあって、床の間の前に括《くく》り枕《まくら》が一つと、台所側に高枕が二つ並べてある。その高枕と括り枕との間に、新しいメリヤスの小さな蒲団《ふとん》と、赤い枕がキチンと置いてあるのは赤ん坊の寝床であろう。夫婦と老婆が寝ていたものとも思われるが、妻女は死んでいる筈《はず》だから、寝床が三つあるのはヘンテコである。しかも役場の戸籍面には妻女の死亡が届け出てあるだけで、赤ん坊の事は何とも書いてないのに……アノ鯉幟……この小さな新しい蒲団……おまけに今は真ッ昼間ではないか……。

　私は進退谷《きわ》まったような気持ちで、帽子を持ったまま縁側に踞《しゃが》んだ。白昼《ひるま》でありながらソンナ気がチットモしない。雨戸を洩《も》れる光線が、月の光りのように白く見えて、ヒッソリとした静けさが身に迫って来る。今にも突然に老婆がワアと言って振り返ったら……なぞとあられもない事を考えているうちに、台所に首を突込んでゴソゴソやっていた老婆は、片手に茶碗《ちゃわん》を持ってヨタヨタと這いもどって来た。

「ヘイ……つめたいお茶を一ッ……おあてものも御座いませんで……アナタ……」

「……ヤッ……どうもありがとう。どうぞ、お構いなく……」

と大きな声で言いながら、私は余儀なく板張りに坐り込んだ。老婆も私とさし向いに坐ったが、瘦《や》せ枯れた白い手で襟元《えりもと》を直して、蓬々《ぼうぼう》と逆立った髪毛《かみ》を撫《な》で上げた。戸籍面によるとこの老婆はオシノと言って、敬吾の祖母に当る嘉永生まれの高齢者であるが、耳も眼もシッカリしているようで、気持ちも存外確からしい。

私は心安いような態度で茶碗を口に近づけて、一ト口飲む真似をした。そうしてブッキラボーに口を利《き》いた。

「敬吾君はいつ頃お帰りで……」

老婆は眼をショボショボとしばたたいた。右の眼の下の皺《しわ》を、口と一緒に歪《ゆが》まして、ペロリと一つ舌なめずりをしたが、やがて又、淋《さび》しい、たよりないシャガレ声を出して、

「……ハ——イ。もう帰る頃と思いますが……アナタ……」

と言いつつ私を見詰めると、モクモクと口を動かした。その疑うような白い眼付きを見ると、私はたまらない程奇妙な気持ちになったので、新聞の事も何も忘れてしまって、取ってつけた様にお辞儀をした。

「それじゃ……いずれ又……」

「……ア……さようで……アナタ……」

そう言いながら老婆は、何かもっと言いたいような顔付きをしたが、又モクモクと口を動かすと、黙り込んでしまった。

「ドウゾお構いなく、いずれ又そのうちに……どうぞ宜しく……」

と切れ切れに言い言い玄関に出て、靴に足を突込むや否や表に飛び出して、格子戸をピシャリと閉めた。オシノ婆さんが這いずりながら、追っかけて来るような気がしたので……。

それから一町ばかりのあいだを、スッカリ失望した気持ちになって、小急ぎに歩いた私は、八幡前の賑《にぎ》やかな通りへ出る四、五軒手前の荒物屋の前まで来ると、フト立ち止ってその店の中へ入った。

「バットがありますか」

「いらっしゃいませ」

とステキに明るい声が奥の方からして、デブデブに肥《ふと》った四十恰好《かっこう》のお神さんが、乳《ち》呑《の》み児《ご》を横すじかいに引っ抱えながら出て来た。その脂切《あぶらぎ》った笑い顔を見ると、私はホッと救われたような気持ちになって、バットを三個《みっつ》ばかり受け取った。がとりあえず一本引き出して吸口をつけながら、こころみに聞いて見た。

「この向うに花房って家がありますね」

「ヘエ……」

と私の顔を見たお神さんは、急に笑い顔をやめて、大きくうなずいた。

「あの家のお嫁さんは死んだんですか」

「ヘエ……」

と言いながらお神さんは、一層魘《おび》えた表情になって、唾をグッと呑み込んだ。私は占めたと思いながら帳場に近づいて、火鉢《ひばち》の炭団《たどん》にバットを押しつけた。

「マッチでお点けなさいまっせえ。炭団では火がつき悪《にく》う御座いますけん」

と言ううちにお神さんは、私の横にベッタリと腰をかけて、マッチの箱をさし出した。このお神さんはあの家の事を喋舌《しゃべ》りたがっているナ……と私は直覚した。

それから根掘り葉掘りして、私一流の質問を続けてみると、果してお神さんの説明は、一々興味深い新聞種になって行った。但《ただし》、筋は極めて単純であった。

花房というのは現在、福岡の電燈会社の工夫をやっている男で、昨年の春にオシノという高齢の祖母と、若い嫁女のツヤ子を連れて、この町内の現在の家に引越して来た者であるが、夫婦仲は言うまでもなく、オシノ婆さんと嫁女のオツヤとの仲が、親身の間柄でも珍らしいくらい睦《むつ》まじいので、近所の評判になっていた。敬吾がつとめに出かけた留守中に、嫁女のツヤ子がオシノ婆さんの手を引いて、程近い八幡様の境内を散歩させたり、お湯に連れて行く光景などを、近くの人はよく見かけた。敬吾が一時やめていた晩酌《ばんしゃく》を、オシノ婆さんが嫁女にすすめて、無理に又はじめさせたと言うような噂までも伝わった。

ところがそのうちに嫁女が妊娠したことがわかると、オシノ婆さんは八幡様へ参詣《さんけい》しなくなった。

「お前が転びでもすると私が敬吾に申訳けがない。孩児《ややこ》の着物も私が縫《ぬ》うて遣《や》るけに、なるたけ無理をせんようにしなさい。その代りキット男の子を生みなさいよ」

と寝ても醒《さ》めても言っていた。嫁女も素直に笑いながら、

「ハイ……キット男の子を生みます」

と請《う》け合っている……と言う話を、亭主の敬吾が煙草を買いに来たついでに、お神さんに話して聞かせた。

するとそのうちに嫁女がチブスに罹《かか》って、今から十日ばかり前の事、五月目の男の子を死産して死ぬと、亭主の敬吾は何と思ったか、通夜の晩から、大酒を飲んで管《くだ》を巻きはじめた。

「……嬶《かかあ》は死ぬが死ぬまで譫言《うわごと》に、鯉幟《こいのぼり》のことばかり言うとったから、法事が済んだら一つ素晴らしいのをお墓に立てて遣ろうと思う。それが一番のお供養だナア、お祖母さん」

と大声で何遍も何遍も繰り返すので、通夜に来ていた近所の人々は、ジッとしていられない様な気持ちになった。胎児と母親の野辺送りをした帰りがけにも、敬吾はトロン

とした眼で、白木の墓標をふりかえって、

「もうじきに大きな奴を立ててやるぞ。アハハハハハ」

と高笑いをしたので皆、顔をそむけたと言う。

けれども敬吾は、その帰り道にどう気がかわったものか、郵便局に残っていた二百円ばかりの貯金を引き出すと、その夜から行方を晦《くら》ましてしまった。何しろ家には高齢のオシノ婆さんが置き去りにして在るので、近所の者も心配して、二、三人手を分けて行方を探しているが、今のところ皆目わからない。柳町の遊廓《ゆうかく》で見かけたと言う者もあるが、それも今では当てにはならなくなっている。一方にオシノ婆さんは、少しばかり残っている米で粥《かゆ》を作って喰べているが、近所の人が同情をして物をくれても、

「いずれ近いうちに敬吾が帰って来ましょうから、お構い下さいませんように……ヘエ……アナタ……」

と言って突返すので、

「折角ヒトが心配して遣っているのに……」

と面憎《つらにく》がっている者もある。……ところがこの婆さんは、チョット見たところシッカりしているようであるが、実はもうすっかり耄碌《もうろく》しているので、雨戸の隙間《すきま》から覗《のぞ》いてみると、夜も昼も蚊帳を釣り放して、いつもの通りに床を取った上に、自分が縫った「孩児さんの赤い蒲団」まで並べて待っている様子なので、近所の者はトテモ気味悪がっている。ことに依ると夫婦と子供三人で、出かけたあとの留守番をしている積りかも

知れないが、誰もそんな事を尋ねて見るものはない。何にしても当り前でない婆さんが、タッタ一人で煮焚《にた》きをするので、まことに不要心だから、警察に届けようか、どうしようかと、相談しいしい今日まで来ている。もっとも、もう二、三日すると二七日が来るから、事に依ると敬吾が帰って来るかも知れぬが……と言うのがお神さんの話の概要であった。

　私は礼を言って荒物屋を出ると又引っかえして、花房の近所をまわって、二、三の事実を確かめてから本社へ帰った。

「……死んだ愛妻と胎児の墓に、鯉幟を立て行方を晦ました男……あとに餓死を待つ高齢の祖母……」

　と言った様な記事が、その墓の鯉幟と、蚊帳の前に坐った老婆の写真と一緒に出たのは、あくる日の朝刊であった。それを台所で読んだ私の妻が、

「マア。誰がこんな記事を書いたんでしょう」

　と言ったので私は思わず苦笑させられた。

　　記者様……

　私ハ、アナタノ新聞ノ記事ヲ読ンデカラ眼ガ醒《さ》メマシタ。私ハ妻子ヲ失ッタ悲シサノタメニ酒色ニ溺《おぼ》レテ、恵ミ深イ大恩アル祖母ノ事ヲ忘レテオリマシタ。柳町、大浜ト飲ミマワッテ、化粧ノ女ト遊ビ狂ッテオリマシタ。ソウシテ、アノ新聞記事ヲ

見マシテカラ、ヤット昨晩、家ニ帰ッテ見マシタラ、祖母ハ蚊帳ノ釣手ニ、妻ノ赤イ細帯ヲカケテ、首ヲククッテ死ンデオリマシタ。足ノ下ニ御社ノ新聞ノ、アノ写真ノトコロガ拡ゲテ置イテアリマシタ。誰カ近所ノ親切ナ人ガ投ゲ込ンデ下サッタノデショウ。

記者様……

アノ鯉幟ノ竿ハ、私ガ酔ッタ勢イデ立テタモノデスガ、ソレガ記者様ノオ眼ニ止マッテ、コンナ不孝ノ恥ヲ晒《さら》ソウトハ夢ニモ思イマセンデシタ。シカシ私ハ、ドナタ様モ怨《うら》ミマセン。何モカモ、私ガ修養ガ足リナイタメニ、起ッタ事デス。私ハ皆様ニ対シテ申訳アリマセンカラ自殺シマス。ドウゾコノ大馬鹿者ノ最後ヲ、アナタノ筆デ、デキルダケ大キク世間ニ発表シテ下サイ。

御社ノ御繁栄ヲ祈リマス。

五月一七日　　花房敬吾

福岡時報　記者様

編集長は、洋半紙に鉛筆で書いたこの手紙を、私の前に投げ出しながらフフンと笑った。

「ツイ今しがた来たんだ。その男はその手紙をポストに入れると、嬶の墓に参って、幟の細引を首に巻いて鯉と一緒にブランコ往生をしているんだ。二時間ばかり前に、あの松原を通った下り列車の乗客が見つけたんだがね。足下にウイスキーの小瓶《こびん》がタタキつけてあったそうだよ……ハハハハ」

私は茫然《ぼうぜん》として編集長の顔を凝視した。編集長はやはり冷笑を浮かべながら言った。

「君の筆もだいぶ立つようになったね」

私は笑いもドウもし得ないまま、何がなしにうなだれてしまった。帽子を片手にスゴスゴと編集室を出て、一気に階段を駈け降りた。

東中洲のカフエーに飛び込むと、昔なじみの女給連中が、鬨《とき》の声をあげて立ち上って来た。

「……まあ……めずらしいじゃないの……まあ……」

「どうしたの……あんたは……この頃……」

「いらっしゃあい」

私は薄暗い雪洞《ぼんぼり》の陰から、眼を据えて睨みつけた。

「やかましい……ウイスキーを持って来るんだ」

そう怒鳴りつけた私の眼の前に、早くもあの鯉幟の幻影が浮かびあらわれた。黒と、緑と、赤の滴雫《したたり》を、そこいら中に引きずり散らした……ダラリと垂れ下がった……。

いなか、　の、　じけん

大きな手がかり

村長さんの処《ところ》の米倉から、白米を四俵盗んで行ったものがある。

あくる朝早く駐在の巡査さんが来て調べたら、俵を積んで行ったらしい車の輪のあとが、雨あがりの土にハッキリついていた。そのあとをつけて行くと、町へ出る途中の、とある村外れの一軒屋の軒下に、その米俵を積んだ車が置いてあって、その横の縁台の上に、頬《ほお》かむりをした男が大の字になって、グウグウとイビキをかいていた。引っ捕えてみるとそれは、その界隈《かいわい》で持てあまし者の博奕打《ばくち》ちであった。

博奕打ちは盗んだ米を町へ売りに行く途中、ひさしぶりに身体を使ってクタビレたので、チョットとのつもりで休んだのが、思わず寝過ごしたのであった。

腰縄を打たれたまま車を引っぱってゆく男の、うしろ姿を見送った人々は、ため息して言った。

「わるい事は出来んなあ」

按摩の昼火事

五十ばかりになって一人住居をしている後家さんが、ひる過ぎに近所まで用足しに行って帰って来ると、開け放しにしておいた自分の家の座敷のまん中に、知り合いの按摩《あんま》がランプの石油をまいて火をつけながら、煙にむせて逃げ迷っている……と思う間もなく床柱に行き当って引っくり返ってしまった。

後家さんは、めんくらった。

「按摩さんが火事火事」

と大声をあげて村中を走りまわったので、たちまち人が寄って来て、大事に到らずに火を消し止めた。気絶した按摩はかつぎ出されて、水をぶっかけられるとすぐに蘇生《そせい》したので、あとから駈《か》けつけた駐在巡査に引渡された。

大勢に取りかこまれて、巡査の前の地べたに坐《すわ》った按摩は、水洟《みずばな》をこすりこすりこう申し立てた。

「まったくの出来心で御座います。声をかけてみたところが留守だとわかりましたので……」

「それからどうしたか」

と巡査は鉛筆をなめながら尋ねた。皆はシンとなった。

「それで台所から忍び込みまして、ランプを探《さぐ》り当てまして、その石油をまいて火をつけましたが、思いがけなく、うしろの方からも火が燃え出して熱くなりましたので、うろたえまして……雨戸はしまっておりますし、出口の方角はわからず……」

きいていた連中がゲラゲラ笑い出したので、按摩は不平らしく白い眼をむいて睨《にら》みまわした。巡査も吹き出しそうになりながら、ヤケに鉛筆をなめまわした。

「よしよし。わかってる、わかってる。ところで、どういうわけで火をつけたのか」

「ヘイ。それはあの後家めが」

と按摩はまた、そこいらを睨みまわしつつ、土の上で一膝《ひとひざ》進めた。

「あの後家めが、私に肩を揉《も》ませるたんびに、変なことを言いかけるのでございます。そうしてイザとなると手ひどく振りますので、その返報に……」

「イイエ、違います。まるでウラハラです……」

と群集のうしろから後家さんが叫び出した。

みんなドッと吹き出した。巡査も思わず吹き出した。しまいには按摩までが一緒に腹を抱えた。

その時にやっと後家さんは、言い損いに気がついたらしく生娘《きむすめ》のように真赤になったが、やがて袖《そで》に顔を当てると、ワ——ッと泣き出した。

夫婦の虚空蔵

「あの夫婦は虚空蔵さまの生まれかわり……」

という子守娘の話を、新任の若い駐在巡査がきいて、

「それは何という意味か」

と問いただしてみたら、

「生んだ子をみんな売りこかして、うまいものを喰って酒を飲んでいるから、コクウゾウサマ……」

と答えた。巡査はその通り手帳につけた。それからその百姓の家に行って取り調べると、五十ばかりの夫婦が二人とも口を揃《そろ》えて、

「ハイ。みんな美しい着物を着せてくれる人のところへ行きたいと申しますので……」

とすまし返っている。

「フ――ム。それならば売った時の子供の年齢は……」

「ハイ。姉が十四の年で、妹が九つの年。それから男の子を見世物師《みせものし》に売ったのが五つの年で……。証文がどこぞに御座いましたが……間違いは御座いません。この間のことで御座いますから。ハイ……」

巡査はこの夫婦が馬鹿ではないかと疑い始めた。しかも、なおよく気をつけてみると、

今一人の子供が女房の腹の中にいるようす……。

巡査は変な気持ちになって帳面をしまいながら、

「フーム。まだほかに子供はないか」

と尋ねると、夫婦は忽《たちま》ち真青になってひれ俯《ふ》した。

「実は四人ほど堕胎《おろ》しましたので……喰《く》うに困りまして……どうぞ御勘弁を――」

巡査は驚いて又帳面を引き出した。

「ウーム不都合じゃないか。何故そんな勿体《もったい》ないことをする」

というと、青くなっていた亭主が、今度はニタニタ笑い出した。

「へへへへへ。それほどでも御座いません。酒さえ飲めばいくらでも出来ますので……」

巡査は気味がわるくなって逃げるようにこの家を飛び出した。

「この事を本署に報告しましたら古参の巡査から笑われましたヨ。何でも堕胎罪で二度ほど処刑されている評判の夫婦だそうです。二人ともそろって低能らしいので、誰《だれ》も相手にしなくなっていたのだそうです」

と、その巡査の話。

汽車の実力試験

「この石を線路に置いたら、汽車が引っくり返るか返らないか」

「馬鹿な……それ位の石はハネ飛ばして行くにきまっている」

「インニャ……引き割って行くだろう」

「論より証拠やって見ろよ」

「よし来た」

間もなく来かかった列車は、轟然《ごうぜん》たる音響と共に、その石を粉砕して停車した。見物していた三人は驚いて逃げ出した。

あくる朝三人の青年は村の床屋で落ち合ってこんな話をした。

「昨日は恐ろしかったな。あんまり大きな音がしたので、おれあ引っくり返ったかと思ったよ」

「ナアニ。機関車は全部鉄造りだからな。あんな石ぐらい屁《へ》でもないだろ」

「しかし、引き砕いてから停《と》まったのは何故だろう。車の歯でも欠けたと思ったんかな」

「ナアニ。人を轢《ひ》いたと思ったんだろ」

こうした話を、頭を刈らせながらきいていた一人の男は、列車妨害の犯人捜索に来ていた刑事だったので、すぐに三人を本署へ引っぱって行った。

その中の一人は署長の前でふるえながらこう白状した。

「三人の中で石を置いたのは私で御座います。けれどもはね飛ばしてゆくとばかり思っておりましたので……罪は一番軽いので……」

と言い終らぬうちに巡査から横面を喰わせられた。

三人は同罪になった。

スットントン

漁師の一人娘で生まれつきの盲目《めくら》がいた。色白の丸ポチャで、三味線《しゃみせん》なら何でも弾《ひ》くのが自慢だったので、方々《ほうぼう》の寄り合い事に、芸者代りに雇われて重宝がられていた。

ある時、近くの村の青年の寄り合いに雇われたが、案内に来た青年は馬方《ばりき》で、馬力の荷物のうしろの方に空所《あき》を作ってそこに座布団《ざぶとん》を敷いて、女と三味線と、下駄《げた》を乗せると、最新流行のスットントン節を唄いながら、白昼の国道を引いて行った。

ところがその馬力が、正午過ぎに村へ帰りつくと、荷物のうしろには座布団だけしか残っていないことが発見されたので、たちまち大騒ぎになった。

「途中の松原で畜生が小便した時までは、たしかに女が坐《すわ》っていた」

という馬方の言葉をたよりに、村中総出でそこいらの沿道を探《さが》しまわったが、それらしい影もない。村長や、区長や、校長先生や巡査が青年会場に集まって、いろいろに首をひねったけれども第一いなくなった原因からしてわからなかった。

結局、娘の親たちへ知らせなければなるまい……というので、とりあえず青年会員が二人、娘のうちへ自転車を乗りつけると、晴れ着をホコリダラケにしたその娘が、おやじに引きすえられて、泣きながらぶたれている。

二人の青年は顔を見合わせたが、ともかくも飛び込んで押し止めて、

「これはどうした訳ですか」

と尋ねると、おやじは面目なさそうに頭を掻《か》いた。

「ナアニ。こいつがこの頃流行のスットントンという歌を知らんちゅうて逃げて帰って来たもんですから……どうも申訳ありませんで……」

二人の青年はいよいよ訳がわからなくなった。そこで、なおよく事情をきいてみると、最前女を馬力に乗せて引いて行った青年が、途中でスットントン節をくり返しくり返し唄った。それは娘に初耳であったので、先方《さき》で弾かせられては大変と思って一所懸命に耳を澄ましたが、あいにくその青年が調子外れ（音痴）だったので、歌の節が一々変テコに脱線して、本当の事がよくわからない。これではとても記憶《おぼ》えられぬと思うと、女心のせつなさに、下駄と三味線を両手に持って、死ぬる思いで馬力から飛び降りて逃げ帰ったものと知れた。

青年の一人はこの話をきくと非常に感心したらしく、勢い込んで言った。

「実に立派な心がけです。しかし心配することはない。私たちと一緒に来なさい。これから夜通しがかりで青年会をやり直します。歌は途中で私が唄ってきかせます」

花嫁の舌喰い

一部落こぞって不動様を信心していた。

その中で、夫婦と子供三人の一家が夕食の最中に、主人が、箸《はし》をガラリと投げ出して、

「タッタ今おれに不動様が乗り移った」

といいつつ凄《すご》い顔をして坐り直した。お神さんは慌《あわ》てて畳の上にひれ伏した。ビックリして泣き出した三人の子供も叱《しか》りつけて拝ました。

この噂《うわさ》が伝わると、そこいらじゅうの信心家が、あとからあとから押しかけて来て「お不動様」の御利益《ごりやく》にあずかろうとしたので、家の中は夜通し寝ることも出来ないようになった。

そのまん中に、木綿の紋付き羽織を引っかけた不動様が坐って、恐ろしい顔で睨《にら》みまわしていたが、やがて、うしろの方に坐っている、紅化粧した別嬪《べっぴん》をさし招いた。その女は二、三日前近所へ嫁入って来たものであった。

「もそっと前へ出ろ。出て来ぬと金縛りに合わせるぞ。ズッと私の前に来い。怖《こわ》がる事はない。罪を浄《きよ》めてやるのだ。サアよいか。お前は前の生《しょう》に恐ろしい罪を重ねている。

その罪を浄めてやるから舌を出せ。もっと出せ。出さぬと金縛りだぞ……そうだそうだ……」

こう言いつつその舌に顔をさし寄せて、ジッと睨んでいた不動様は、不意にパクリとその舌を頬張《ほおば》ると、ズルリズルリとシャブリ始めた。

女は衆人環視の中で舌をさし出したまま、眼を閉じてブルブルふるえていた。すると不動様は何と思ったか突然に、その舌を根元からプツリと嚙《か》み切って、ダルダルと嚥《の》み込んでしまった。

女は悶絶《もんぜつ》したまま息が絶えた。

あとで町から医者や役人が来て取調べた結果、不動様の脳髄がずっと前から梅毒に犯されていることがわかった。

この事実がわかるとその村の不動様信心がその後パッタリと止んだ。不動様を信仰すると梅毒になるというので……。

感違いの感違い

駐在巡査が夜ふけて線路の下の国道を通りかかると、頬冠《ほおかぶ》りをした大男が、ガードの上をスタスタと渡って行く。何者だろう……とフト立ち停まると、その男が一所懸命に逃げ出したので、巡査も一所懸命に追跡を始めた。

やがてその男が村の中の、とある物置へ逃げ込んだので、すぐに踏み込んで引きずり出してみると、それは村一番の正直者で、自分の家の物置に逃げ込んだものであることがわかった。

巡査はガッカリして汗を拭き拭き、

「馬鹿めが。何もしないのに何でおれの姿を見て逃げた」

と怒鳴りつけると、その男も汗を拭き拭き、

「ハイ。泥棒と間違えられては大変と思いましたので……どうぞ御勘弁を……」

スイートポテトー

心中のし損ねが村の駐在所に連れ込まれた……というのでみんな見に行った。十燭《じっしょく》の電燈に照らされた板張りの上の小さな火鉢《ひばち》に、消し炭が一パイに盛られている傍に、男と女が寄り添うようにしてうずくまって、濡《ぬ》れくたれた着物の袖《そで》をあぶっている。どちらも都の者らしく男は学生式のオールバックで、女は下町風の桃割れに結っていた。

硝子《ガラス》戸の外からのぞき込む人間の顔がふえて来るにつれて、二人はいよいよくっつき合って頭を下げた。

やがて四十四、五に見える駐在巡査が、ドテラがけで悠然《ゆうぜん》と出て来た。一パイ飲んだ

らしく、赤い顔をピカピカ光らして二人の前の椅子《いす》にドタリと、腰をかけると、身体をグラグラさせながらいろんな事を尋ねては帳面につけた。そのあげくにこう言った。

「つまりお前達二人はスイートポテトーであったのじゃナ」

硝子戸の外の暗の中で二、三人クスクスと笑った。

すると、うつむいていた若い男が、濡れた髪毛を右手でパッとうしろへはね返しながら、キッと顔をあげて巡査を仰いだ。異常に興奮したらしく、白い唇《くちびる》をわななかしてキッパリと言った。

「……違います……スイートハートです……」

「フフ――ウム」

と巡査は冷やかに笑いながらヒゲをひねった。

「フ――ム。ハートとポテトーとはどう違うかナ」

「ハートは心臓で、ポテトーは芋《いも》です」

と若い男はタタキつけるように言ったが、硝子戸の外でゲラゲラ笑い出した顔をチラリと見まわすと、又グッタリとうなだれた。

巡査はいよいよ上機嫌《じょうきげん》らしくヒゲを撫《な》でまわした。

「フフフフフ。そうかな。しかしドッチにしても似たもんじゃないかナ」

若い男は怪訝《けげん》な顔をあげた。硝子戸の外の笑い声も同時に止んだ。巡査は得意らしく反《そ》り身になった。

「ドッチもいらざるところで芽を吹いたり、くっつき合うて腐れ合うたりするではないか……ア——ン」

人がいなくなったかと思う静かさ……と思う間もなく、硝子戸の外でドッと笑いの爆発……。

若い男はハッと両手を顔にあてて、ブルブルと身をふるわした。初めから嘲弄《ちょうろう》されていたことがわかって……同時に、横にいた桃割れも、ワッとばかり男の膝《ひざ》に泣き伏した。

硝子戸の外の笑い声が止めどもなく高まった。

巡査も腕を組んだまま天井をあおいだ。

「アアハアハアハア。馬鹿なやつどもじゃ。アアハアハアハアハア……」

空屋の傀儡踊

みんな田の草を取りに行っていたし、留守番の女子供も午睡《ひるね》の真最中であったので、たださえ寂《さび》れた田舎町の全体が空ッポのように、ヒッソリしていた。その出外れの裏表二間をあけ放した百姓家の土間に、一人の眼のわるい乞食爺《こじきじじい》が突っ立って、見る人もなく、聞く人もないのにアヤツリ人形を踊らせている。

人形は鼻の欠けた振袖《ふりそで》姿で、色のさめた赤い鹿《か》の子《こ》を頭からブラ下げていた。

「観音シャマをかこイつウけエて——。会いに——来たンやンら。みンなンみンやンら。

……振りイ——の——たンもンとンにィ——北ンしよぐウれエ。晴れン間も——。さンら——にイ……。な——かア……」

歯の抜けた爺さんの義太夫はすこぶる怪しかったが、それでもかなり得意らしく、時々霞《かす》んだ眼を天井に向けては人形と入れ違いに首をふり立てた。

「へ——イ。このたびは二の替りといたしまして朝顔日記大井川の段……テテテテ天道シャマア……きこえまシエぬきこえまシエぬきこえまシエぬ……チン……きこえまシエぬわいニョ——チッチッチッチッ」

「妻ア——ウワア。なンみンだンにイ——。か——き——くンるえ——テへへへ。ショレみたんよ……光ウ秀エどンの……」

振袖の人形が何の外題《げだい》でも自由自在に次から次へ踊って行くにつれて、爺さんのチョボもだんだんとそれぞれに怪しくなって行った。

しかし爺さんは、どうしたものかナカナカ止めなかった。ヒッソリした家の中で汗を拭き拭きシャ嗄《が》れた声を絞りつづけたので、人通りのすくない時刻ではあったが、一人立ち止まり二人引っ返ししているうちに、近所界隈《かいわい》の女子供や近まわりの田に出ていた連中で、表口が一パイになって来た。

「狂人だろう」

と小声で言うものもあった。

そのうちに誰《だれ》かが知らせたものと見えてこの家の若い主人が帰って来た。手足を泥だらけにした野良着のままであったが、肩を聳《そび》やかして土間に入るとイキナリ、人形をさし上げている爺さんの襟首《えりくび》に手をかけてグイと引いた。振袖人形がハッと仰天した。そうして次の瞬間にはガックリと死んでしまった。

見物は固唾《かたず》をのんだ。どうなることか……と眼をみはりながら……。

「……ヤイ。キ……貴様は誰にことわって俺《おれ》の家へ入った……こんな人寄せをした……」

爺さんは白い眼を一パイに見開いた。口をアングリとあけて呆然《ぼうぜん》となったが、やがて震える手で傍《かたわら》の大きな信玄袋の口を拡げて、生命よりも大切そうに人形を抱え上げて落し込んだ。それから両手をさしのべて破れた麦わら帽子と竹の杖《つえ》を探りまわし始めた。

これを見ていた若い主人は表に立っている人々をふり返ってニヤリと笑った。人形を入れた信玄袋をソッと取り上げてうしろ手に隠しながらわざと声を大きくして怒鳴った。

「サア言え。何でこんな事をした。言わないと人形を返さないぞ」

何かボソボソ言いかけていた見物人がまたヒッソリとなった。

麦わら帽を阿弥陀《あみだ》にかぶった爺さんは、竹の杖を持ったままガタガタとふるえ出した。ベッタリと土間に坐りながら片手をあげて拝む真似をした。

「……ど……どうぞお助け……御勘弁を……」

「助けてやる。勘弁してやるから申し上げろ。何がためにこの家に入ったか。何の必要があれば……最前からアヤツリを使ってコンナに大勢の人を寄せたのか。ここを公会堂とば思ってしたことか」

　爺さんは見えぬ眼で次の間をふり返って指した。

「……サ……最前……私が……この家に入りまして……人形を使い始めますと……ア……

……あそこにおられたどこかの旦那《だんな》様が……イ……一円……ク下さいまして……ヘイ……

おれが飯を喰《く》っている間に……貴様が知っているだけ躍らせてみよ……ト、……おっし
ゃいましたので……ヘイ……オタスケを……」

「ナニ……飯を喰ったア……一円くれたア……」

　若い主人はメンクラッたらしく眼を白黒さしていたが、たちまち青くなって信玄袋を投げ出すと、次の間の上り框《かまち》に馳け寄った。そこにひろげられた枕屏風《まくらびょうぶ》の陰に空っぽの飯櫃《めしびつ》がころがって、無残に喰い荒された漬物《つけもの》の鉢《はち》と土瓶《どびん》と箸《はし》とが、飯粒にまみれたまま散らばっている。そんなものをチラリと見た若い主人の眼は、すぐに仏壇の下に移ったが、泥足のまま馳け上って、半分開いたまんまの小《こ》抽出《ひきだ》しを両手でかきまわした。

「ヤラレタ……」

　と言ううちに見る見る青くなってドッカリと尻餅《しりもち》を突いた。頭を抱えて縮み込んだ。表の見物人はまん丸にした眼を見交した。

「……マア……可哀相に……留守番役のおふくろが死んだもんじゃけん」

「キット流れ渡りの坑夫のワルサじゃろ……」

　その囁《ささや》きを押しわけてこの家の若い細君が帰って来た。やはり野良行きの姿であった

が、信玄袋を探し当てて出て行く乞食爺の姿を見かえりもせずに、泥足のままツカツカと畳の上にあがると若い主人の前にベッタリと坐り込んだ。頭の手拭いを取って鬢《びん》のほつれを掻《か》き上げた。無理に押しつけたような声で言った。

「お前さんは……お前さんは……この小抽出しに何を入れていんなさったのかえ……。妾《わたし》に隠して……一口も言わないで……」

若い主人はアグラをかいて頭を抱えたまま返事をしなかった。やがて濡れた筒ッポウの袖口《そでぐち》で涙を拭いた。

下唇を噛《か》んだまま、ジッとこの様子をながめていた細君の血相がみるみる変って来た。不意に主人の胸倉を取ると猛烈に小突きまわし始めた。

「……えエッ。口惜しいッ。おおかた大浜（白首街）のアンチクショウの処へ持って行く金じゃったろう。畜生畜生……二人で夜の眼を寝ずに働いた養蚕の売り上げをば……いつまでも渡らぬと思うておったれば……エエッ……クヤシイ、クヤシイ」

しかしいくら小突かれても若い主人はアヤツリのようにうなだれて、首をグラグラさせるばかりであった。

二、三人見かねて止めに入って来たが、一番うしろの男は表の人だかりをふり返って、ペロリと赤い舌を出した。

「これがホンマのアヤツリ芝居じゃ」

みんなゲラゲラ笑い出した。

細君が主人の胸倉を取ったままアーンと泣き出した。

一ぷく三杯

　お安さんという独身者《ひとりもの》で、村一番の吝《けち》ン坊《ぼう》の六十婆さんが、鎮守様のお祭りの晩に不思議な死にようをした。

……たった一人で寝起きをしている村外れの茶屋の竈《かま》の前で、瘠《や》せ枯れた小さな身体が虚空《こくう》を摑《つか》んで悶絶《もんぜつ》していた。ふだん腰帯にしていた絹のボロボロの打《う》ち紐《ひも》が、皺《しわ》だらけの首に三廻りほど捲《ま》かれて、ノドボトケの処《ところ》で唐結びになったままシッカリと肉に喰い込んでいたが、その結び目の近まわりが血だらけになるほど掻《か》き挘《むし》られている。しかし何も盗まれたもようはなく外から人の入った形跡もない。法印さんの処から貰《もら》って帰ったお重詰めは箸《はし》をつけないまま煎餅《せんべい》布団の枕元《まくらもと》に置いてあった。貯金の通い帳は方々探《さが》しまわったあげく竈の灰の下の穴から発見された。その遺産を受け継ぐべき婆さんのたった一人の娘と、その婿《むこ》になっている電工夫は目下東京にいるが、急報によって帰郷の途中である。婆さんの屍体《したい》は解剖することになった……近来の怪事件……というので新聞に大きく出た。

　お安婆さんの茶店は鉄道の交叉点のガードの横から海を見晴らしたところにあった。古ぼけた葭簀《よしず》張りの下に、すこしばかりの駄菓子とラムネ。渋茶を煮出した真黒な土瓶《どびん》。

剝《は》げた八寸膳の上に薄汚ない茶碗《ちゃわん》が七ツ八ツ……それでも夏は海から吹き通しだし、冬の日向きがよかったのでよく人が休んだ。

　主人公の婆さんは三十いくつかの年に罹《かか》った熱病以来、腰が抜けて立ち居が不自由になると、生まれて間もない娘を置き去りにして亭主が逃げてしまったので、田畠を売り払ってここで茶店を開いた。その娘がまたなかなかの別嬪《べっぴん》の利発もので、十九の春に、村一番の働き者の電工夫を婿養子に取ったが、今は夫婦とも東京の会社につとめて月給を貰っているとか。

「その娘夫婦が東京に孫を見に来い見に来いと言いますけれども、まあなるたけ若い者の足手まといになるまいと思うてこの通りどうやらこうやらしております。自分の身のまわりの事ぐらいは足腰が立ちますので……娘夫婦もこの頃はワタシに負けて、そのうちに孫を見せに帰って来ると言うておりますが……」

　と言いながら婆さんは、青白い頰《ほお》をヒクツカせて、さも得意そうにニヤリとするのであった。

「……フフン。それでも独りで淋《さび》しかろ……」

　と聞き役になったお客が言うと婆さんはオキマリのようにこう答えた。

「ヘエあなた。二度ばかり泥棒が入って貴様は金を溜《た》めているに違いないと申しましたけれども、ワタシは働いたお金をみんな東京の娘の処に送っております。それでも、あると思うならワタシを殺すなりどうなりしてユックリと探しなさいと言いましたので、茶を飲んで帰りました」

　しかしこの婆さんが千円の通い帳を二ツ持っているという噂《うわさ》を本当にしないものは村中で一人もいなかった。それ位にこの婆さんの吝ン坊は有名で、殆《ほと》んど喰うものも喰わずに溜めていると言ってもいい位であった。そんな評判がいろいろある中にも小学校の生徒まで知っているのは「お安婆さんの一服三杯」という話で……。

「フフン。その一服三杯というのは飯のことかね……」

　と村の者の言うことをきいていた巡査は手帳から眼を離した。

「ヘエ。それはソノ……とても旦那《だんな》方にお話し致しましても本当になさらないお話で……。しかしあの婆さんが死にましたのは、確かにソノ一服三杯のおかげに違いないと皆申しておりますが……」

「フフン。まあ話してみろ。参考になるかもしれん」

「ヘエ。それじゃアまアお話ししてみますが、あの婆さんは毎月一度ずつ駅の前の郵便局へ金を預けに行く時のほかは滅多に家を出ません。いつもたった一人であの茶店におるので御座いますが、それでも村の寄り合いとか何とかいう御馳走《ごちそう》ごとにはキット出てまいります。それも前の晩あたりから飯を食わずに腹をペコペコにしておいて、あくる日は早くから店を閉めて、松葉杖《まつばづえ》を突張って出て来るので御座いますが、いよいよ酒の座となりますと先ず猪口《ちょこ》で一パイ飲んであの青い顔を真赤にしてしまいます。それから飯ばっかりを喰い始めて時々お汁《したじ》をチュッチュッと吸います。漬物《つけもの》もすこしは喰べますが大抵六、七、八杯は請《う》け合いのようで……それからいよいよ喰えぬとなりますと煙草を二、三服吸うて一息入れてから又始めますのでアラカタ二、三杯位は詰めこみます。それからあとのお平《ひら》や煮つけなぞを飯と一緒に重箱に一パイ詰めて帰ってその日は何もせずにあくる日の夕方近くまで寝ます。それからポツポツ起きて重箱の中のものを突っついて夕飯にする。御承知の通りこの辺の御馳走ごとの寄り合いは大抵時候のよい頃に多いので、どうかすると重箱の中のものが、そのまたあくる日の夕方までありますそうで……つまるところ一度の御馳走が十ペン位の飯にかけ合うことは……」

「ウーム。しかしよく食傷して死なぬものだな」

「まったくで御座います旦那様。あの痩せこけた小さな身体にどうして入るかと思うくらいで……」

「ウーム。しかしよく考えてみるとそれは理屈に合わんじゃないか。そんなにして二日も三日も店を閉めたら、つまるところ損が行きはせんかな」

「ヘエ。それがです旦那様。最前お話し申上げましたその娘夫婦も、それを恥かしがって東京へ逃げたのだそうで御座いますが、お安婆さんに言わせますと……『自分で作ったものは腹一パイ喰べられぬ』というのだそうで……ちょうどあの婆さんが死にました日がここいらのお祭りで御座いましたが、法印さんの処で振舞いがありましたので、あの婆さんがまた『一服三杯』をやらかしました。それが夜中になって口から出そうになったのでもったいなさに、紐でノド首を縛ったものに違いない。そうして息が詰まって狂い死にをしたのだろう……とみんな申しておりますが……」

「アハハハハ。そんな馬鹿な……いくら吝ン坊でも……アッハッハッハッ……」

巡査は笑い笑い手帳と鉛筆をしまって帰った。

しかしお安婆さんの屍体解剖の結果はこの話とピッタリ一致したのであった。

蟻と蠅

山の麓《ふもと》に村一番の金持ちのお邸《やしき》があって、そのまわりを十軒ばかりの小作人の家が取り巻いて一部落を作っていた。

お邸の裏手から山へ入るところは柿の木と桑の畑があったが、梅雨《つゆ》があけてから小作人の一人が山へ行きかかると、そこの一番大きい柿の木の根方から赤ン坊の足が一本洗い出されて、蟻《あり》と蠅《はえ》が一パイにたかっているのを発見したので真青になって飛んで帰った。

やがて駐在所から新しい自転車に乗って若い巡査がやって来て掘り出してみると、六か月位の胎児で死後一週間を経過していると推定されたので、その部落の中の女が一人一人取り調べられたが怪しい者はいなかった。結局残るところの嫌疑《けんぎ》者は、この頃都の高等女学校から帰省して御座るお邸のお嬢さんただ一人……しかもすこぶるつきのハイカラサンで、大旦那《おおだんな》が遠方行きの留守中を幸いにゴロゴロ寝てばかり御座る様子がどうも怪しいということになった。

若い巡査は或る朝サアベルをガチャガチャ言わせてそのお邸の門を潜《くぐ》った。

「ソラ御座った。イヨイヨお嬢さんが調べられさっしゃる」

と家中のものが鳴りを静めた。野良からこの様子を見て走って来るものもあった。

玄関に巡査を出迎えて来意をきいた娘の母親が、血の気のなくなった顔をして隠居部屋に出てみると、細帯一つで寝そべって雑誌を読んでいた娘は、お白粉《しろい》の残った顔を撫《な》でまわしながら蓬々《ぼうぼう》たる頭をもたげた。

「何ですって……妾《わたし》が堕胎したかどうか巡査が調べに来ているんですって……ホホホホホ生意気な巡査だわネエ。アリバイも知らないで……」

玄関に近いので母親はハラハラした。眼顔で制しながら恐る恐る問うた。

「……ナ……何だえ。その蟻とか……蠅……とか言うのは……アノ胎児の足にたかっていた虫のことかえ……」

「ホホホホホホそんなものじゃないわよ。何でもいいから巡査さんにそう言って頂戴……妾にはチャンとしたアリバイがありますから心配しないでお帰んなさいッテ……」

母親はオロオロしながら玄関に引返した。

しかし巡査は娘の声をきいていたらしかった。少々興奮の体《てい》で仁王立ちになって、ポケットから手帳を出しかけていたが、母親の顔を見るとまだ何も言わぬ先にグッと睨《にら》みつけた。

「そのアリバイとは何ですか」

母親はふるえ上った。よろめきたおれんばかりに娘のところへ駈《か》け込むと、雑誌の続きを読みかけていた娘は眉根《まゆね》を寄せてふり返った。

「ウルサイわねえ。ホントニ。そんなに妾が疑わしいのなら妾の処女膜を調べて御覧なさいって……ソウおっしゃい……失礼な……」

母親はヘタヘタと坐《すわ》り込んだ。巡査も真赤になって自転車に飛び乗りながら逃げるように立ち去った。

それ以来この部落ではアリバイという言葉が全く別の意味で流行している。

赤い松原

海岸沿いの国有防風林の松原の中に、托鉢《たくはつ》坊主とチョンガレ夫婦とが、向い合わせの蒲鉾小舎《かまぼこごや》を作って住んでいた。

三人は極めて仲がいいらしく、毎朝一緒に松原を出て、一里ばかり離れた都会に貰《もら》いに行く。そうして帰りには又どこかで落ち合って、何かしら機嫌《きげん》よく語り合いながら帰って来るのであった。月のいい晩なぞは、よくその松原から浮き上るような面白い音がきこえるので、村の若い者が物好きに覗《のぞ》いてみると蒲鉾小舎の横の空地《あきち》で、チョンガレ夫婦のペコペコ三味線《じゃみせん》と四つ竹（肉の厚い竹片を二枚ずつ両手に持って打ち合わせながら囃《はや》すもの）の拍子に合わせて向う鉢巻《はちまき》の坊主が踊っていたりした。横には焚火《たきび》と一升徳利なぞがあった。

そのうちに世間が不景気になるにつれて、坊主の方には格別の影響もない様子であるが、チョンガレ夫婦の貰いが非常に減った模様で、松原へ帰る途中でも、そんな事かららしく、夫婦で口論《いさかい》をしていることが珍らしくなくなった。或る時なぞは村外れで摑《つか》み合いかけているのを坊主が止めていたという。

ところがそのうちに三人の連れ立った姿が街道《かいどう》に見られなくなって、その代りに頭を青々と丸めて法衣を着たチョンガレの托鉢姿だけが村の人の眼につくようになった。……コレは可怪《おか》しい。和尚《おしょう》の方は一体何をしているのか……と例によってオセッカイな若いものが覗きに行ってみると、坊主はチョンガレの女房を自分の蒲鉾小舎に引きずり込んで魚なぞを釣《つ》って納まり返っている。夕方にチョンガレが帰って来ても女房は平気で坊主のところにくっ付いているし、チョンガレも独りで煮タキして独りで寝る……おおかた法衣と女房の取り換えっこをしたのだろう……というのが村の者の解釈であった。

ところが又その後になるとチョンガレの托鉢姿が何時《いつ》からともなく松原の中に見えなくなった。しかし蒲鉾小舎は以前のままで、チョンガレの古巣は物置みたように枯れ松葉や古材木が詰め込まれていた。そうして坊主がもとの木阿弥《もくあみ》の托鉢姿にかえって松原から出て行くと、女房は女房で坊主と別々にペコペコ三味線を抱えて都の方へ出かける。

夜は一緒に寝ているのであった。

「坊主も遊んでいられなくなったらしい」

と村の者は笑った。

そのうちに冬になった。

或る夜ケタタマシク村の半鐘《はんしょう》が鳴り出したので、人々が起きてみるとその松原が大火焔を噴き出している。アレヨアレヨといううちに西北の烈風に煽《あお》られて、見る間に数十町歩を烏《う》有《ゆう》に帰したので、都の消防が残らず馳《か》けつけるなぞ一時は大変な騒ぎであったが、幸いに人畜の被害もなく夜明け方に鎮火した。火元は無論その蒲鉾小舎で、二軒とも引き崩して積み重ねて焼いたらしい灰の下から半焼けの女房の絞殺屍体《したい》と、その下の土饅頭《どまんじゅう》みたようなものの中から半分骸骨《がいこつ》になったチョンガレの屍体があらわれた。しかもそのチョンガレの頭蓋骨《ずがいこつ》が掘り出されると、嚙《か》み締めた白い歯が自然と開いて、中から使いさしの猫イラズのチューブがコロガリ出たので皆ゾッとさせられた。

郵便局

鎮守の森の入口に村の共同浴場と、青年会の道場が並んで建っていた。夏になるとその辺で、撃剣の稽古《けいこ》を済ました青年たちが、歌を唄ったり、湯の中で騒ぎまわったりする声が毎晩のように田圃《たんぼ》越しの本村まで聞こえた。

ところが或る晩の十時過ぎの事、お面お小手の声が止むと間もなく、道場の電燈がフッと消えて人声一つしなくなった。……と思うとそれからしばらくして、提灯《ちょうちん》の光りが一つ森の奥からあらわれて、共同浴場の方に近づいて来た。

「来たぞ来たぞ」「シッシッ聞こえるぞ」「ナアニ大丈夫だ。相手は耳が遠いから……」と言ったような囁《ささや》きが浴場の周囲の物陰から聞こえた。ピシャリと蚊《か》をたたく音だの、ヒッヒッと忍び笑いをする声だのが続いて起ってまた消えた。

提灯の主は元五郎と言って、この道場の番人と、それから役場の番という二ツの役目を村から受け持たせられて、森の奥の使い廃屋《あばらや》に住んでいる親爺《おやじ》で、年の頃はもう六十四、五であったろうか、それが天にも地にもたった一人の身よりであるお八重という白《はく》痴《ち》の娘を連れて仕舞湯《しまいゆ》に入りに来たのであった。

親爺は湯殿に入ると、天井からブラ下がっている針金を探《さぐ》って、今日買って来たばかりの五分心の石油ランプを吊《つる》して火を灯《つ》けた。それから提灯を消してそばの壁にかけて、ボロボロの浴衣《ゆかた》を脱ぐと、くの字なりに歪《ゆが》んだ右足に黒い膏薬《こうやく》をベタベタと貼《は》りつけたのを、さも痛そうにランプの下に突き出して撫《な》でまわした。

その横で今年十八になったばかりのお八重も着物を脱いだが、村一等の別嬪《べっぴん》という評判だけに美しいには美しかった。しかし、どうしたわけか、その下腹が、奇妙な恰好《かっこう》にムックリと膨《ふく》らんでいたために、親爺の曲りくねった足と並んで、一種異様な対照を作っているのであった。

「ホントウダホントウダ」「ふくれているふくれている」「ドレドレ俺《おれ》にも見せろよ」「フーン誰《だれ》の子だろう」「わかるものか」「俺ア知らんぞ」「嘘《うそ》吐け……お前の女だろうが」「馬鹿言えコン畜生」「シッシッ」

　というようなボソボソ話が、またも浴場のまわりで起った。しかし親爺は耳が遠いので気がつかないらしく、黙って曲った右足を湯の中に突込んだ。お八重もそのあとから真似をするように右足をあげて入りかけたがフイと思い出したようにその足を引っこめると、流し場へ蹲《かが》んでシャーシャーと小便をし始めた。

　元五郎親爺はその姿を霞《かす》んだ眼で見下したまま妙な顔をしていたが、やがてノッソリと湯から出て来て、小便を仕舞ったばかりの娘の首すじを摑むと、その膨れた腹をグッと押さえつけた。

「これは何じゃえ」

「あたしの腹じゃがな」

　と娘は顔を上げてニコニコと笑った。クスクスという笑い声がまた、そこから起った。

「それはわかっとる……けんどナ……この膨れとるのは何じゃエ……これは」

「知らんがな……あたしは……」

「知らんちゅうことがあるものか……いつから膨れたのじゃエこの腹はコンゲニ……今夜初めて気がついたが……」

　と親爺は物凄《ものすご》い顔をしてランプをふりかえった。

「知らんがナ……」

「知らんちゅうて……お前だれかと寝やせんかな。おれが用足しに行っとる留守の間に……エエコレ……」

「知らんがナ……」

と言い言いふり仰ぐお八重の笑顔は、女神のように美しく無邪気であった。

親爺は困惑した顔になった。そこいらをオドオド見まわしては新しいランプの光りと、娘の膨れた腹とを、さも恨《うら》めしげに何べんも何べんも見比べた。

「オラ知っとる……」「ヒッヒッヒッヒッ」

という小さな笑い声がその時に入口の方から聞えた。

その声が耳に入ったかして、元五郎親爺はサッと血相をかえた。素裸体《すっぱだか》のまま曲った足を突張って、一足飛びに入口の近くまで来た。それと同時に、

「ワ――ッ」「逃げろッ」

という声が一時に浴場のまわりから起って、ガヤガヤと笑いながら、八方に散った。

そのあとから薪割《まきわり》用の古鉈《ふるなた》を提《さ》げた元五郎親爺が跛《びっこ》引き引き駆《か》け出したが、これも森の中の闇《やみ》に吸い込まれて、足音一つ聞こえなくなった。

その翌る朝の事。元五郎親爺は素裸体《すっぱだか》に鉈をしっかりと摑んだままの死体になって、鎮守さまのうしろの井戸から引き上げられた。また娘のお八重は、そんな騒ぎをちっとも知らずに廃屋《あばらや》の台所の板張りの上でグーグー睡《ねむ》っていたが、親父の死体が担《かつ》ぎ込まれ

ても起き上る力もないようす……そのうちにそこいらが変に臭いので、よく調べてみると、お八重は叱《しか》るものがいなくなったせいか、昨夜《ゆうべ》の残りの冷飯の全部と糠味噌《ぬかみそ》の中の大根や菜っ葉を糠だらけのまま残らず平らげたために、激しい下痢を起して、腰を抜かしていることがわかった。

そのうちに警察から人が来ていろいろと取調べの結果、昨夜からの事が判明したので、元五郎親爺の死因は過失から来た急激脳震盪《のうしんとう》ということに決定したが、一方にお八重の胎児の父はどうしてもわからなかった。

初めはみんな、撃剣を使いに行く青年たちのイタズラであろうと疑っていたが、八釜《やかま》し屋の区長さんが主任みたようになって、一々青年を呼びつけて手厳しく調べてみると、この村の青年ばかりでなく、近所の村々からもお八重をヒヤカシに来ていた者があるらしい。それでお八重には郵便局という綽名《あだな》がついていることまで判明したので、区長さんは開いた口が塞《ふさ》がらなくなった。

すると、その区長さんの長男で医科大学に行っている駒吉というのが、ちょうどその時に帰省していて、この話をきくと恐ろしく同情してしまった。実地経験にもなるというので、すぐに学生服を着てお八重のいる廃屋へやって来て、新しい聴診器をふりまわしながら親切に世話をし始めた。母親に頼んで三度三度お粥《かゆ》を運ばせたり、自身に下痢止めの薬を買って来て飲ませたりしたので『サテは駒吉さんの種であったか』という噂《うわさ》がパッと立った。しかし駒吉はそんな事を耳にもかけずに、休暇中毎日のようにやって来て診察していると、今度はその駒吉が、お八重の裸体の写真を何枚も撮《と》って、机の抽出《ひきだ》しに入れていることが誰《だれ》言うとなく評判になったので、さすがの駒吉も閉口したらしく、休暇もそこそこに大学に逃げ帰った。そうすると又、あとからこの事をきいた区長さんがカンカンに怒り出して、母親がお八重の処《ところ》へ出入りするのを厳重にさし止めてしまった。

「お八重が子供を生みかけて死んでいる」という通知が村長と区長と駐在巡査の家へ同時に来たのはそれから二、三日経《た》っての事であった。それは鎮守の森一パイに蟬《せみ》の声の大波が打ち初めた朝の間の事であったが、その森陰の廃屋へ駈けつけた人は皆、お八重の姿が別人のように変っているのに驚いた。誰も食い物を与えなかったせいか、美しかった肉付きがスッカリ落ちこけて、骸骨《がいこつ》のようになって仰臥《ぎょうが》していたが、死んだ赤子の片足を半分ばかり生み出したまま苦悶《くもん》しいしい絶息したらしく、両手の爪《つめ》をボロ畳に掘り立てて、全身を反り橋のように硬直させていた。その中でも取りわけて恐ろしかったのは、蓬々《ぼうぼう》と乱れかかった髪毛の中から真白くクワッと見開いていた両眼であったという。

「お八重の婿《むこ》どん誰かいナア
　阿呆鴉《あほうがらす》か梟《ふくろう》かア
　お宮の森のくら暗で
　ホ——イホ——イと啼《な》いている。

ホイ、ホイ、ホ――イヨ――」

という子守唄が今でもそこいらの村々で唄われている。

赤玉

「ナニ……兼吉《かねきち》が貴様を毒殺しようとした？……」

と巡査部長が眼を光らすと、その前に突立った坑夫体《てい》の男が、両手を縛られたまま、うなだれていた顔をキッともたげた。

「ヘイ……そんで……兼吉をやっつけましたので……」

と吐き出すように言って、眼の前の机の上に新聞紙を敷いて横たえてある鶴嘴《つるはし》を睨《にら》みつけた。その尖端《せんたん》の一方にまだ生々しい血の塊《かたまり》が粘りついている。

巡査部長は意外という面もちで威儀を正すかのように坐《すわ》り直した。

「フーム。それはどうして……何で毒殺しようとしたんか……」

「ヘイ、それはこうなので……」

と坑夫体の男は唾《つば》を呑《の》み込みながら、入口のタタキの上に莚《むしろ》を着せて横たえてある被害者の死骸《しがい》をかえりみた。

「私が一昨日から風邪《かぜ》を引きまして納屋《なや》に寝残っておりますと、あの兼の野郎が仕事を早仕舞いにして帰って来て『工合はどうだ』と訊《き》きました……そこで旦那《だんな》……これはもう破れカブレでぶちまけますが、大体あの兼の野郎と私との間には六百ケンで十両ばかりのイキサツがありますので……もっとも私があいつに十両貸したのか……向うから私が十両借りたのか……そこんところが、あんまり古い話なので忘れてしまいまして……チッポケナ金ですからどうでも構わんと思っていても兼の顔さえ見ると奇妙にその事が気にかかってしようがなくなりますので……けんどそのうちに兼が何とか言って来たらどっちが借りたか、わかるだろうと思って黙っていたんですが……そんで……私は見舞いを言いに来た兼の顔を見ると又その事を思い出しました。そうして……どうも熱が出たようで苦しくてしょうがない。こんな事は生まれて初めてだから事によると俺《おれ》は死ぬんかもしれない……と言いますと兼の野郎が……そんだら俺が医者を呼んで来てやろうと言って出て行きましたが、待っても待っても帰って来ません。私は兼の野郎が唾を引っかけて行きおったに違いないと思ってムカムカしておりましたが、そのうちに十二時の汽笛が鳴りますと、どこかで喰らって真赤になった兼が、雨にズブ濡《ぬ》れになって帰って来て、私の枕元《まくらもと》にドンと坐ると大声でわめきました。何でも……事務所の医者（炭坑医）は二、三日前から女郎買いに失せおって、事務所を開けてケツカル……今度出会ったら向《むこ》う脛《ずね》をぶち折ってくれる……というので……」

「……フム……不都合だなそれは……」

「……ネエ旦那……あいつらアやっぱり洋服を着たケダモノなんで……」

「ウムウム。それから兼はどうした」

「それから山の向うの村の医者ン所へ行ったら、こいつも朝から鰻《うなぎ》取りに出かけて……」

「ナニ鰻取り」

「ヘエ、そうなんで……この頃は毎日毎日鰻取りにかかりきりで、家には滅多にうせおらんそうで……よくきいてみるとその医者は、本職よりも鰻取りの方が名人なんで……」

「ブッ……馬鹿な……余計な事をしゃべるな」

「ヘイ……でも兼の野郎がそう吐《ぬ》かしましたので……」

「フーム。ナルホド。それからどうした」

「それから兼は、その村の荒物屋を探《さが》し出して風邪引きの妙薬はないかちゅうて聞きますと……この頃風邪引きが大バヤリで売り切れてしまったが馬の熱さましで赤玉ちゅうのならある。馬の熱が取れる位なら人間の熱にも利《き》くだろうが……とその荒物屋の親仁《おやじ》が言うので買って来た……しかし畜生は薬がよく利くから分量が少くてよいという事を俺はきいている。だから人間は余計に服《の》まなければ利くまいと思って、その赤玉ちゅうのを二つ買って来た。これを一時に服んだら大抵利くだろう。金は要らぬから、とにかく服んで見イ…と言ううちに兼は白湯《さゆ》を汲《く》んで来て、薬の袋と一緒に私の枕元へ並べました。私は兼の親切に涙がこぼれました。このアンバイでは俺が兼に十円借りていたに違いないと思い思い薬の袋を破ってみますと、赤玉だというのに青い黴《かび》が一パイに生えておりまして、さし渡しが一寸近くもありましたろうか……それを一ツずつ白湯で丸呑みにしたんですが、トテモ骨が折れて、息が詰まりそうで、汗をビッショリかいてしまいました」

「……フーム。それで風邪は治ったか」

「ヘイ……今朝になりますとまだすこしフラフラしますが、熱は取れたようですから景気つけに一パイやっておりますところへ、昨日兼からの言伝《ことづて》をきいたと言って鰻取りの医者が自転車でやって来ました。五十位の汚いオヤジでしたが、そいつを見ると私は無性に腹が立ちましたので、この泥掘り野郎……貴様みたいな藪医者《やぶいしゃ》に用はない。憚《はばか》りながら俺の腹の中には赤玉が二つ納まっているんだぞ……と怒鳴りつけてやったら、その医者は青くなって逃げ出すかと思いの外……ジーッと私の顔を見て動こうとしません」

「フーム。それは又何故か」

「その爺《じじい》は暫《しばら》く私の顔を見ておりましたが……それじゃあお前はその二ツの赤玉を何時《いつ》飲んだんか……と言ううちにブルブル震え出した様子なので、私も気味が悪くなりまして……ナニ赤玉には違いないが青い黴の生えた奴を昨夜十二時過ぎに白湯で呑んだんだ。そのおかげで今朝はこの通り熱がとれたんだが、それがどうしたんか……ときますと医者の爺はホッとしたようすで……それは運が強かった。青い黴が生えていたんで薬の利き目が弱っていたに違いない。あの赤玉の一粒に使ってある熱さましは人間に使う分量の何層倍にも当るのだから、もし本当に利いたら心臓がシビレて死んでしまう筈《はず》だ……

…どっちにしても今酒を呑むのはケンノンだから止めろと言って私の手を押えました」

「フーム。そんなもんかな」

「この話をきくと私はすぐに納屋を出まして坑《まぶ》へ降りて、仕事をしている兼を探し出して、うしろから脳天を喰らわしてやりました。そうして旦那の処へ御厄介を願いに来ましたので……逃げも隠れも致しません。ヘイ……」

「フーム。しかしわからんナ。どうも……その兼をやっつけた理由が……」

「わかりませんか旦那……兼の野郎は私が病気をしているのにつけ込んで、私を毒殺して十両ゴマ化そうとしたに違いないのですぜ。あいつはもとから物識《ものし》りなのですからね。ネエ旦那そうでしょう。一ッ考えておくんなさい」

「ウップ……たったそれだけの理由か」

「それだけって旦那……これだけでも沢山じゃありませんか」

「……バ……馬鹿だナア貴様は……それじゃ貴様が兼に十両貸したのは間違いない事実だと言うんだナ」

「ヘエ。ソレに違いないと思うので……そればっかりではありません。兼の野郎が私を馬と間違えたと思うとやたらに腹が立ちましたので……」

「アハハハハ……イヨイヨ馬鹿だナ貴様は……」

「ヘイ……でも私は恥を掻《か》かされると承知出来ない性分で……」

「ウーン。それはそうかも知れんが……しかし、それにしても貴様の言うことはちっとも訳が解らんじゃないか」

「何故ですか……旦那……」

「何故というて考えてみろ。兼のそぶりで金の貸し借りを判断するちゅう事からして間違っているし……」

「間違っておりません……あいつは……ワ……私を毒殺しようとしたんです……旦那の方が無理です」

「黙れッ……」

と巡査部長は不意に眼を怒らして大喝した。坑夫の言い草が機嫌《きげん》に触ったらしく真赤になって青筋を立てた。

「黙れ……不埒《ふらち》な奴だ。第一貴様はその証拠に、その薬で風邪が治っとるじゃないか」

「ヘイ……」

と坑夫は毒気を抜かれたように口をポカンと開いた。そこいらを見まわしながら眼を白黒さしていたが、やがてグッタリとうなだれると床の上にペタリと坐り込んだ。涙をポトポト落してひれ伏した。

「……兼……済まない事をした……旦那……私を死刑にして下さい」

古鍋

「金貸し後家」と言えば界隈《かいわい》で知らぬ者はない……五十前後の筋骨逞《たく》ましい二タ目と見られぬ黒アバタで……腕っ節なら男よりも強い強力者で……三味線《しゃみせん》が上手《じょうず》で声が美しいという……それが一人娘のお加代というのとたった二人きりで家倉の立ち竝《なら》んだ大きな家に住んでいた。しかし娘のお加代というのは死んだ親父似がして、母親とは正反対の優《やさ》しい物ごしで、色が幽霊のように白くて、縫物《ぬいもの》が上手という評判であった。

　そのお加代のところへ、隣り村の畳屋の次男坊で、中学まで行った勇作というのが、この頃毎晩のように通って来るというので、かねてからお加代に思いをかけていた村の青年たちは非常に憤慨して、寄り寄り相談を始めた。そのあげく五月雨《さみだれ》の降る夕方のこと、手に手に棒切を持った十四、五人が「金貸し後家」の家のまわりを取り囲むと、強がりの青年が三人代表となって中に入って、後家さんに直接談判を開始した。

「今夜この家に、隣り村の勇作が入ったのをたしかに見届けた。尋常に引渡せばよし。あいまいな事を言うなら踏み込んで家探しをするぞ……」

　という風に……。

　奥から出て来た後家さんは、浴衣《ゆかた》を両方の肩へまくり上げて、黒光りする右の手でランプを……左手には団扇《うちわ》を持っていたが、上《あが》り框《かまち》に仁王立ちに突立ったまま平気の平左で三人の青年を見下した。

「アイヨ……来ていることは間違いないよ……だけんど……それを引渡せばどうなるんだえ」

「半殺しにしてしまうのだ。この村の娘には、ほかの村の奴の指一本指させないのが昔からのしきたりだ。お前さんも知っているだろう」

「アイヨ……知っているよ。それくらいのことは……ホホホホホ。けんどそれはホントにお生憎《あいにく》だったネエ。そんな用なら黙ってお帰り！」

「ナニッ……何だと……」

「何でもないよ。勇作さんは私の娘の処《ところ》へ通っているのじゃないよ」

「嘘《うそ》を吐《つ》け。それでなくて何で毎晩このうちに……」

「ヘヘヘヘヘ。妾《わたし》が用があるから呼びつけているのさ」

「エッ……お前さんが……」

「そうだよ。ヘヘヘヘヘ。大事な用があってね……」

「……そ……その用事というのは……」

「それは言うに言われぬ用事だよ……けんど……いずれそのうちにわかる事だよ……ハッハッハッハッ」

　青年たちは顔を見合わせた。白い歯を剥《む》き出してニタニタ笑っているアバタ面を見ているうちに、皆気味がわるくなったらしかったが、やがてその中の一人がもったいらしく、咳払《せきばら》いをした。

「……ようし……わかった……そんなら今夜は勘弁してやる。しかし約束を違えると承知しないぞ」

と、言う、へんてこな捨科白《すてぜりふ》を残しながら三人は無理に肩そびやかして出て行った。

勇作はそれから後公々然とこの家に入浸《いりびた》りになった。

ところが、やがて五、六か月経って秋の収穫期《とりいれどき》になると、後家さんの下ッ腹が約束の通りにムクムクとセリ出して来たのでドエライ評判になった。どこの稲扱《いねこ》き場でもこの噂《うわさ》で持ちきった。しかもその評判が最高度《ぜっちょう》に達した頃に村役場へ「勇作を娘の婿《むこ》養子にする」という正式の届出が後家さんの手で差し出されたので、その評判は一層輪に輪をかけることになった。

「これはどうもこの村の風儀上面白くない」と小学校の校長さんが抗議を申込んだために村長さんがその届を握り潰《つぶ》している……とか……村の青年が近いうちに暴れ込む手筈《てはず》になっている……とか……町の警察でも内々で事実を調べにかかっている……とかいう穿《うが》った噂まで立ったが、そのせいか「金持ち後家」の一家三人は、裏表の戸をピッタリと閉めきって、醬油《しょうゆ》買いにも油買いにも出なくなった。いつもだと後家さんは収穫後の金取り立てで忙しいのであったが、今年はそんなもようがないので借りのある連中は皆喜んだ。

ところが又そのうちに、収穫が一通り済んで村中がお祭り気分になると、後家さんの家がいつまでも閉め込んだきり煙一つ立てない事にみんな気がつき始めた。初めのうちは「後家さんが、どこかへ子供を生みに行ったんだろう」なぞと暢気《のんき》なことを言っていたが、あんまり様子が変なので、とうとう駐在所の旦那《だんな》がやって来て、区長さんと立ち会いの上で裏口の南京錠《ナンキンじょう》をコジ離して入ってみると中は人ッ子一人いない。そうして家具家財はチャンとしているようであるが、その中でただ一つ金庫の蓋《ふた》が開いて現金と通い帳がなくなっているようす……その前に男文字の手紙が一通読みさしのまま放り出してあるのを取り上げて読んでみると、あらかたこんな意味の事が書いてあった。

「お母さん。あなたがあの時に勇作さんを助けて下すった御恩は忘れません。けれども、それから後のあなたの勇作さんに対する恩着せがましい横暴な仕うちはイクラ恨《うら》んでも恨みきれません。妾はもう我慢出来なくなりましたから、勇作さんと一緒にどこか遠い所へ行ってスイートホームを作ります。私たちは当然私たちのものになっている財産の一部を持って行きます。さようなら。どうぞ幸福に暮して下さい。

月　日

勇作

妻　加代

母上様

それでは後家さんはどこへ行ったのだろうと、家中を探しまわると、物置の梁《はり》から、半腐りの縊死体《いしたい》となってブラ下っているのが発見された。その足下にはボロ切れに包んだ古鍋《ふるなべ》が投げ棄《す》ててあった。

模範兵士

御維新後、煉瓦《れんが》焼きが流行《はや》った際に、村から半道ばかり上の川添いの赤土山を、村の名主どんが半分ばかり切り取って売ってしまった。そのあとの雑木林の中から清水が湧《わ》くのを中心にして、いつからともなく乞《こ》食《じき》の部落が出来ているのを、村の者は単に川上川上と呼んでいた。

部落と言っても、見すぼらしい蒲鉾小屋《かまぼこごや》が、四ツ五ツ固まっているきりであったが、それでも郵便や為替《かわせ》も来るし、越中富山の薬売りも立ち寄る。それに又この頃は、日曜ごとに軍服厳《いか》めしい兵隊さんが帰省して来ると言うので急に村の者の注意を惹《ひ》き出した。何でも立派な身分の人の成れの果が隠れているらしいという噂《うわさ》であった。

その兵隊さんと言うのは、郵便局員の話によると西村さんと言うので、眼鼻立ちのパッチリした活動役者のように優《やさ》しい青年であるが、この部落の仲間では新米らしく、すこし離れた処に蒲鉾小屋を作って、その中に床に就いたままの女を一人匿《かく》まっている。その女の顔はよくわからないが年の頃は四十ばかりで、気味の悪いほど色の白い上品な顔で、西村さんがお土産をさし出すと、両手を合わせて泣きながら受け取っているのを見た……と……これは村の子守たちの話であった。

それから後西村さんの評判は、だんだん高くなるばかりであった。その女は西村さんの何であろうか……と噂がとりどりであったが、そのうちに、村でたった一軒だけ荒物屋に配達されている新聞に、西村さんの事が大きく写真入りで出た。

――西村二等卒は元来、東北の財産家の一人息子であったが、十三の年に父が死ぬと間もなく一家分散したので、母親に連れられて長崎の親類の処《ところ》へ行くうちに、あわれや乞食にまで零落してしまった。それから七年の間方々を流浪していると昨年の春から母親が労症で、腰が抜けたので、とうとうこの川上の部落に落ちつく事になったが、丁度その時が適齢だったので呼び出されて検査を受けると美事に甲種で合格した。しかし西村二等卒は入営しても決して贅沢《ぜいたく》をしなかった。給料を一文も費《つか》わないばかりか、営庭の掃除の時に見つけた尾錠《びじょう》や釦《ぼたん》を拾い溜《た》めては、そんなものをなくして困っている同僚に一個一銭ずつで売りつけて貯金をする。そうして日曜を待ちかねて母親を慰めに来るので連隊中の評判になって、遂に連隊長から表彰された。性質は極めて従順温良で、勤務勉励、品行方正、成績優等……曰《いわ》く何……曰く何……。

西村さんの評判はそれ以来絶頂に達した。日曜になると村の子守女が、吾《われ》も吾もと出かけて、川上の部落を取り巻いて、西村さんの親孝行ぶりを見物した。西村さんが病人の汚れものと、自分のシャツを一緒にして、朝霜の大川で洗濯《せんたく》するのを眺《なが》めながら「あたし西村さんの処へお嫁に行って上げたい」「ホンニナア」と涙ぐむ者さえあった。

　そのうちに新聞社や連隊へ宛《あ》ててドシドシ同情金が送られて来たが、中には女の名前で大枚金五十円也を寄贈するものが出来たりしたので、西村さんは急に金持ちになったらしく、同じ部落の者の世話で、母親の寝ている蒲鉾小屋を家らしい形の亜鉛《トタン》板張りに建て換えたりした。

「親孝行チュウはすべきもんやナア」

　と村の人々は歎息し合った。


　ところが間もなく大変な事が起った。

　ちょうど桜がチラチラし始めて、麦畑を雲雀《ひばり》がチョロチョロして、トテモいい日曜の朝のこと、カーキ色の軍服を、いつもよりシャンと着た西村さんが、それこそ本当に活動女優ソックリのステキなハイカラ美人《さん》と一緒に自動車に乗って、川上の部落へやって来たのであった。

　もっともこの日に限って西村さんは何となく、気が進まぬらしい態度《ようす》で、自動車から降りると、泣き出しそうな青い顔をして尻込《しりご》みをしているのを、ハイカラ美人が無理に手を引っぱって、亜鉛張りの家に入ったが、母親はまだ睡《ねむ》っていたらしく、二人とも直《す》ぐに外へ出て来た。

　それから西村さんは直ぐに帰ろうとして自動車の方へ行きかけたけれども、ハイカラサンが無理やりに引き止めた。そうして自動車の中から赤い毛布を一枚と、美味《おい》しそうなものを一パイ詰めた籠《かご》を出して、雑木林の中の空地《あきち》に敷き並《なら》べると、部落に残っている片輪連中を五、六人呼び集めて奇妙キテレツな酒宴《さかもり》を始めた。

　まず、最初は三々九度の真似事らしく、顔を真赤にして羞恥《はにか》んでいる西村さんと、キャアキャア笑っているハイカラ美人が呆気《あっけ》にとられている片輪たちの前で、赤い盃《さかずき》をやったり取ったり、押し戴《いただ》いたりしていたが、間もなく外の連中も、白い盃や茶飲茶碗《ちゃわん》でガブガブとお酒を飲み始めた。その御馳走《ごちそう》の中には、ネジパンや、西洋のお酒らしい細長い瓶《びん》や、ネーブル蜜柑《みかん》などがあったが、その他は誰《だれ》一人、見たことも聞いたこともない罐詰《かんづめ》みたようなものばかりを、寄ってたかって美味《おい》しそうにパクついていた。

　西村さんもハイカラ美人にお酌《しゃく》をされて恥かしそうに飲んでいたが、そのうちにハイカラ美人はスッカリ酔っ払ってしまったらしく、毛布の上に立ち上って何かしらペラペラと、演説みたような事をしゃべり始めた。それから赤い湯もじをお臍《へそ》の上までマクリ上げると、大きな真白いお尻《しり》を振り立てて、妙テケレンな踊りをおどり出した。それを片輪連中が手をたたいて賞《ほ》めていた……。

……までは、よっぽど面白かったが、間もなく横のトタン葺《ぶ》きの小屋から、白い湯もじ一貫の、西村さんのお母さんが、ヒョロヒョロと出て来た姿を見ると、みんな震え上がってしまった。

　痩《や》せこけた青白い身体に髪毛《かみ》をバラバラとふり乱して、眼の玉を真白に剝《む》き出して、歯をギリギリと噛《か》んで、まるで般若《はんにゃ》のようにスゴイ顔つきであったが、慌《あわ》てて抱き止めようとする西村さんを突き飛ばすと、踊りを止めてボンヤリ突立っているハイカラ美人にヨロヨロとよろめきかかった。そのままシッカリと抱きついて、眼の玉ギョロギョロさせながら口を耳までアーンと開いて喰《く》いつこうとした。それを西村さんが一所懸命に引き離して、ハイカラ美人の手を取りながら自動車に乗ってドンドン逃げて行った。あとにはお母さんが片息になって倒れているのを、皆で介抱しているようであったが、離れた処から見ていた上に言葉が普通《あたりまえ》と違っているのでどんな経緯《いきさつ》なのかサッパリわからなかった……という子守《こもり》女たちの報告であった。

「フーン。それは、わかりきっとるじゃないか」

　と、聞いていた荒物屋の隠居は、新聞片手に子守女たちを見まわした。

「西村さんのお母さんが、そんな女は嫁にすることはならんと言うて止めたまでの事じゃがナ」

　子守女たちは、みんな妙な顔をした。何だかわかったような、わからぬようなアンバイで、張り合い抜けがしたように、荒物屋の店先から散って行った。

　ところが又、その翌《あく》る日の正午頃になると、村の駐在巡査と部長さんらしい金モールを巻いた人を先に立てて、村の村医《せんせい》と腰にピストルをつけた憲兵との四人が、めいめいに自転車のベルの音ケタタマシク村を通り抜けて、川上の方へ行ったので、通り筋の者は皆何事かと思って、表へ飛び出して見送った。その中から一人行き、二人駈《か》け出しして行ったので、川上の部落のまわりは黒山のような人だかりになったが、そんな連中が帰って来てからの話によると、事件というのは西村のお母さんが昨夜のうちに首を縊《つ》ったので、昨日のハイカラ美人が殺したのじゃないかと、疑いがかかっているらしい……と言うのであった。

　しかし、それにしても様子がおかしいと言うので評議が区々《まちまち》になっていたが、あくる朝を待ちかねて人々が、荒物屋に集まってみると、果して、事件の真相が詳しく新聞に出ていた。「模範兵士の化けの皮」と言う大きな標題《みだし》で……。

……西村二等卒の性行を調査の結果、表面温順に見える一種の白痴《はくち》で、且《か》つ、甚《はなは》だしい変態性欲の耽溺者《たんできしゃ》であることがわかった。すなわち、その母親として仕えていたのは、実は子供の時から可愛がられていた情婦に過ぎないのであったが、最近に到って有名な箱師のお玉という、これも変態的な素質を持った毒婦が、模範兵士の新聞記事を見て、大胆にも原籍本名を明記した封筒に、長々しい感激の手紙と、五拾円也の為替を入れて連隊長宛に送って来た。これを本紙の記事によって知った警察当局では、極秘裡に彼女の所在を厳探中であったが、あくまでも大胆不敵なお玉はその中を潜って西村と関係を結んだらしく、すっかり西村を丸め込んで二人で自動車に同乗して、贋《にせ》の母親を嘲弄《ちょうろう》しに行ったのが一昨日曜の午前中の事であったという。ところが西村はそのまま隊へは帰らずに、駅前の旅館で服装を改めてお玉と一緒に、逃亡した模様である。一方西村の贋母親は憤慨の余り縊死《いし》していることが昨朝に到って発見されたので、早速係官が出張して取調べの結果、他殺の疑いはないことになった。しかし、同時に、付近の乞食連中の言によって、この種の変態的関係は、彼等仲間の通有的茶飯事で、決して珍しい事はないと判明したので、係官も苦笑に堪えず……云々《うんぬん》……。

「……ところでこの、ヘンタイ、セイヨクの、何とかチュウのは、何じゃろか……」

「おらにもわからんがナ」

と荒物屋の隠居は、大勢に取り巻かれながら、投げ出すように言った。

「近頃《ちかごろ》の新聞はチットでも訳のわからんことがあると、すぐに、ヘンタイ何とかチュウて書きおるでナ。おらが思うに西村さんはやっぱり親孝行者じゃったのよ。それが性の悪い女に欺《だま》されて母親を見すてたので、義理も恩もしらぬ近所隣りの乞食めらが、あとの世話を面倒がって何とかかんとかケチをつけて、無理往生に首を縊《くび》らせたのじゃないかと思うがナ……ドウジャエ……」

皆一時にシンとなった。

兄貴の骨

「お前の家の、一番西に当る軒先から、三尺離れた処《ところ》を、誰《だれ》にも知らせぬようにして掘って見よ。何尺下かわからぬが、石が一個埋もっている筈《はず》じゃ。その石を大切に祭れば、お前の女房の血の道は一と月経《た》たぬうちに癒《なお》る。一年のうちには子供も出来る。二人ともまだ若いのじゃから……エーカナ……」

「ヘーッ」

と若い文作はひれ伏した。その向うには何でも適中《あた》るという評判の足萎《な》え和尚《おしょう》さんが、丸々と肥《ふと》った身体に、浴衣《ゆかた》がけの大胡座《あぐら》で、筮竹《ぜいちく》を斜《はす》に構えて、大きな眼玉を剥《む》いていた。

その座布団《ざぶとん》の前に文作は、五十銭玉を一つ入れた状袋を、恐る恐る差し出してまたひれ伏した。するとその頭の上から、和尚の胴間声が雷のように響いて来た。

「しかし、早うせんと、病人の生命《いのち》がないぞ……」

「ヘーッ……」

と文作は今一度畳の上に額をすりつけると、フラフラになったような気もちで方丈を出た。途中で寒さ凌《しの》ぎに一パイ飲んで、夕方になって、やっと自宅へ帰りついた文作は着のみ着のまま、物も言わずに、布団をかぶって寝てしまった。難産のあとの血の道で、お医者に見放されてブラブラしている女房が心配して、どうしたのかと、いろいろに聞いても返事もせずにグーグー鼾《いびき》をかいていたが、やがて夜中過ぎになると文作は、女房の寝息を窺《うかが》いながらソーッと起き上って、裏口から、西側の軒下にまわった。そこに積んであった薪《まき》を片づけて、分捕りスコップ（日露戦役の戦利払下品）を取り上げると、氷のような満月の光りをたよりに、物音を忍ばせてセッセと掘り始めたが、鍬《くわ》と違って骨が折れるばかりでなく、土が馬鹿に固くて、三尺ばかり掘り下げるうちに二の腕がシビレて来たので、文作はホッと一息して腰を伸ばした。

するとその時に、今まで気がつかなかったが、最初に掘り返した下積みの土の端っこに、何やら白いものが二つ三つコロコロと混っているのが見えた。文作はそれを、何の気もなく月あかりにつまみ出しながら、泥を払い落してみると、それは魚よりすこし大きい位の脊骨の一部だったので文作は身体中の血が一時に凍ったようにドキンとした。ワナワナと慄《ふる》え出しながら、切れるように冷たい土を両手で掻《か》き拡げて、丹念に探《さが》しまわってみると、泥まみれになってはいるが、脊椎骨《せぼね》らしいものが七、八つと、手足の骨かと思われるものが二、三本と、わけのわからない平べったい、三角形の骨が二枚と、一番おしまいに、黒い粘っこい泥が一パイに詰まった、頭蓋骨《ずがいこつ》らしいものが一個出た。

文作は、もうすこしで大声をあげるところであったが、女房が寝ていることを思い出してやっと我慢した。身体中がガタガタと慄えて、頭が物に取り憑《つ》かれたようにガンガンと痛み出した。横路地から這《は》うようにして往来に出ると一目散に駈《か》け出した。

文作が足萎《な》え和尚の寝ている方丈の雨戸をたたいた時には、もう夜が明けはなれていたが、和尚が躄《いざ》りながら雨戸を開けて「何事か」と声をかけると文作は「ウーン」と言うなり霜の降ったお庭へ引っくり返ってしまった。

それをやがて起きて来た梵妻《だいこく》や寺男が介抱をして遣《や》ると、やっと正気づいたので、手足の泥を洗わせて方丈へ連れ込んだのであったが、熱い湯を飲ませて落ちつかせながら、詳しく事情を聞き取るうちに、和尚はニヤリニヤリと笑い出して、何度も何度も首肯《うなず》いた。

「ウーム。そうじゃろう……そうじゃろうと思うた。実はナ……埋まっているのが人間の骨じゃと言うと、臆病者《おくびょうもの》のお前が、よう掘るまいと思うたから石じゃと言うておいたのじゃが、その骨というのはナ……エエか……ほかならぬ、お前の兄貴の骨じゃぞ……」

「ゲーッ。私の兄貴の……」

「……と言うてもわかるまいが……これには深い仔細《わけ》があるのじゃ」

「ヘエッ。どんな仔細《わけ》で……」

「まあ急き込まずとよう聞け。……ところでまず、その前に聞くが、お前は昨日来た時に両親はもうおらんと言うたノ」

「ヘイ。一昨年の大虎列剌《コレラ》の時に死にましたので……」

「ウンウン。それじゃから言うて聞かすが、お前の母親というのは、ああ見えても若いうちはナカナカ男好きじゃったのでナ。ちょうどお前の処に嫁入る半年ばかり前に、拙僧の処へコッソリと相談に来おってナ……こう言うのじゃ。わたしはこの間の盆踊りの晩に、誰とも知れぬ男の胤《たね》を宿したが、まだ誰にも言わずにいるうちに、文太郎さんが養子に来ることになりました。わたしも文太郎さんなら固い人じゃに、一緒になってもええと思うけれど、お腹の子があってはどうにもならぬ故、どうか一つ御祈禱《ごきとう》をして下さらんかという是非ない頼みじゃ。そこで拙僧は望み通りに、真言秘密の御祈禱をして遣って、出て来た孩児《ややこ》はこれこれの処に埋めなさい……とまで差図をして置いたが……それがソレ……その骨じゃ。エエカナ……ところが、それから二十年余り経った昨日の事、お前がやって来てからの頼みで、卦《け》を立ててみると……どうじゃ……その盆踊りの晩に、お前の母親の腹に宿ったタネというのは、お前の父親……すなわち文太郎のタネに相違ないという本文が出たのじゃ。つまりその、堕胎《おろ》された孩児というのは、とりも直さずお前の兄さんで、お前の代りに家倉を貰《もら》う身柄であったのを、闇《やみ》から闇に落されたわけで、多分この事はお前の両親も知っていたろうと思われる証拠には……ソレ……その孩児を埋めた土の上が薪置き場にしてあったじゃろう。けれども、その兄貴の怨《うら》みはきょうまでも消えず、お前の家の跡を絶やすつもりで、お前の女房に祟《たた》っているのでナ……出て来たものを丁寧に祭れと言うたのはここのことジャ……エーカナ。本当を言うと、これはお前の母親の過失で、お前や、お前の女房が祟られる筋合いはないのじゃが、そこが人間凡夫の浅ましさでナ……」

という風に和尚は、引き続いて長々とした説教を始めた。

文作は青くなったり、赤くなったりして、首肯《うなず》き首肯き聞いていたが、そのうちに立っても居てもいられぬようにソワソワし始めた。和尚の志の茶づけを二、三杯大急ぎで掻き込むとそのまま、霜解けの道を走って帰った。

ところが帰って来て見ると、文作が心配していた以上の大騒ぎになっていた。

文作が昨日のうちに、軒下から孩児の骨を掘り出したまま、どこかへ逃げてしまっている。女房はそれを聞くと一ペンに血が上がって、医師が間に合わぬうちに歯を喰い締めて息を引き取った……と言うので文作の家の中には村の女房達がワァワァと詰めかけている。家の外には老人や青年が真黒に集まって、泥だらけの白骨を中心に、大評議をしている……というわけで……そこへ文作が帰って来たのであったが、女房の死骸《しがい》を一眼見ると、文作は青い顔をしたまま物をも言わず外へ飛び出して、村の人々を押しわけて、白骨の置いてある土盛りの処へ来た。ジィッと泥だらけの白骨を見ていたがイキナリその上に突伏して、

「兄貴……ヒドイ事をしてくれたなア……」

と大声をあげて泣き出した。

人々は文作が発狂したのかと思った。けれども、そのうちに、駐在所の旦那《だんな》や区長さんが来て顔中泥だらけにして泣いている文作を引きずり起すと、文作は土の上に坐《すわ》ったまま、シャクリ上げシャクリ上げして一伍一什《いちぶしじゅう》を話し出した。

聞いていた人々は皆眼を丸くして呆《あき》れた。顔を見交して震え上った。うしろから取り巻いて耳を立てていた女たちの中には、気持ちがわるくなったと言って水を飲みに行ったものもあった。

それから間もなく件《くだん》の白骨は、キレイに洗い浄められて、古綿を詰めたボールの菓子

箱に納まって、文作の家の仏壇に、女房の位牌《いはい》と並べて飾られた。評判につられて見に来る人が多いので、文作の女房の葬式は近頃《ちかごろ》にない大勢の見送りであった。

ところが事件はこれで済まなかった。どうも話がおかしいと言うので、駐在所の旦那がいろいろと取調べたあげく、一週間ばかりしてから郡の医師会長の学士さんに来て貰って、件の白骨を見て貰うと、犬の骨に間違いない……という鑑定だったので又も大評判になった。その結果、あくまでも人間の胎児の骨だと言い張った足萎え和尚は拘留処分を受けることになったが、しかし村の者の大部分は学士さんの鑑定を信じなかった。文作の話をどこまでも本当にして、言い伝え聞き伝えしたので、足萎え和尚を信仰するものが、前よりもズッと殖《ふ》えるようになった。

文作もその後久しく独身でいるが、誰も恐ろしがって嫁に来るものがない。

X光線

電車会社の大きなベースボールグラウンドが、村外れの松原を切り開いて出来た。その開場式を兼ねた第一回の野球試合の入場券が村中に配られた。おまけにその救護班の主任が、その村の村医で、郡医師会の中でも一番古参の人格者と呼ばれている松浦先生に当ったというので、村中の評判は大したものであった。本物のベースボールというものは戦争みたいように恐ろしいもので時々怪我人《けがにん》が出来る。救護班というのは、その怪我人を介抱する赤十字みたようなものだ……なぞと真顔になって説明するものさえあった。

当の本人の松浦先生も、むろんステキに意気込んでいた。当日の朝になると、まだ暗いうちに一帳羅《いっちょうら》のフロックコートを着て、金鎖を胸高にかけて、玄関口に寄せかけた新調の自転車をながめながら、ニコニコ然と朝飯の膳《ぜん》に坐ったが、奥さんの心づくしの鯛《たい》の潮煮を美味そうに突ついているうちに、フト、二、三度眼を白黒さした。それから汁《しる》碗《わん》をソッと置いて、大きな飯の固まりを二ツ三ツ、頬張《ほおば》っては呑《の》み込み呑み込みしたと思うと、真青になってガラリと箸《はし》を投げ出してしまった。奥さんが仔細《わけ》を尋ねる間もなく立ち上って、帽子を冠《かぶ》って、新しい靴下《くつした》の上から古い庭ばきを突かけると、自転車に跨《またが》りながらドンドン都の方へ走り出した。

一時間ばかり走って、やっと都の中央の、目貫《めぬ》きの処に開業している、遠藤という耳《じ》鼻《び》咽喉科《いんこうか》病院の玄関に乗りつけた松浦先生は、滝のように流れる汗を拭《ふ》き拭き通りかかった看護婦に名刺を出して診察を頼んだ。

「鯛の骨が咽喉《のど》へかかりましたので……どうかすぐに先生へ……」

間もなく真暗な室に通された松浦先生は、白い診察服を着けた堂々たる遠藤博士と、さし向いに坐りながら、禿頭《はげあたま》をペコペコ下げて汗を拭き続けた。

「そんな訳で、気がせいておりましたせいか、ここの処に鯛の骨が刺さりまして、痛くてたまりませんので……実は先年、講習会へ参りました時に、先生のお話を承りまして……ある老人が食道に刺さった鯛の骨を放任して置いたら、その骨が肉の中をめぐって心臓に突き刺さったために死亡した……という、あのお話を思い出しましたので……」

「ハハハハハ……イヤ。あのお話ですか」

と遠藤博士は、肥った身体を反《そ》り気味にして苦笑した。

「あんな例は、滅多にありませんので……さほど御心配には及ぶまいと思いますが」

「ハイ……でも、実は、倅《せがれ》が、来年大学を卒業致しますので、それまでに万一《もしも》の事がありましては申訳ありませんから、念のために是非一ッ……」

「イヤ……ごもっともで……」

と遠藤博士は苦笑しいしい金ぶち眼鏡をかけ直してピカピカ光る凹面鏡を取り上げた。松浦先生の口をあけさせて、とりあえず喉頭鏡を突込んでみたが、そこいらに骨は見当らなかった。けれども痛いのは相変らず痛いというので、それでは食道鏡を入れてみようという事になった。

松浦先生は食道鏡というものを初めて見たらしかったが、奇妙な恐ろしい恰好《かっこう》の椅子《いす》に坐らせられて、二名の看護婦に両手を押さえられたまま食道鏡の筒をさしつけられると、フトまた青い顔になって遠藤博士を見上げた。

「これが……胃袋を突き通した器械で……」

と言いかけて口籠《くちご》もった。遠藤博士は噴き出した。

「アハハハハハ。あの話を御記憶でしたか。あれはソノ何ですよ。あれは西洋で初めて食道鏡を使った時の失敗談で、手先の器用な日本人だったら、あんなヘマな事をする気遣いはありませんよ。サア御心配なく口を開いて……もっと上を向いて……そうそう……」

食道鏡が突き込まれると、松浦先生は天井を仰いだまま、開口器を噛《か》み砕くかと思うほど苦悶《くもん》し始めた。大粒の涙をポトポト落しながら、青くなり、又赤くなったが、そんなにして残りなく調べて貰《もら》っても骨らしいものはどこにも見つからなかった。

しかし、それでも唾《つば》を飲み込んでみると、痛いのは相変らず痛いというので、思いきって今一度診《み》て貰いたいと言い出した。遠藤博士も苦笑しいしい今一度食道鏡を突込んだ。

こうして、三度までくり返したけれども、骨は依然として見つからない。しかし痛い処はやはり痛いというので、さすがの遠藤博士も持て余したらしく、懇意なＸ光線の専門家に紹介してやるから、そこで探《さが》して貰ったらよかろう……と言って名刺を一枚渡した。

Ｘ光線によって照し出された鯛の骨の在所《ありか》を、正面と横からと二枚の図に写して貰った松浦先生は、またも遠藤博士の処へ引返して来たが、博士はたった今急患を往診に出かけたというので今度は町外れに在る大学の耳鼻科に駈《か》け込んだ。

そこには若い医員が一パイに並んで、診察をしていたがその中の一人が、松浦先生の話をきくと、Ｘ光線の図には一瞥《いちべつ》だに与えないで冷笑した。

「……馬鹿な……そんな小さな骨がX光線に感じた例はまだ聞きません。こちらへお出でなさい。とにかく診てあげますから」

といううちに松浦先生を別室に連れて行って、またも奇妙な、恐ろしい形の椅子に腰をかけさせた。しかしその時には松浦先生の食道が、一面に腫《は》れ爛《ただ》れて、食道鏡がちょっと触っても悲鳴をあげるくらいになっていたので、若い医員はスコポラミンの注射をしてから食道鏡を入れた。

けれどもここでまた三回ほど食道鏡を出したり入れたりされているうちに、松浦先生はもうフラフラになってしまった。

「もう結構です。骨が取れましたせいか、痛みがわからなくなりましたようで……その代り何だか眼がまわりますようで……」

「それじゃ、このベッドの上で暫《しばら》く休んでからお帰りなさい。注射が利《き》いているうちは眼がまわりますから」

と言い棄《す》てて、若い医員は立ち去った。

松浦先生は……しかしベースボールの方が気にかかっていたかして、そのまま自転車に乗って大学を出たらしかった。そうして途中で注射がホントウに利き出して、眼が眩《くら》んだものらしく、国道沿いの海岸の高い崖《がけ》の上から、自転車もろともころげ落ちて死んでいるのが、間もなく通りがかりの者に発見された。

その右の手にはX光線の図を二枚とも固く握り締めていたという。

赤い鳥

村外れの網干場に近い松原を二、三百坪切り開いて大きな別荘風の家が建った。海岸の岩の上には見事なモーターボートを納めた倉庫まで出来た。そうして村一番のオシャべりで嫌《きら》われ者のお吉という婆さんが雇われて留守番をする事になった。それまでの噂《うわさ》や、その婆さんの話を綜合《そうごう》すると、その別荘を建てた人は有名な相場師であるが、その若大将の奥さんが身体が弱いので、時々保養に来るために、わざわざ建てたものだと言う事であった。

村の者は皆その贅沢《ぜいたく》さに眼を丸くした。誰《だれ》もかれもその若大将の奥さんを見たがった。

「この界隈《かいわい》で家を建てて棟上《むねあ》げの祝いを配らずに済ます家は、あの別荘だけじゃろ」

などと陰口を利《き》くものもあった。しかしその別荘は出来上ってから三か月ばかりと言うもの閉めきったまんまで、若い奥さんは影も形も見せなかった。

ところが真夏の八月に入った或る日の事、鯛網引きの留守で村中が午睡《ひるね》をしている正《ひ》午《る》下《さが》り時分に、ケタタマシイ自動車の音が二、三台、地響を打たして別荘の方へ走って行った。何しろ道幅が狭いので家毎にユラユラと震動して、子供なぞは悲鳴をあげながらおびえた位であった。眼を醒《さ》ました女房達の中には火のつくように泣く子供を背中に摑《つか》み上げて、別荘の方へ駈け出した者もあったが、そんな連中はすぐあとから来た四、五台の自動車に追っ払われて逃げ迷わなければならなかった。

「別荘の中は殿様の御殿のように、立派な家具家財で飾ってあるよ」

「女中みたような若い女が二人と、運転手か下男みたような男衆が六、七人とで、そんな家具家財を片付けながら、キャッキャとフザケ合っていたよ」

「六、七台の自動車は日暮れ方に、みんな帰ってしまって後には若い女中二人と、お吉婆さんと、青い綺麗《きれい》な籠《かご》に入った赤い鳥が一羽残っているんだよ」

「その赤い鳥は奇妙な声で……バカタレ……馬鹿タレエッて言っていたよ」

というような事実が、その夕方沖から帰って来た村中の男達に大袈裟《おおげさ》な口調で報告された。それを聞いた男たちは皆眼をみはった。

「ウーム、そんならその奥さんチュウのはヨッポド別嬪《べっぴん》さんじゃろ」

「いつ来るんじゃろ、その別嬪さんは……」

「あたしゃ初めあの女中さんを奥さんかと思うたよ。あんまり様子が立派じゃけん」

「あたしもそう思うたよ。……けんど二人御座るのもおかしいと思うてナア」

「お妾《めかけ》さんチュウもんかも知れんテヤ」

「ナアニ……その赤い鳥が奥さんよ」

「……どうしてナ……」

「……どうしてちゅうて……ウチの赤い鳥でも毎日のように俺《おれ》の事をバカタレバカタレ言うてケツカルじゃないか」

そんな事を言い合ってドッと笑いこけながら、海岸に咲き並ぶ月見草を押しわけて帰る連中もあった。

そのあくる日のやはり夕方近くの事……本物の若い奥さんは若大将と一緒に自動車で別荘に乗りつけた。そうして着物を着かえると直ぐに夫婦づれで海岸から村の中を散歩してまわった。

奥さんは村の者の予期に反して別嬪でも何でもなかった。赤い毒々しい色の日傘《ひがさ》の中に一パイになるくらい大きなハイカラ髪に結って、派手な浴衣《ゆかた》に、紫色の博多《はかた》帯《おび》をグルグルと巻きつけたまま反《そ》り身になって村中を歩いて行った。青白く痩《や》せこけた上にコテコテとお化粧をした……鼻の頭がツンと上を向いた……眼の球のギョロギョロと大きい……年はいくつかわからないが西洋人のようにヒョロ長い女であった。また、若大将の方は三十前後であろうか、奥さんよりもズッと背の低いデブデブの小男であった。派手な格子縞《こうしじま》の浴衣に兵児帯《へこおび》を巻きつけて、麦わら帽を阿弥陀《あみだ》にしながら細いステッキを振り振りチョコチョコと奥さんの尻《しり》を逐《お》うて行くところは如何にも好人物らしかった。中には奥さんのお伴をしに来た書生さんと思った者もあるらしかったが、その二人が広くもない村の中を一通りあるきまわると、夕あかりの残った網干場を別荘の方へ通り抜ける時に、こんな話をした。

「ねえあなた。いい景色じゃないの……明日は早く起きてモーターボートで島めぐりをして見ない」

「……ウウン……凪《な》いでいたら行ってみよう」

「……だけどコンナ村に住んでいる人間は可哀そうなものね。年中太陽に晒《さら》されて豚小屋みたいな処《ところ》に寝ころんで……」

「ウーン。女でも男でもずいぶん黒いね。トテモ人間とは思えない」

「男はみんなゴリラで、女はみんな熊みたいに見えるわよ」

「ハハハハ、ゴリラかハハハ」

「ホホホホヒヒヒヒヒ」

すると、ちょうど網干場のまん中の渋小屋（網に渋を染める小屋）の陰で遊んでいた子守女が二、三人、鳴りを鎮めて二人の会話に耳を傾けていたのであったが、こうした言葉をきくとさすがに憤慨したものと見えて、子供を背負い上げながら大急ぎで村へ帰って来た。そうして村の連中が夏祭りの相談をしながら一杯飲んでいる処へやって来て、口々に忠実めかして報告した。

たださえ気の荒い外海育ちの上に、もういい加減酔払っていた若い連中は、これを聞くと一時に殺気立ってしまった。中に、赤褌一貫で腕へ桃の刺青をした村一番の逞《たく》ましいのが、真先に上《あが》り框《がまち》に立って来て怒鳴った。

「……何コン畜生……ごりらタア何の事だ……」

「……知らんがナ……」

と子守女たちは剣幕に恐れて後退《あとじさ》りをした。

「……ナニイ知らん……知らんタア何じゃい……」

「何でもええがッ……畜生メラ。この村を軽蔑《けいべつ》してケツカルんだッ」

「第一この村の地内に家を建てながら、まだ挨拶《あいさつ》にも失せおらんじゃないか」

「……よしッ……みんな来いッ。これから行って談判喰《く》らわしてくれる」

「……よし来た……喧嘩《けんか》なら俺が引き受けた。モノと返事じゃただは置かせんぞ」

と言ううちに四、五人バラバラと立ちかけた。その時であった。

「……マア待て待て……待て言うたら……」

シャガレた声で上座から、こう叫んだ向う鉢巻《はちまき》の禿頭《はげあたま》は、悠々《ゆうゆう》と盃《さかずき》を置いて手をあげると真っ先きに立った桃の刺青を制し止めた。

「何だいトッツァン……また止めるんか」

「ウン。止めやせんがマア坐《すわ》っとれい。俺は俺で考えよる事があるから」

「フーン……それなら聞こう」

と桃の刺青が引返して坐った。ほかの連中もドタドタと自分の盃の前に尻を据《す》えた。

「……ドンナ考えかえ……トッツァン……」

「考えチュウてほかでもない。今度の夏祭りナア……ええか……今度の夏祭り時にナア……ええか……」

禿頭はニヤニヤ笑いながら桃の刺青の耳に口を寄せた。子守女たちに聞こえぬようにささやいた。

「……ナ……ナ……そうしてナ……もしそれを、それだけ出さんと吐《ぬ》かしおったら構う事アない。あの座敷にお獅子様を担《かつ》ぎ込むんよ。例の魚血《なまぐさ》を手足に塗りこくって暴れ込むんよ……久しぶりにナ……」

「……ウン……ナルホド……ウーン……」

「……ナ……たかが守ッ子の言い事を聞いて言いがかりをつけるよりもその方が洒落《しゃれ》とらせんかい」

「ウン。ヨシッ。ワカッタッ。みんなであの座敷をブチ毀《こわ》してくれよう」

「シイッ。聞こえるでないか……外へ……」

「ウン……第一あの嬶《かか》あ面が俺ア気に喰わん。鼻ッペシを天つうに向けやがって」

「アハハハハ。あんなヒョロッコイ嬶が何じゃい。俺に抱かして見ろ。一ト晩でヘシ折って見せるがナ」

「イヨーッ豪《えら》いゾッ。トッツァン。そこで一杯行こうぜ……アハハハハハ」

「ワハハハハハ」

そんな事でその時は済んだが、サテそのあくる日の正午近い頃であった。

七ッと六ツぐらいの村の子供が二人連れで素裸のまま、浜へテングサを拾いに来ていたが、いい加減に拾って帰りがけに炎天の下の焼け砂の上を、開け放された別荘の裏木戸の前まで来るとキョロキョロと中をのぞきながら赤煉瓦塀《あかれんがべい》の中へ入り込んだ……家中の者がモーターボートで島巡りに出て行く処を今朝から見ていたので……そうして縁側の小松の陰に吊《つる》してある赤い鳥の籠《かご》に近付きながら恐る恐るのぞきこんだ。

その顔を見ると人なつこいらしい赤い鳥は突然頭を下げて叫び出した。

「モシモシ。モシモシ。コンチワ……コンチワコンチワ……」

二人の子供はビックリして砂まみれの顔を見合わせた。

それを見ると赤い鳥はイヨイヨ得意になったらしく、一心に子供の顔を見下ろしながら、低い声で歌を唄い出した。

「……ジャン、チェーコン、リウコン……コンリウ、コンジャン……チェーコンチェー……チェーリウコンコンジャンコンチェー……じゃんすいじゃんすい、ほうすいほう……すいすいじゃんすい、ほうすいほう……」

子供はまたも黒い顔を見合わせた。

「何て言いよるのじゃろか」

「……お前たちの事をバカタレって言っているんだよ……ホホホホ」

という声が不意に背後の方から聞こえたので、二人はまたビックリして振り向いた。見るとそれはこの別荘の若大将夫婦で、たった今ボート乗りから帰って来たものらしく、二人とも眩《まぶ》しいほどの白い洋服を着て、濡《ぬ》れ草履《ぞうり》をはいてニコニコしながら突立っていた。

二人の子供はホッと安心したように溜《た》め息《いき》をついた。そうしてまたも不思議そうに赤い鳥の方を振りかえった。

「……エー皆さん……エー皆さん……私は……私は……すなわち……すなわち……」

と赤い鳥はまた別の事を言い出した。それにつれて奥さんは日の照りかかる小鼻に皺《しわ》を寄せながら笑い出した。

「ホーラネ……ホホホホホ……お前さん達の顔を見て馬鹿タレって言っているでしょう……ネーホラ……バカタレーッて……」

「……ちがう……」

と大きい方の児が眼をパチパチさせながら言い放った。イクラカ憤慨したらしく黒い頬《ほお》を染めながら……しかし若い奥さんは凹《へこ》まなかった。イヨイヨ面白そうに金歯を出して笑った。

「イイエ……よく聞いて御覧……ホーラ……ネ……バカタレーッ……バカタレーッ……てね……ね……ホッホッホッホッ」

この笑い声を聞くと赤い鳥はちょっと頭を傾けているようであったが、たちまち思い出したようにパタパタと羽ばたきをした。籠の格子に摑まって子供の顔を睨《にら》み下しながら一際高く叫び出した。

「……バカタレーッ……バカタレーッ……バカタレバカタレバカタレバカタレエーッ……」

そういう赤い鳥の顔を目をまん丸にして見上げていた大きい方の児が、みるみる渋面を作り出した。眼に涙を一パイ溜めたと思うと口惜しそうにワーッと泣き出して、テングサの束を投げ出したまま裏木戸の方へ駈け出した。小さい方の児もテングサの雫《しずく》を引きずり引きずりあとからついて出て行った。笑いころげる夫婦の声をあとに残して……。

　大きい方の児は、すぐに網干場に駈け込んで、そこに突立っている赤褌《あかふんどし》の、桃の刺青をした男に縋《すが》り付いた。そうして一層泣き声を高めながら別荘の方を指して切れぎれに訴えはじめた。

　桃の刺青はウンウンうなずきながら聞いていたが、そのうちに二、三度鉢巻を締め直した。青筋を立てて怒鳴った。

「……エエわからん……まっとハッキリ言え……ナニッ……あの別荘の奴等がか……ウンウン……あの赤い鳥にバカタレと言わせたんか……ウンウン……それに違いないナ」

　横に立っていた小さい児も指をくわえたまま大きい児と一緒にうなずいた。

「……ヨシッ……わかった……泣くな泣くな……畜生めら……そんな了簡《りょうけん》で、あの赤い鳥を連れて来腐ったんだナ……ヨシ二人とも一緒に来い……」

　と言うより早く網を押しわけて別荘の方へ駈け出した。

　しかし裏口から赤煉瓦の中へ入ってみると別荘の中はガランとしていて、人の気はいもなかった。ただ表の植込みから蟬《せみ》の声が降るように聞こえて来るばかりなので、桃の刺青はチョッと張り合いが抜けた体《てい》であったが、そのうちに小松の陰に吊してある青塗りに金縁の籠を見つけると、また急に元気づいてツカツカと近づいた。

「コン畜生……ひねり殺してくれる」

と独言を言い言い籠の口を開けて、黒光りに光る手首をグッと突込んだ。

赤い鳥は驚いた。バタバタと羽根を散らして上の方へ飛び退《の》いたが、なおも真黒い手が摑みかかって来るのを見ると、その手の甲へ勇敢に逆襲して、死物狂いに喰いついた。

「アッ……テテッ……テテェテテェテテェッ」

桃の刺青も一所懸命になった。深く刺さった鉤型《かぎがた》の嘴《くちばし》を一気に引き離すと、黒血のしたたる手首を無我夢中にふりまわしたが、そのはずみに籠の底が脱けてバッタリ落ちたので、赤い鳥は得たりとばかり外へ飛び出して、見る見るうちに遠い松原の中に逃げ込んでしまった。


「……君は一体何をするんだ……」

鳥のあとを逐《お》うて二、三歩駈け出したままボンヤリ焼け砂の上に突立っていた桃の刺青は、突然にうしろからこう怒鳴りつけられたのでビックリして振り返った。見ると浴衣がけの若大将が湯上りの身体をテラテラ光らせながら、小さな眼を光らして縁側に突立っていた。そのうしろから寝巻をしどけなく着た奥さんが、咽喉《のど》をピクピクさして泣きじゃくりながら帯を巻きつけ巻きつけ出て来る模様であった。

「……二百円もする鳥を何で逃がした……うちの家内が吾《わ》が児《こ》のようにしていたもの

を」

若奥さんは帯を半分巻きつけたままペタリと縁側に坐った。ワーッ……と泣き出しながら板張りへ突伏した。

桃の刺青はこれを見ると肩一つゆすり上げた。またも勢いづけられながら血だらけの手で鉢巻を締め直した。

「……ナ……何をするたァ……ナ何だ。貴様等ァ……あの赤い鳥を使って俺の弟を泣かせたろう……村中の人間をバカタレと……イ……言わせたろう……」

「……そんなオボエはないぞ……」

「何オッ。この豚野郎……証拠があるぞッ……」

「証拠がある筈はないぞ……鳥が勝手に言ったんだから……」

「……ウヌッ……」

「……アレーッ……」

桃の刺青はイキナリ土足で縁側に飛び上ろうとしたが、グイと若旦那に突き落された。その力が案外強かったので、桃の刺青はチョット驚いたらしかったが、喧嘩自慢の彼はなおも屈せずに庭下駄ばきで降りて来た若旦那を眼がけて摑みかかった。

けれども柔道を心得ているらしい若旦那の腕力には敵わなかった。砂の上に息詰まるほどタタキ投げられた上に、尻ペタをイヤと言う程下駄で蹴つけられてしまった。しかもそれをヤット我慢しながらようよう頭を上げて見ると、若旦那はいつの間にか縁側に上って、女たちと並んで見ているのであった。

桃の刺青は真青になって唇を嚙《か》んだ。起き上るやいなや、

「覚えていろッ」

と言いすてて裏口から飛び出した。村中を駈けずって仲間を呼び出してまわったが、その仲間の四、五人が冷酒の勢いに乗じて別荘に押しかけた時分には、若旦那夫婦と女中二人を乗せたモーターボートが、大凪《なぎ》の沖合はるかに音も聞こえない処を辷《すべ》っていたのであった。

桃の刺青の仲間はいよいよ腹を立てた。炎天を走って来たお陰で一時に上った冷酒の悪酔いと一緒に、別荘の中へあばれ込んで、戸障子や器物を片っ端からタタキ毀し始めた。それを押し止めに出て来たお吉婆さんまでもついでにタタキ倒してしまったが、その婆さんの報告で駐在巡査が駈けつけると、すぐに桃の刺青を取り押えて、ほかの四、五人と一緒に裸体のまま本署へ引っぱって行った。

村中はたちまち大騒ぎになってしまった。この塩梅《あんばい》では四、五日のうちに迫っている夏祭りがトテモ出来まいと言うので年寄達が寄り合ったり、村長と区長が夕方から警察に陳情に行ったりしたが、そのうちに別荘の持ち主の方で告訴しないように取計った事が町から電話で知らせて来たとかで、間もなく若い者たちは放免されることがわかったのでやっと村中は落ちついた。

一方に別荘はこの騒動のあった日から、門も雨戸もスッカリ閉め切って空屋《あきや》同然の姿

お米は妙な顔をしてお千代を見た。お千代も同じような顔をしてお米の顔を見上げた。

「オイ。どうしたんか……子供は……」

と亭主の金作は眼を丸くして裏口へ引っ返して来た。

お米はまだお千代の顔を見ていた。

「お前……背負うて来たんやないかい」

お千代もお米の顔をポカンと見上げていた。

「……イイエ……お神さんが負うて帰らっしゃったかと思うて……妾しゃ……」

二人は同時に青くなった。聞いていた金作も、何かわからないまま真青になった。

「……どうしたんか一体……」

「あたし……きょう……八幡様に参って……」

「……ナニ……八幡様に参って……」

「……お宮の前のお湯に入って……」

「……ナニイ……お湯に入っタア……何しに入ったんか……」

「…………」

「…………」

「それからドウしたんか」

「……泣いてもわからん……言わんかい」

「……落《おと》いて来たァ……」

「……ワァ——ア……」

金作は二人を庭へタタキ倒した。黄な粉を引っくり返したまま、大砲のような音を立てて表口から飛び出した。

お米も面喰ったまま起き上って、裏の田圃へ駈け出した。田を鋤《す》いている百姓を見つけると、金切声を振り絞った。

「大変だよ。ウチの人と一しょに行っておくれよ。子供が……子供がいなくなったんだよッ……」

一方に八幡裏のお湯屋では、亭主と、巡査と、近所の人が二、三人、番台の前で評議していた。その中で巡査は帳面を開いたまま、何かしら当惑しているらしかったが、やがて髭《ひげ》をひねりひねり亭主をかえりみた。

「子供を棄《す》てる奴が湯に入って帰るチュウはおかしいじゃないか。アーン」

「ヘエ。……でも十銭置いてありますので……」

「フーン。釣銭はやらなかっタンカ」

「ヘエ。何時頃入ったやら気がつきませんじゃったので……」

「迂闊《うかつ》じゃナアお前は……罰を喰うぞ気をつけんと……」

「ヘエ。どうも……これから心掛けます」

「つまり湯に入るふりをして棄てたんじゃナ」

「ヘエ……じゃけんど、ヒョットしたら落いて行ったもんじゃ御座いませんでしょう

復《ふく》讐《しゅう》

昭和二年の二月中旬のこと……S岳の絶頂の岩山が二、三日灰色の雲に覆われているうちに、麓《ふもと》の村々へ白いものがチラチラし始めたと思うと、近年珍らしい大雪になった。

その麓のS岳村から五、六町離れた山裾《やますそ》に、この界隈《かいわい》での物持ちと言われている藤沢病院が建っていた。田舎《いなか》には珍らしいゴシック式のスレート屋根を、古風な破風造りの母屋《おもや》の甍《いらか》と交錯さして、日が暮れてもハッキリとした輪郭を雪の中に描き現わしていたが、やがて、その玄関の左右から明るいのと暗いのと、二いろの電燈が輝き出した。

向って右側の明るい窓は、この病院の薬局で、二段重ねの薬戸棚《とだな》に囲まれた中央の調合台の前には、この家の養女として育って来た品夫《しなお》が、白い看護婦服を着てキチンと腰をかけていた。彼女の前のセピア色の平面には、きょう出された処方箋《しょほうせん》や、薬品の注文の写しや、新薬のビラの綴《と》じ込みや、カード式の診断簿等というものが、色々の文房具や、薬品などと一緒に一パイに取り散らしてある。

彼女の皮膚《はだ》は厚化粧をしているかのように白かった。その頬《ほお》と唇《くちびる》は臙脂《べに》をさしたかのように赤く、その睫《まつげ》と眉《まゆ》は植えたもののように濃く長かった。髪毛も同様に仮髪《かつら》かと思われるくらい豊かに青々としているのを、眥《めじり》が釣り上るほど引き詰めて、長い襟足《えりあし》のつけ根のところに大きく無造作に渦巻《うずま》かせていた。そうしてしなやかな身体を机に凭《も》たせかけながら、切れ目の長い一重瞼《ひとえまぶた》を伏せて、黒澄んだ瞳《ひとみ》を隙間《すきま》もなく書類の上に走らせるのであったが、その表情は、ある時は十二、三の小娘のように無邪気に、又、ある瞬間は二十四、五の年増《としま》女のようにマセて見えた。又ある時は西洋の名画に在る聖母のように気高く……かと思うと、その次の刹那《せつな》には芝居の毒婦のように妖艶《ようえん》にも……。

彼女はホントウに忙しいのであった。

近いうちに彼女と式を挙げる筈になっている藤沢家の養子で、前院長の甥《おい》に当る健策という医学士は、昨年の暮に養父の玄洋氏が急性肺炎で死亡すると間もなく大学の研究を中止して帰って来たのであったが、なかなかの元気者で、盛んに広告をして患者を殖《ふ》やす上に、何から何まで大学式のキチョウメンな遣《や》り方をするので、その忙しさと言ったらなかった。そのうちでも薬局と会計の仕事だけは、他人に任せない家風だったので、前の院長の時から引き続いて品夫がタッタ一人で引き受けているのであったが、田舎の女学校出の彼女に取っては、独逸語《ドイツご》の処方箋を読み分ける事からして容易ならぬ骨折りで、むしろ超人間的の仕事と言ってもいいくらいであった。

しかし、そのうちに彼女はヤッと仕事を終った。新薬の広告ビラを板の上に綴じつけて、会計簿の上にキチンと置くとホッと溜息《ためいき》をしながら眼をあげて、正面の薬戸棚の間に掛かっている大きなボンボン時計を見た。その瞬間に時計は、彼女のこの上もない親切な伴侶《はんりょ》でもあるかのように、十一時の第一点を打ち出した。

その音が鳴りおわるまで彼女は、机の上にあらわな両腕を投げ出して、ウットリと眼を据《す》えていた。唇をすこし開いたまま……そうして時計の音が一つ一つに室の中を渦巻いて、又、もとの真鍮《しんちゅう》の振り子の蔭《かげ》に消え込んでしまうと、彼女は頭を使い切ってしまった人のように両手を顔に当ててグッタリとなってしまった。

けれども、それはホンの一分か二分の間であった。……どこか隔たった室で話しているらしい男の声が、廊下に面した扉《ドア》の間からホソボソと沁み込んで来るうちに……

……品夫……

……復讐《ふくしゅう》……

……と言う二つの言葉が偶然のように相前後してハッキリと響いてくると、彼女はパッと顔を上げた。アヤツリ人形のように真正面を見据えて、何とも言えない魘《おび》えた表情をしながら、全身をヒッソリと硬《こわ》ばらせたようであったが、やがて大急ぎで足下の反射ストーブを消して、頭の上にゆらめく百燭光のスイッチを注意深くひねると、真暗になった薬戸棚の間を音もなく廊下に辷《すべ》り出た。やはり真暗な玄関を隔てた向側に在る、患者控室の扉に近づいて、ソッと鍵穴《かぎあな》に眼を当てた。

患者控室は十畳ばかりのリノリウム張りであった。そのまん中には薄暗い十燭の電燈がブラ下がっていたが、その下に据えられた大火鉢《ひばち》に近く、二人の男が長椅《い》子《す》を引き寄せてさし向いになりながら股火《またび》をしていた。

扉に背を向けているのは若い院長の健策で、糊《のり》の利《き》いた診察服の前をはだけて、質素な黒羅紗《くろらしゃ》のチョッキとズボンを露わしている。背丈はあまり高くないが、その胸高に組んだ逞《たく》ましい腕や、怒《いか》った肩や、モシャモシャした頭や、健康そのもののように赤光りする顔つきは、まだ純然たる書生型《タイプ》で、院長らしい気取った態度は微塵《みじん》もない。ウッカリすると柔道かボートの現役選手に見られそうな風采《ふうさい》である。

　これに反して向い合った男は、蒼黒《あおぐろ》く肥《ふと》った、背の高い、堂々たる風采のイガ栗頭であった。四十代に見える、鼻すじの通った貴族的な顔に、ロイド式の大きな黒眼鏡をかけて、上等の駱駝《らくだ》の襯衣《シャツ》を二枚重ねた上から、青縞《あおじま》の八反の褞袍《どてら》を着ているが、首のまわりにクッキリと白くカラーのあとが残っているのが何となく意気に見える。……もう久しく……正月の初め頃からこの病院の特等室に寝起きしている、黒木繁という患者で、元来欧州航路のカーゴボートの一等運転手であったのが、肺尖《はいせん》を患った揚句《あげく》、この病院の新聞広告を見て、静養しに来たものだそうである。東京育ちと名乗るだけに、金づかいが綺麗《きれい》なばかりでなく、物ごしが上品で、見聞が広いために、いつとなく若い院長と懇意になって、無二の話相手にされているのであった。

　二人の間にプープーと湯気を吹いているアルミの大薬罐《やかん》や、外の雪をチラチラと透かしながら一面に水滴《しずく》をしたたらしている硝子《ガラス》窓は、二人が長い間話し込んでいる事を証明していた。しかも、その話の興味はかなりに高潮しているらしく、健策は長椅子に背を凭《も》たせて冷然と腕を組んだまま……又、黒木はその黒眼鏡をかけた魚のように無表情な顔を、火鉢の上にさし出したまま、双方睨《にら》み合いの姿で、緊張した沈黙に陥っているのであったが、やがて、黒木が固く結んでいた唇を開くと、相手の頭を見つめたまま、長い溜息を一つした。そうしてボッソリと独言のように、

「……復讐……」

と言った。すると健策は、その言葉を待ちかねていたかのように大きく、一ツうなずいた……が、間もなく何かしらパッと赤面しながら微苦笑を浮かべた。

「……そうなんです……品夫は親の讐敵《かたき》を討ちたいから、今暫《しばら》く結婚を延期してくれと言うのです。……あんまり馬鹿馬鹿しい言い草なので、実は僕も面喰《めんくら》っているのですがね……ハハハハハ」

黒木はしかし笑わなかった。なおも健策の顔を凝視《ぎょうし》しながら、躊躇《ちゅうちょ》しいしい問うた。

「……ヘエ……しかし、それには何か深い理由《わけ》がおありになるでしょう？」

「ええ……それは、あると言えばあるようなものです。貴方《あなた》のように世間を広く渡っておられる方に、その理由というのを聞いて頂いたら、何か適当な御意見が聞かれはしまいかと思って、実はお話しするんですがね……ほかに相談相手もないしするもんですから……」

「ヘエ……私で宜《よろ》しければですが……しかし、そんな立ち入った事を……」

「構いませんとも……誰《だれ》も聞いている者はありませんから……ほかでもありません。……今もお話する通り、品夫と僕の事は、死んだ養父《ちち》の玄洋が、もうズッと前から、決定《とりきめ》

ていましたので、親類連中とも話し合って、去年の暮に式を挙げるばかりになっていたのが、養父の病気でツイ延び延びになってしまったんです。……それで、養父が亡くなりますと、正月の十一日でしたか……三七日の法事の時に、親類たちと相談をしまして、四十九日の法事が済んだら、間もなく式を挙げる事に決定したのですが、それを品夫が聞きますと、意外にも、頑強《がんきよう》な反対論を持ち出しましてね……今までは別に異存もないらしかったのですが……」

「ヘエ……妙ですな。それは……」

「エエ……妙なんです……。つまり養父の百か日が来るまで遠慮したいと言うので……そのうちには品夫の実父の二十一回忌も来るしする事だから、そんな法事をスッカリ済ましてから、ゆっくりと式を挙げたいと言うのです」

「なるほど……それなら御無理もないかも知れませんね……。初《うぶ》なお嬢さんは何となく結婚を怖《こわ》がられるものですから」

　健策は又も耳のつけ根まで赤くなった。

「……エエ……それは僕も知っています。しかし、そう言う品夫の態度が恐しく真剣なので、僕はすこし気にかかりましてね、何となくトンチンカンな感じがしましたから……
……その時にこう言って遣ったのです……それは一応尤《もつと》もな意見だが……しかし、もう親類と相談をしてきめてしまった事だから、今更変更するのは面白くないだろう……と……
……」

「なるほど……これも御道理《ごもっとも》ですね」

「そう言いますと、今度は品夫の奴がメソメソ泣き出して、ウンともスンとも返事をしなくなったんです」

「ヘエ……なるほど……」

「……様子が変ですから僕はいよいよ気になりましてね……何故泣くのかと言って無理やりに、根掘り葉掘り尋ねますと、やっとの事で白状したのです。……つまり妾《わたし》は、二十年前に殺された、妾の実のお父さんの讐敵を討たなければ結婚をしない決心だと言うので……イヤもうトンチンカンにも時代錯誤にもお話にならない奇抜な返答なのですが、本人はそれでも頗《すこぶ》るつきの大真面目らしいので、僕はスッカリ面喰ってしまいました」

「ヘエ……それは……お驚きになったでしょう……」

「イヤもうお話するのも馬鹿馬鹿しい位ですがね……ですから僕も初めは、何かしら言い難い理由があるのを隠すためにそんな無茶を言うのじゃないか知らんとも思ってみたんですが、品夫の真剣な態度を見ると、どうもそうじゃないらしいんです……というのは、元来品夫は僕と違って文学屋で、女の癖に探偵《たんてい》小説だの、宗教関係の書物だの無闇《むやみ》矢鱈《やたら》に読みたがるのです。露西亜《ロシア》人が書いたとか言う黒い表紙の翻訳小説を取り寄せて夜通しがかりで読んだりする位で……ですから、そんなものの影響を受けているのでしょう。ごく平凡なつまらない事までも、恐ろしく深刻に考え過ぎる癖があるのです。……それで、こんな事を空想したんじゃないかと気が付いたのですがね」

「ハハア……なるほど……それはそうかも知れませんな。……しかしそれにしても妙ですナ。品夫さんのお父さんは二十年も前にお亡くなりになったので、顔もよく御存じない筈なのに、どうしてそのお父さんの讐仇《かたき》の顔を見分けられるのでしょう」

「それが又奇抜なんです。品夫はその実父《ちちおや》を殺した犯人が生きてさえいれば、一生に一度はキットこの村に帰って来るに違いないと言うのです。何故かと言うと或る犯罪者が自分の犯した罪悪の遺跡を、それとなく見てまわったり、それに関する人の噂《うわさ》を聞いたりすると言う事は、自分の罪を人知れず自白してみたい一種の心理と、犯罪者特有の冒険欲とを伴った……トテモ正しい人間の想像も及ばないスバラシイ魅力を持っているものだそうで、その犯した罪が大きければ大きい程……そうして犯人自身が知識階級であればある程、その魅力も何層倍の深さに感ぜられるものだと言うのです。……だから妾のお父様を殺した犯人は、そうした大きい魅力に引かされて、この村に帰ってみたくて堪《たま》らないでいたに違いないが、ここにタッタ一人、その犯人の顔や特徴をよく知っておられる、うちの御養父様《おとうさま》が生き残っておられた。……それでウッカリこの村に足を入れる事が出来ずにいたのだが、その御養父様がお亡くなりになった今日では、モウ怖い者は一人もいないのだから、その犯人は安心してこの村に遣《や》って来るに違いない……イヤ……事によるともうそこいらに来ていて、妾の姿をジロジロ眺《なが》めているかも知れない…………と言うので、まるで夢みたような事を主張するのです……しかも真剣に……」

熱心に傾聴していた黒木は今一度、長いため息をした。やはり、相手の顔をみつめたまま……。

「なるほど……婦人の想像力ぐらい恐ろしいものはありませんからね……真実以上の真実ですから……」

「……まったくです……しかし、その時はちょうど僕も品夫も、新規に引き受けた病院の仕事だの遺産の整理だの、法だのというものがゴチャゴチャと重なり合っていてトテモ結婚どころの沙汰《さた》じゃなかったもんですから、そんな事を深く穿鑿《せんさく》する暇もないままに放ったらかして置いたものですが……そうそう……それから品夫はコンナ事もつけ加えて話しましたよ。何でもそれから二、三日目の夕食の時でしたが、顔を赤くしながら……妾はこのあいだ御養父様の二七日の晩に、妾の身の上とソックリのコルシカ人の娘の話を読んで心から感心してしまった。その娘は父親を殺したに違いないと思っている男から婚約を申し込まれると、大喜びですぐに承諾をして、他からの申込みを全部断ってしまった。そうして、結婚式の晩にその男を絞《し》め殺す……という筋であったが、その中には、そうした自分の罪の遺跡に引きつけられつつ、犯罪を二重に楽しんで行こうとする犯人の気持ちと、その犯人の、そうした執念深い欲望をキレイに断ち切って終《しま》うかどうかしなければ、どうしても気が済まない、生一本の娘の心理とが、タマラナイ程深刻に描きあらわしてあった……と言うのです。何でも品夫はその小説を読んでから、そんな気になったのじゃないかとも思うんですが……」

「ハハア……」

と黒木はイヨイヨ感動したらしく、片手で鼻の下を撫《な》でおろした。

「……仏蘭西《フランス》か伊太利《イタリー》物らしい小説ですな。……けれども万に一つその通りになったら、お嬢さんは、トテモ素晴らしい直感力を持っておられる訳ですね」

健策も苦笑しながら、ツルリと顔を撫でまわした。

「どうも赤面の至りです。あんまり非常識な話なので……」

「……イヤ……しかし驚き入りましたナ。……実は私も品夫さんのお父さんに関する村の人の噂を二、三聞いているにはいたのですが、大部分誇張だろうと思いましたし、もしかすると岡焼き連の中傷かも知れないと思いましたから、今の今までチットも信じていなかったのですが……」

「イヤ……村の者の噂は大部分事実なのです。品夫はたしかに氏素性のハッキリしない者の娘で、しかも変死者の遺児《わすれがたみ》に相違ないのです。つまり、その犯人が捕まらないために、何もかも、有耶無耶《うやむや》に葬られた形になっているので……」

「ハハア。……してみるといわゆる迷宮事件ですな」

「そうなんです。徹頭徹尾迷宮でおしまいになっているのです。何しろ二十年も昔の事ですから警察の仕事もいい加減なものだったでしょうし、おまけにこんな片田舎の高い山の上で行われた犯罪ですから、たしかに証拠なぞは一つも摑《つか》まれなかったらしいのです」

「なるほど。しかし物的の証拠はなくとも、心的の証拠は何かあった訳ですね。犯人が仮想されていた位ですから……」

「それはそうです。その当時はたしかにそれに相違ないという犯人の目星がついていたのですが、今となっては、その犯人が捕まらないために、事件全体が五里霧中の未解決のままになっているのです。……ですから、そんな処《ところ》から色々な噂も起って来るでしょうし、品夫も又ソンナ事を探偵小説的に考え過ぎた結果、飛んでもない空想を抱くようになったのじゃないかと想像しているんですがね……貴方の御意見はどうだか知りませんが……」

「……そうですね……それはそうかも知れませんが……。しかし何しろ私も、そんな噂話があるという事を、看護婦を通じて聞いただけですから、シッカリした考えは申上げ兼ねるのですが……」

「……なるほど……それじゃその事件のあらましだけを、今から、掻《か》い抓《つま》んでお話ししてみましょうか。その時に立ち会った養父の話ですから、村の噂などよりもズット正確な訳ですが……聞いてくれますか貴方は……」

「……ヘエ。それは是非伺いたいものですが……しかし……御承知の通り私は、すこし興奮すると、すぐに睡れなくなる性質《たち》なので……それに時間も遅いようですし……」

「……イヤ。まだ十時位でしょう。眠れなかったら、あとで散薬か何か上げますから、それを服んだらいいでしょう。もう本当は退院されてもいい位に恢復《かいふく》しておられるのですから、ひと晩ぐらい夜更《よふ》かしをされても大丈夫ですよ……僕が請《う》け合います……」

「アハハハハ……イヤ。散薬なら二、三日前に頂戴したのがまだ残っていますが……」

「そうして適当な判断を下してくれませんか……品夫が外国の探偵小説にカブレて、そんな事を言い出したものか、それともほかに何か理由があっての事か……どうかと言うような事を……」

「ハハハハハハ……ドウモそう性急に仰言《おっしゃ》っちゃ困りますがね。……婦人の心理というものは要するに、男にはわからない物だそうですから……」

「まったくです。全然不可解なんです」

「アハハ……イヤ……私も無論、御同様だろうとは思いますが……それじゃ、とにかくその事件の成行というものを伺った上で、一ツ考えさして頂きますかね」

「どうか願います……こうなんです。……品夫の父親というのは今から三十年ほど前に、養父の玄洋が、この村の獣医として東京から連れて来た、実松源次郎という男で、死んだ時が四十いくつとか言う事でした。生れは東北のＣ県で、Ｔ塚村という大村の、実松家という富豪の跡取息子だったそうですが、どうした理由か、故郷に親類が一人もいなくなったので、田地田畑をスッカリ金に換えて上京したものだそうです。そうして獣医学校に籍を置いて勉強しているうちに、同じ下宿にいた関係から私の養父の玄洋と懇意になったのだそうで……」

「ハハア。チョットお話の途中ですが、その故郷の親類が一人もいなくなった理由というのは、今でもやはり、おわかりになっていないのですね」

「そうです。何故だかわからないままになっているのです……しかしタッタ一人その源次郎氏の甥《おい》というのが残っていたそうです。たしか源次郎氏の姉の子供だと聞きましたが。それが、実松当九郎と言って、この事件の犯人と眼指されている二十二、三歳の青年なんです。もっとも今は四十以上の年輩になっている訳で、ちょうど貴方位の年恰好《かっこう》だろうと思われるのですが」

「ハハア。どんな風采《ふうさい》の男か、お聞きになりましたか」

「スラリとした色の白い……女のような美青年だったそうです。何でもズッと以前から源次郎氏に学費を貰《もら》って東京で勉強していたけれども、不良少年の誘惑がうるさいからこっちへ逃げて来たという話で……そうしてこの病院の加勢をしながら開業免状を取るというので村外れの叔父《おじ》の家から毎日通っていたそうですが、頭のステキにいい、何につけても器用な男で、人柄もごく温柔《おとな》しい方だったので、養父の玄洋が惚《ほ》れ込んでしまって、うちの養子にしようかなどと、養母《はは》に相談した事も、ある位だったそうです」

「ハハア。玄洋先生はよほど解《ひら》けたお方だったのですな」

「そうですね。どっちかと言えば人を信じ易い性質だったのでしょう。品夫の実父の源次郎氏なども養父は立派な人物だと言って賞《ほ》め千切っていたようですが、よく聞いてみるとそれ程でもなかったようです。一見して変り者に見える黙り屋の無愛想者だったそうで、友達なども養父の玄洋以外に一人もなかったそうです。……趣味と言ってはただ銃猟だけだったそうですが、これはよほどの名人だったらしく、十年ばかりいる間にS

岳界隈《かいわい》の山の案内は所の猟師よりももっと詳しく知り尽していたという事で……気が向くと夜よなかでもサッサと支度して鉄砲を荷いで出て行くので、あくる朝になって家の者が気が付く事が多い……そうかと思うと気が向かなければ、どこから迎えに来ても断わって酒ばかり飲んで寝ころんでいると言った調子で……金なども銀行や郵便局には預けずに残らず現金にしてどこかにしまって置く……どこに隠しているかは妻君にも話さないという変り方だったそうで……ただその妻君というのが、ソレ者《しゃ》上りらしい挨拶《あいさつ》上手で、亭主の引きまわしがよかったために、やっと人気をつないでいたという事です」

「なるほど。それで琴瑟《きんひっ》相和していた訳ですな」

「そうです……ところが、その甥の当九郎という青年が実松家に入り込むようになると、その夫婦仲が、どうも面白くなくなったそうです。……これは品夫が生れる前から、長いこと雇われていたお磯という婆さんの話ですが、何故かわからないけれども源次郎氏の当九郎に対する愛情というものは吾《わ》が児《こ》以上だったそうで、当九郎に対するアタリが悪いと言っては、いつも品夫の母親を叱《しか》ったものだそうです」

「ハハア……一種の変態ですな」

「そうだったかも知れません……とにかく今までにない夫婦喧嘩《げんか》が、そんな事で時々起るようになったそうですが、そのうちに丁度《ちょうど》今から、二十年前の事……品夫の母親が品夫を生み落したまま産褥《さんじょく》熱で死ぬと間もなく、甥の当九郎が又、何の理由もなしに、叔父の源次郎氏と私の養父へ宛《あ》てて亜米利加《アメリカ》へ行くという置き手紙をしたまま行方不明になってしまったそうです」

「ハハア。なるほど……ところでその甥はホントウに亜米利加へ行ったのでしょうか」

「サア……それが疑問の中心なので、その筋では、これが当九郎の叔父殺しの前提だと睨《にら》んでいたそうですが」

「なるほど……もっとも至極な疑問ですナ」

「……とにかく事件はその甥が家出してから三か月ばかり経《た》った後に……明治四十一年の三月の中旬でしたかに起ったものだそうで……源次郎氏は妻君に死に別れた上に、可愛がっていた甥にまで見捨てられて、赤ん坊の品夫とお磯婆さんの三人切りになったので多少自棄《やけ》気味もあったのでしょう。それから後暫《しばら》くの間、殺生は無論の事、本職の獣医の方も放ったらかしにして毎日のようにK市の遊廓《ゆうかく》に入り浸《びた》ったものだそうで、お磯婆さんや養父の玄洋が泣いて諫《いさ》めても頑《がん》として聴《き》き入れなかったという事です」

「……いかにも……。そんな性格の人は気の狭いものですからね。ほかにしょうがなかったのでしょう」

「ところがです……ところが、その三月の何日とかは、ちょうど今日のような大雪が降った揚句《あげく》だったそうですが、その夕方の事、真赤に酔っ払った源次郎氏が雪だらけの姿で、久し振りに自分の家に帰って来ると、茶漬《ちゃづけ》を二、三杯掻《か》き込んだまま、お磯の敷いた寝床にもぐり込んでグーグーと眠ってしまったそうです」

「話も何もせずにですか」

「無論、寝るまで一言も口を利《き》かなかったそうです。これはいつもの事だったそうで……ですからお磯婆さんも別に怪しまなかったばかりでなく、久し振りに枕《まくら》を高くして品夫と添寝をしたのだそうですが、あくる朝眼を醒《さ》ましてみると源次郎氏の姿が見えない。蒲団《ふとん》は藻抜《もぬ》けの空《から》になっているし、台所の戸口が一パイに開け放されて月あかりが映《さ》しているので、どこに行ったのか知らんと家の内外を見まわったが、出て行ったあとで又雪が降ったらしく、足跡も何も見えなかった。それから押入れを開けてみると、自慢のレミントンの二連銃と一緒に狩猟の道具が消え失せている。台所を覗《のぞ》いてみると冷飯を弁当に詰めて行った形跡があるという訳で、初めて狩猟に行った事がわかったのだそうです」

「……ヘエ……どうしてそう突然に狩猟に出かけたのでしょう」

「それがです。それがやはり甥の当九郎が誘《おび》き出したのだ……という説もあったそうですが、しかし一方に源次郎氏はいつでも雪さえ見れば山に出かける習慣があったので、この時も珍らしい大雪を見かけて堪《たま》らなくなって出かけたんだろう……という意見の方が有力だったそうです。……一方には又、そうした習慣があるのを当九郎も知っていたので、そこを狙《ねら》って仕事をしたんだろうと言う説もあったそうですが、何しろ本人が啞《おし》に近いくらい無口な性質だったので、何一つわからず仕舞いになった訳ですが」

「その前に手紙か何か来た形跡はなかったのでしょうか……甥の当九郎から……」

「お磯の記憶に依るとなかったそうです。……あとで家探《やさが》しまでしてみたそうですが……

…」

「……なるほど。それから……」

「それから先は頗《すこぶ》る簡単です。あのS岳峠の一本榎という平地の一角に在る二丈ばかりの崖《がけ》から、谷川に墜《お》ちて死んでいる実松氏の屍体《したい》を、夜が明けてから通りかかった兎追いの学生連中が発見して、村の駐在所に報告したので、大騒ぎになったものだそうで……死因は谷川に墜ちた際に岩角で後頭部を砕いたためで、外には些《すこ》しも異状を認められなかったそうです。これはその屍体を診察した養父の話ですがね……」

「なるほど……しかし屍体以外には……」

「屍体以外には、ポケットの中に油紙に包んだ巻煙草の袋とマッチと、焼いた鯣《するめ》が一枚入っていたそうで、弁当箱の中味や、水筒の酒も減っていなかったそうです。……それからもう一つ胴巻きの中から、二円何十銭入りの蟇口《がまぐち》が一個出て来たそうですが、それが天にも地にも実松家の最後の財産だったそうで、源次郎氏がどこかに隠していた筈の現金は、あとかたもなく消え失せていたそうです。……尤《もっと》もこれは事件後に、村外れに在った源次郎氏の自宅を土台石まで引っくり返して調べた結果、判明した事実だそうですが……」

「なるほど……それで殺人の動機が成立した訳ですね」

「そうなんです。もっともお金の多寡《たか》はハッキリわかりませんがね……それからもう一つ重要なのは、屍体の左手にシッカリと握っていたレミントンの二連銃の中に、発射したままの散弾の薬莢《やっきょう》が二発とも残っていた事だそうです」

「ハハア……詰め換えないままにですな」

「そうです。ほかの弾丸は、弾丸帯にキチンと並んでいて、一発も撃った形跡がないし、弁当や水筒にも手がつけてないところを見ると、源次郎氏は、あの一本榎の平地へ登り着くと間もなく、何かに向って二発の散弾を発射した。そうして後を詰めかえる間もなく、谷川に転げ落ちて死んだものらしいと言うのです」

「へー……その辺がどうも可怪《おか》しい様ですな」

「おかしいんです……源次郎氏は、今もお話した通りあの辺の案内ならトテモ詳しい筈ですからね。おまけに月夜の雪の中ですから、足場は明るいにきまっているし、よほどの強敵に出会って狼狽《ろうばい》でもしなければ、そんな目に会う筈はないと言うのです」

「いかにも……その考えは間違いなさそうですな」

「僕にもそう思えるのです。しかし何しろ、その屍体の上には岩とひと続きに雪がまん丸く積っていた位で、付近には何の足跡もないために、犯人の手がかりが発見出来なくて困ったそうです」

「そうですねえ。あとから雪が降らなかったら何かしら面白いことが発見出来たかも知れませんが……」

「そうです。もっとも雪というものは人間の足跡から先に消え始めるものだと村の猟師が言ったとか言うので、雪解けを待って今一度現場付近を調べたそうですが、源次郎氏が通る前にS岳峠を越えた者は一人や二人じゃなかったらしいので……おまけに現場付近は屍体を発見した学生連に踏み荒されているので、沢山の足跡が出るには出たそうですが、いよいよ見当がつかなくなるばかりだったそうです」

「……すると……つまりその捜索の結果は無効だったのですね」

「ええ……全然得る処なしで、K町の新聞が盛んに警察の無能をタタイたものだそうです。……しかしそのうちに乳飲児《ちのみご》の品夫がお磯婆さんと一緒にここに引き取られて来るし、仮埋葬になっていた実松源次郎氏の遺骸《いがい》も正式に葬儀が行われるしで、事件はひと先ず落着の形になったらしいのです。そうしていろんな噂《うわさ》が立ったりしているうちに二十年の歳月が流れて今日に到ったわけで……言わば品夫は、そうした二十年前の惨劇がこの村に生み残した、唯一の記念と言ってもいい身の上なんです」

こう言って唾《つば》を呑《の》み込んだ健策の眉《まゆ》の間にはさすがに一抹《いちまつ》の悲劇の色が流れた。

「なるほど……それでは村の人がいろんな噂を立てる筈ですね」

と黒木は憂鬱《ゆううつ》にうなずいたけれども、そのうちに健策は、又も昂奮《こうふん》して来たらしく、心持ち顔を赤らめながら語気を強めて言った。

「しかし誰が何と言っても、僕等二人の事は養父が決定《きめ》て行った事ですから、絶対に動かす事は出来ないわけです……今更村の者の噂だの親類の陰口だのを問題にしちゃ、養父の位牌《いはい》に対して相済みませんし、第一品夫自身がトテモ可哀相なものになるのです。彼女《あれ》の味方になっていた養父母も、お磯婆さんも死んでしまって、今では全くの一人ぼっちになっているんですからね」

「御もっともです」

と黒木は又も深い溜息をしながらうなずいた。そうして気を換えるように言った。

「……ところで……これはお尋ねする迄《まで》もない事ですが、品夫さんは実のお父様が亡くなられた時の事をスッカリ聞いておいでになるでしょうね」

「それは無論です。うちの養父母やお磯婆さんから飽《あ》きる程繰り返して聞かされているでしょうし、又、村の者の噂や何かも直接間接に耳にしている筈ですから、恐らく誰よりも詳しく知っているでしょう。……とにかくにも復讐《ふくしゅう》をするという位ですからね……ハハハハ……」

「いかにも……しかしその復讐をされるというのは……どんな手段を取られるお積りなのでしょう……」

「……さあそこ迄は聞いていませんがね。アンマリ馬鹿馬鹿しい話ですから……それよりも、そんな事を言い出す品夫の気もちが、第一わからなくて困っているんです……ですから、こんな内輪話をお打ち明けしたわけなんですが……」

「……なるほど……」

と黒木は火鉢の灰を凝視《みつ》めたままうなずいた。そうして暫く何か考えているようであったが、やがて静かに顔をあげると、依然として遠慮勝ちに問うた。

「それから……これも余計な差し出口ですが、品夫さんの戸籍謄本は取って御覧になりましたか？」

「ハア。養父が取って置いたのが一枚ありますが、実松源次郎の長女品夫と在るだけで、全く身よりたよりのない孤児です。……三、四年前にわざわざC県まで人を遣って調べた事もあるそうですが、ずっと前から故郷に親戚《しんせき》が一人もいなくなっていたのは事実で、当九郎の両親の名前も知っている者がいない位だったそうです……しかし、それがこの事件と何か関係があるのですか？」

「……イヤ……関係がある……というわけでもないのですが……」

黒木は何故か言葉《ことば》尻《じり》を濁すと、前よりも一層憂鬱な態度で腕を深く組みながら考え込んだ。その黒眼鏡の下の無表情な顔色を健策はさり気なく眺めていたが、やがて片膝《かたひざ》を抱え上げながら、所在なさそうにゆすぶり始めた。

「黒木さん。遠慮なさらなくともいいんですよ。……貴方とは、もう久しい間御懇意に願ってますし、ちょうど品夫の父親の二十一回忌に当る年に、こんな大雪が降るのも、何かの因縁だろうと思ってコンなお話をするんですからね……御腹蔵のない処を打ち明けた方が却《かえ》って功徳になるんですよ……ハハハハハ」

こう言ううちに健策は全く昂奮が静まったらしくノンビリした顔色になった。同時にいくらか話に飽きが来たらしく、あおむいて小さな欠伸《あくび》を出しかけた。しかし黒木は依然として表情を動かさなかった。なおも腕を深く組んで何事か考えまわしているらしかったが、そのうちに両手で眼鏡をかけ直しながら、軽い溜息と一緒につぶやいた。

「サア……それをお話していいか……わるいか……」

「ハハハハハ。お話出来なければ無理に伺わなくともいいんですよ。……元来これは僕等二人の間に秘密にして置くべき問題なんですから……しかし、くどいようですが、たとえ品夫がドンナ身の上の女であろうとも、二人を結びつけている死人の意志は絶対に動かす事が出来ないわけですからね。よしんば品夫のためにこの家が滅亡するような事があっても、それが故人の希望なんですから、その辺の御心配は御無用ですよ……ただ参考のために承って置くに過ぎないのですからね。ハハハハハハ。こう言っちゃ失礼かも知れませんが……」

健策は相手を皮肉るでもなくこう言って笑うと、思い切って大きな欠伸を一つした。硝子《ガラス》窓越しにチラチラ光る綿雪を見遣《みや》りながら……。

「……なるほど……それでは……私の意見を……申してみますが……」

黒木はやっと決心したらしく、窮屈そうにこう言いながら、火鉢の横に転がっている大きな湯呑を取り上げて白湯《さゆ》を注いだ。すると健策もそれに倣《なら》って、長椅子の下から硝子コップを取り上げた。

二人の間には又も新しい談話気分が漲《みなぎ》った。健策はフウフウと湯気を吹きながら、剽《ひょう》軽《きん》な調子で言った。

「……どうか願います。品夫の一生の浮沈にかかわる事ですから……」

しかし黒木はどこまでも真面目な、無表情のうちにうなずいた。湯呑を片わきへ置きながら……。

「イヤ……重々御尤《ごもっと》もです。それじゃ、お話できるだけ、してみましょうが、その前にもう一つお尋ねしたい事がありますので……」

健策もコップを畳の上に置きつつ、気軽にうなずいた。

「ハア。何なりと……」

「……イヤ。ほかでもありません。つまり品夫さんのお父様に関する今のお話ですがね……そのお父様が変死された事について、品夫さんはやはり御自分一個の観察を下しておいでになるでしょうね」

「……観察というのは……」

「……そのお父さまの変死が、何故に他殺に相違ないか……というような事です」

「それは相当考えているでしょう。探偵小説好きですからね……しかしそんな事を面と向って尋ねた事は一度もありませんよ。もう過ぎ去ってしまった事ですし、そんな事を訊いて又泣き出されでもすると面倒ですから……」

「ハハア。なるほど……それじゃ貴方は、貴方御自身だけで別の解釈を下しておられるわけですナ」

「イヤ、解釈を下すという程でもありませんが僕だけの常識で説明をつけているので、手ッ取り早く言うと養父と同じ意見なのです。……要するに最小限度のところ、実松源次郎氏の変死を自殺、もしくは過失と認むべき点はどこにもない……他殺に相違ないという事については、疑う余地がないと信じているのですが……」

「……では玄洋先生も初めから実松氏の甥《おい》の所業《しわざ》と睨《にら》んでおられたわけですな」

「まあそうなんです。しかし、これは要するに、今お話したような事実を土台にして、いろいろと推量をした結果、最後に生まれた結論に過ぎないので、元来が迷宮式の事件なのですから、あなたの方からモット有力な、根拠のある御意見が出たら、その方に頭を下げようと思っているのですが」

「イヤ、根拠と言われると困るのですが……有体《ありてい》に白状しますと、私の意見というのはタッタ今あなたのお話を聞いているうちに、私の第六感が感じた判断に過ぎないのですからね」

「ホウ……タッタ今……第六感……」

と健策は眼を丸くして顎《あご》を撫《な》でた。黒木は心持ち得意らしくうなずいた。

「そうです。私は永年、生命《いのち》がけの海上生活をやって来たものですから、事件と直面した一刹那《いっせつな》に受ける第六感、もしくは直感とでも申しますか……そんなものばかりで物事を解決して行く習慣がついておりますので……この事件なぞも、そんなに長い事未解決になっている以上、その手で判断するよりほかに方法がないと思うのですが」

「……なるほど……素敵ですナ……」

「ええ。あまり素敵でもないかも知れませんが……しかし、それでも、そうした私一流の判断でこの事件を解釈して行きますと、ただ今の品夫さんの復讐論なぞは、全然無意義なものになってしまうのです。あなたの御注文通りにね……」

「エッ。全然無意味……僕の注文通りに……」

健策はちょっとの間啞然《あぜん》となった。そうして眼をパチパチさせて面喰っていたが、まもなく落ち着きを取り返すと、テレ隠しらしく、両膝を無造作に抱え直してゆすぶり始めた。又も思い切って赤面しながら……、

「ハハア。イヨイヨ素敵ですな。是非聴《き》かして下さい……その第六感というのを……」

黒木は赤ん坊をあやすように、鷹揚《おうよう》にうなずいた。

「無論お話しします。……しかしその前に、まず、今のような第六感を受けなかった前の私の、平凡な常識判断から申しますと、元来斯様《かよう》な迷宮式の事件というものは、色々な考え方があるものなので、それをある一方からばかり見ているために判断が中心を外れて、自然《ひとりで》に迷宮を作るような事になるのだと思います……殊に人の嘘《うそ》とか、当局の眼とか言うものは、物事に疑いをかける癖が着いているので、いろいろな出来事の一ツ一ツが、何となくその疑いの方向に誇張して考えられたり、無理に結びつけられたりし易い。そのためにいよいよ迷宮を深くして行きがちなものだと思いますがね」

「賛成ですね。なるほど……」

「ところで、こう申し上げては失礼かも知れませんが、あなたの御養父様のこの事件に対する判断や、御記憶なぞいうものは、どこまでも人情的……もしくは常識的になっておりますので……あなたも主としてその御養父様からお聞きになったお話を骨子として

判断をなすった結果、同じ結論に到着されたものと思いますが……」

「その通りです……それで……」

「それで、そのお話を、あなたから間接に承った処によって考えましてみますと、この事件の内容は、あらかた三ツの出来事に分解する事が出来ると思うのです」

「なるほど……そこまでは僕等の考えと一致しているようです」

「……そうですか。それでは説明する迄もないかも知れませんが、第一は単純な実松源次郎氏の墜死そのものです」

「いかにも……」

「その次は源次郎氏の貯金の紛失事件で、今一つはその甥の行方不明事件と、この三つが固まり合ったのが一ツの事件として判断されているのでしょう」

「敬服です。いよいよ敬服です」

「……ところで、この三ツの事件を組み合わせて、一ツの事件として観察してみますとかなり恐ろしい事件に見えますね。……つまりその悪人とかいう青年が、大恩ある品夫さんのお父さんを山の上で惨殺して、財産を奪って逃げた事になるので、この事件は、そうした残忍非道な性格によって行われた計画的な犯行という事になるでしょう」

「全くその通りです。実松源次郎氏を殺さずとも、その恩義を忘れただけでも、当九郎は大罪人だ……と養父は言っておりました」

「ところがです……ここで今一つお尋ねしますが貴方は……貴方のお養父様でもおなじ

事ですが、この三ツの事件を引き離してお考えになった事は、ありませんか」

「………」

健策は膝を抱えたまま頭を強く左右に振った。思いもかけぬ……という風に……。黒木は白い歯を露わして微笑した。

「……ハハア。おありにならない。多分そうだろうと思いました。それならば試しに、この事件の三ツの要素を、一ッ一ッに分解して考えて御覧なさい。そんなありふれた殺人事件なぞよりも数層倍恐ろしい……戦慄《せんりつ》すべき出来事となって、貴方がたの眼に映じて来はしまいかと思われるのですが」

「……数層倍恐ろしい……」

「そうです……おわかりになりませんか」

「わかりません」

「ハハア。おわかりにならない……イヤ御もっともです。私の判断の根拠というのは今も申します通り極めて非常識なものですからね……しかしある程度までは、常識で説明出来るのです。否……却って私の考えの方が常識的ではないかと思われるのですが……」

「ハハア……それはどう言う……」

「……まず……この事件の犯人と目されている今の……エエ、何とか言いましたね。ソウソウ当九郎……その甥の行方不明と、この事件とが結びつけられているのは一応もっとも千万な事と考えられます……というのは、源次郎氏の細君と、忠義な乳母のお磯とを除いた村の人間の中で、源次郎氏が金を隠している場所を発見する可能性が一番強いのは、誰でもない……その甥の当九郎という事になるのですからね」

「いかにも……」

「……一方に源次郎氏は、変人の常として、存外用心深い所もあるので、支那《しな》人のように全財産を胴巻か何かに入れて、夜も昼も身に着けて置く習慣があったかも知れない。それを又当九郎が推察したものとすると、その金を奪うためには是非とも源次郎氏を殺さなければならぬ事になるでしょう……」

「無論ですね……それは……」

「……そこでまずその第一着手として自分に嫌疑《けんぎ》がかからぬように、亜米利加《アメリカ》に行くと称して家出をした。それから相当の時日が経った後に姿をかえながら、兇器を携えて源次郎氏をつけ狙っていると、そのうちに源次郎氏が大雪に誘われて狩りに出かける処を発見したので、好機到れりというわけで、村から遠く離れた、あの山の上の……何とか言う処でしたね……そうそう一本榎に待ち伏せて狙撃《そげき》をした。……ところが雪の中の事ですから思ったより早く相手に発見されて、第一弾が命中しなかった……というような事も考えられますが、とにも角にもその雪の山上で物凄《ものすご》い撃ち合いが始った事は誰にも想像され得るでしょう。……しかし源次郎氏の武器が二連発の散弾銃で、当九郎の獲物がピストルの五連発か何かであったとすると到底相手にはなり切れないので、源次郎氏は思わず後へ退《さが》って行くうちに足場を誤って谷川に墜落した。そこで当九郎はその死骸《しがい》から貯金だけを奪い取って、二円なにがし入りの蟇口《がまぐち》を故意に残して立ち去ったもの……

……と想像する事が出来るでしょう」

「……驚いた……全くその通りです。養父の考えと一分一厘違いありません」

「そうでしょう……これが一番常識的な考え方で、前後を一貫した事実のすべてとピッタリ符合するのですからね」

「そうです。それ以外に考えようはないと思われるのですが」

「そうでしょう……しかしここで、今一歩退いて別の方面から観察したら、どんなものでしょうか……つまりこの事件には、そのような犯人が全然いなかったとしたら、どんな事になるでしょうか」

「……エッ……犯人がいない……」

「そうです。つまりその当九郎という甥が、この事件に結びつけられているのは、人々の想像に過ぎないとしたらどうでしょうか……実際と一致する想像は、よく正確な推理と混同され易いものですからね……甥の当九郎はホントウに青雲の志を抱いていたので、そのまま一直線に外国へ行ってしまってこの方面に全然寄りつかなかったとしたら……どうでしょうか……そんな事はあり得ないと言えましょうか」

「サア……それは……」

「……又……実松氏の貯金をなくしたのは誰でもない実松氏自身で、その金は遊興費か何かに費消されてしまったものとしたら、どうでしょうか。そんな風には考えられぬでしょうか」

「…………」

「……そう言う風に三ツの出来事を、バラバラにして、一ツ一ツに平凡な出来事として考えて行く方が、この事件を計画的な殺人と考えるよりも却って常識的で、非小説的ではないでしょうか……すなわち事実に近いと思われはしないでしょうか」

「……そ……そうすると……」

と健策は眼を光らせながら、すこし狼狽《ろうばい》したように身を乗り出した。

「そうすると何ですか……実松氏が発射した二発の散弾は、やはり本当の獣か何かを狙ったものなんですね」

「イヤ……そこなのです」

と黒木は反対に反《そ》り身になった。さも得意そうに冷えた白湯を飲むと悠々《ゆうゆう》と舌なめずりをした。

「……私もそう考えたいのです。……が……そうばかりは考えられない別の理由《わけ》があるのです。実を言うとこれから先が私の本当の直感ですがね」

「……その直感というのは……」

と健策は益々身を乗り出した。同時に黒木はいよいよ反りかえって行った。

「……手早く申しますと実松源次郎氏は、その払暁《よあけ》前の雪の中で、或る恐怖に襲われたのではないかと思われるのです」

「……或る恐怖……」

「さよう……つまり実際にはいない、ある怖《おそ》るべき敵を、雪の中に認めて、その敵と闘うべく二発の散弾を発射されたものではないかと考えられるのです。そうすれば一切の事実が何等の不自然もなしに……」

「……チョット待って下さい」

と健策は片手をあげた。次第に不安げな表情にかわりながら……。

「その恐るべき敵と言われるものの正体は何ですか……たとえば一種の精神病的な幻覚みたようなものですか」

黒木はキッパリとうなずいた。

「さよう……その幻影は要するに、実松氏固有の脅迫観念が生んだ、ある恐ろしいものの姿だったに違いありません。鳥だか、獣だか、何だかわかりませんが……」

健策は愕然《がくぜん》となった。何事か思い当ったらしく唾液《だえき》を嚥《の》み込み嚥み込みした。しかし黒木は構わずに話を続けた。

「実松氏はその幻影と闘うべくレミントンの火蓋《ひぶた》を切られたのです。しかし、もとより実際にいない敵なのですから、いくら散弾でも命中する気づかいはありません。敵は益々眼の前に肉迫して来ましたので、実松氏は恐怖の余り夢中になって逃げ出した……そうして、お話のような奇禍《きか》に遭《あ》われたのではなかったかと考えられるのです」

「ハハア……」

と健策はいよいよ不安らしくグッと唾液を嚥み込んだ。

「……しかしその証拠は……」

「……イヤ、証拠と言われると実に当惑するのですが……要するにこれは私の直感なのですから……しかし実松氏が、この甥の当九郎を愛しておられた程度が普通の人情を超越していたらしい事実や、全財産を現金にして絶対秘密の場所に隠していた処などを見ると、どうしてもある一種の超自然的な頭脳の持主としか思われないのです。従ってそうした脅迫観念に囚《とら》われ易い……」

「……イヤ……解りました……」

こう言いながら相手の話を遮《さえぎ》り止めた健策は、急に長椅子の上に居住居《いずまい》を正した。踏みはだけた膝《ひざ》の上に両肱《ひじ》を突張って、二、三度大きく唾を嚥み込むうちに、みるみる蒼《そう》白《はく》な顔になりながら、物凄い眼で相手を睨みつけた。唇をわななかせつつ肺腑《はいふ》を絞るような声を出した。

「……イヤ、よくわかりました。今まで全く気がつかずにいましたが、貴方の御意見を聞いているうちに何もかも解ってしまいました。……貴方は実松氏の超常識的な性格から割り出して、当九郎の無罪を主張しておられるようですが、そうした事実を、有名なデピーヌ式の素質遺伝の原則と照し合せると、却って正反対の結論が生まれて来るのです。……美青年当九郎は表面上柔和な人間に見えながら、その底には、やはり実松氏と同様の超自然的な性格を隠し持っていた……しかも大恩ある叔父《おじ》を執念深くつけ狙って殺すというような残忍冷酷を極めた、非良心的な先天性の所有者であり得た事が、科学的に証明されて来るのです。又、実松氏が極端な変人であると同時に血腥《ちなまぐさ》い殺生を唯一の趣味としていた因縁も、その故郷の血族が絶滅している理由も……そうして現在の品夫が、二十年の殺人犯人に凝視《ぎょうし》されているという脅迫観念や、それに復讐《ふくしゅう》をしなければ止まぬというような偏執狂《モノマニア》式の空想に囚われている原因も……何もかもがこの事件の核心となっているタッタ一ツの事実によって説明され得る……つまりT塚村の実松家は、ヒドイ精神病の系統であったと……」

　相手の悽愴《せいそう》なる語気に呑まれて、急に赤くなり、又、青くなりつつ眼を瞠《みは》っていた黒木は、この時ヤッとの事でヘドモドと坐《すわ》り直した。両手をあげて迸《ほとばし》り出る健策の言葉を押し止めた。

「……イヤ……お待ち……お待ち下さい。ソ……それは貴方の誤解です。私はただ品夫さんのお父さんの事だけを申しましたので……」

「……否《いや》……チットも構いません。公然と僕達の結婚に反対されても構いません」

　健策は断乎《だんこ》とした態度でこう言い切った。言い知れぬ昂奮に全身を震わせながら……。

「……たとえドンナ事があろうとも僕は品夫を殺さない決心ですから……品夫を見捨てる気は毛頭ないのですから、何でもハッキリ言って下さい。……実松一家は、そんな恐ろしい精神病の遺伝系統のために、その故郷で絶滅してしまっている、そうして僅《わず》かに残った一滴の血が、めぐりめぐって現在藤沢家を亡ぼすべく流れ込もうとしている。その一滴の血が……品夫だと言われるのですね」

「……」

「藤沢家のためには、品夫を見殺しにした方が利益だと言われるのですね……貴方は……」

「……」

「……」

「……」

二人は青い顔を見合わせたまま、石のように凝固してしまった。……ちょうどその時に、扉の外で何か倒れた様な音がしたので……。

二人はハッとしながら同時に立ち上った。扉に近い健策が大急ぎで把手《ハンドル》を引くと、扉の外の暗いリノリウムの床に、白い服を着た品夫が横たわっていた。

健策は無言のまま跪《ひざまず》いて脈を取った。そうして強いて落ちついた態度で、傍に突立っている黒木の顔を見上げると、如何にも苦々しげに頭を一つ下げた。

「……すみませんが……診察室の扉を開けてくれませんか……」

その夜の三時をすこし廻った頃であった。

品夫は作りつけの人形のように伏せていた長い睫《まつげ》を、静かに二、三度上下に動かすと、パッチリと眼を見開いた。そうして黒い瞳《ひとみ》を空虚《くうきょ》のように瞠りながら、仄暗《ほのぐら》い座敷の天井板を永い事見つめていた。

それから瞬き一つせずに、頭をソロソロと左右に傾けて、白づくめの寝具と、解かし流されたまま、枕の左右に乱れかかっている自分の髪毛《かみ》を見た。それから、黒い風呂敷を冠せられている枕元の電気スタンド……床の間に自分が生けた水仙の花……その横の床柱に、白い診察着のまま寄りかかって腕を組んで睡っている健策の顔……その前に桐の丸火鉢の上で仄かに湯気を吐いている鉄瓶《てつびん》……その陰に掻巻《かいまき》を冠ったまま突伏している看護婦……そんなものの薄暗い姿を一ツ一ツ見まわした彼女は、その表情をすこしも動かさないまま、又、もとの通りにあおむけになって、しずかに眼を閉じて行った。

室の中は又も、雪の夜の静寂に帰った。シンシンと鳴る鉄瓶の音と、スヤスヤという看護婦の寝息と、雨戸の外でチョロチョロと樋《とい》を伝い落ちる雪水の音ばかりになった。

しかし品夫は、ほんとうに眠ったのではなかった。やがて眼を閉じたまま、唇の左右に何とも言えない冷たい微笑を浮かべたと思うと、瞼《まぶた》をウッスリと開きながら、ソロソロと起き上った。両手を前にさし伸べて……手探りをするように身体をうねうねと蜒《うね》らして……中心を取りかねているようであったが、そのうちに両手で夜具を押えつけると、スックリと寝床の上に立ち上った。

彼女はいつもねまきにしている、十六、七歳時代の紅友禅の長襦袢《ながじゅばん》を着せられていた。その上から紫扱帯《しごき》の古ぼけたのが一すじ、グルグルと巻きつけてあるきりであったが、そのふくらんだ胸に取り縋《すが》るように、両方の掌をシッカリと押し当てて、素足のまま寝床に降りると、スラスラと畳の上を渡って、芭蕉布《ばしょうふ》張りの襖《ふすま》に手をかけた。その時に、畳に引きはえた襦袢の裾《すそ》が、枕元に近いお盆の上の注射器に触れてカラカラと音を立てた。それにつれて、睡っていた健策が、すこしばかり大きな寝息をしたが、品夫は別に見向きもせず、足を止めようともしなかった。

　芭蕉布の襖が音もなく開くと、寒い風が一しきりスースーと流れ込んで来た。しかし品夫は、そのあとを閉める気もないらしく、次の間の障子を今一つスーと開くと、そのまま明るい廊下へ出た。その廊下の一方は硝子雨戸になっていて、黒々と拭き込んだ板張りにも、外のお庭の雪の植込みの上にも、タッタ今晴れ渡ったばかりのニッケル色の空から、スバラシイ満月の光りがギラギラとふるえ落ちていたが、品夫はやはり、そんな光景には眼もくれなかった。あたかも何者かに導かれるように、半開きの瞳の目の前の冷たい空間を凝視しつつ、一直線に長い廊下を渡りつくしたが、その行き止まりに在る青ペンキ塗りの扉を開いて、薬局の廊下に入ると、真暗なリノリウムの上を、やはり一直線に進んだらしく、間もなく突き当りの扉を押す音がした……と……やがて診察室の中央に吊るされた電球が、眼も眩《くら》むほど輝き出した。

　暖かい奥座敷から、急に氷点以下の寒い処に出てきたせいか、品夫の血色は全くなくなっていた。顔も手足も、それこそ雪のように真白く透きとおっていたが、それが黒い髪を長々とうしろへ垂らして、燃えたつような長襦袢を裾も露わに引きはえつつ、青白い光線をふり仰いで眼を細くした姿は淫《みだ》りがましいと言おうか、神々《こうごう》しいと形容しようか。人間の眼に触れてはならぬ妖艶《なまめか》しさの極み……そのものの姿であった。

しかし、雪に鎖《とざ》された藤沢病院の深夜の診察室に、こんな姿が立ち現われていようことは、誰一人思い及び得よう筈がなかった。すべては零下何度の空気に包まれて、シンカンと寝静まっていた。そのような静けさの中にスックリと立ち止まった品夫は、いかにも眩《まぶ》しそうな険《けわ》しい眼つきで、そこいらを一渡り見まわしていたが、間もなく室の隅《すみ》に置いてある四方硝子張の戸棚《とだな》に眼をつけると、ヒタヒタと歩み寄って重たい硝子戸を半分ほど開いた。そこから白い片手を突込んで、方形の瀬戸引きバットに並んでいる数十のメスを、あれかこれかと選んでいたが、やがてそのバットの外にタッタ一つ投げ出してある大型の一本を取り上げた。

それは小さい薙刀《なぎなた》の形をした薄ッペラなもので、普通の外科には必要のない、屍体《したい》解剖用の円刃刀と称するものであった。この病院では何か外の目的に使われているらしく、柄の近くには黒い銹《さび》の痕《あと》跡さえ見えていたが、彼女はそれを右手の指の中に、逆手にシッカリと握り込むと、背後の青白い光線に翳《かざ》しながら、二、三度空中に振りまわして、キラキラと小さな稲妻を閃《ひら》めかした。それを見上げながら品夫はニッコリと、小児のように無邪気な微笑を浮かべたが、そのままメスを右手に捧げて、左手で両袖《そで》を抱えつつ、開いたままの扉の間から、又もリノリウムの廊下に辷り出た。……と……今度は左に折れて、泉水の上から病室の方に抜ける渡殿の薄暗がりをホノボノと足探りにして、第一の横廊下を左に折れ曲ったが、やがて、その行き詰まりにある特等病室の前に来た。そうして、やはり何の躊躇《ためらい》もなく真鍮《しんちゅう》のノッブを引いた。

　鉄のベッドの上には、白い蒲団を頭から被っている人間の姿がムックリと浮き上っていた。その上にメスを捧《ささ》げたまま、品夫は何かしらジッと考え込んでいるようであったが、やがて上の蒲団を容赦なく引き除けると、髪毛を濛《もう》と空中に渦巻《うずま》かせて、倒れ込むようにメスを振りおろした。枕元から、白い散薬の包紙が一枚、ヒラヒラと床の上に舞い落ちた。

「ムム……オオッ……」と夢のような叫び声がして、青黒い巨大な肉体が起き上りかけた。それはイガ栗頭の黒木繁であったが、毛ムクジャラの両腕を引き曲げて、寝衣の胸に沈み込んだメスの柄を品夫の右腕と一緒に無手《むず》と摑んだ。

　……しかし、それをどうしようと言うような力はもうなかった。血走った白眼を剝《む》き出して、相手の顔をクワッと覗《のぞ》き込んだが、乱れた髪毛の中を一眼見ると、そのまま両眼をシッカリと閉じて、シーツの上にのけぞった。

「……シ……品夫ッ……。オ……お前はッ……オオ……お……れ……の……」と切れ切れに叫びかけたが、その最後の言葉はヘンテコに節がついて、流行《はやり》唄の末尾のように意味をなさないまま、わななきふるえつつ消え失せた……と思う間もなく、喰い縛った歯の間から凩《こがらし》のような音を立てて、泡《あわ》まじりの血を噴き出した。

「……品夫ッ……」と言う雷のような声が、廊下の方から飛び込んで来たのはその時であった。

ハッとした品夫は、一瞬間に身を引いた。髪毛をサッと背後にはね除けて、右手を高く振り上げかけたが、白い服のまま、仁王立ちになっている健策の真青な、引き歪《ゆが》められた顔を眼の前に見ると、急に身を反らして高らかに笑い出した。

「……ホホホホホホ。ホホホホあなた見ていらしたの……ホホホホホホ。ステキだったでしょう……妾……とうとう讐敵《かたき》を討ったのよ……」

品夫の手から辷《すべ》り落ちたメスが、床の上に垂直に突立った。同時に気が弛《ゆる》んだらしくグッタリとなった品夫は、両頬を真赤に染めて、羞恥《はにかみ》ながら健策の胸にしなだれかかった。血だらけの両手を白い診察服の襟《えり》にまわしながら、火のような眼をしてふり仰いだ。

「……ネ……わかったでしょう……。もう貴方と……でも……いいのよ……」

ココナットの実

妾《わたし》は今、神戸海岸通りのレストラン・エイシャの隅《すみ》ッこに、ちょこりんと腰をかけている。油気のない前髪をういういしく垂らして、紫ミラネーゼの派手な振袖《ふりそで》を着て、金ピカの塩瀬《しおぜ》を色気よく高々と背負《しょ》っているのだから、ウッカリした男の眼には十四、五ぐらいにしか、うつらないでしょうよ。どうぞ、そのおつもりでネ……ホホホホホ……。

　妾の手にはタッタ今ボーイさんが買って来てくれた号外が一枚載《の》っている。これは今から三時間ばかり前に、ここから二、三町先の海岸通りの横町で起った事件で、あちこちのテーブルに固まっている男のお客たちも首をつき合わせながら引っぱり合っている。西洋人までが鹿爪《しかつめ》らしく耳を傾《かし》げているせいか、室の中が急にシンカンとなっている。妾もその中の大きな活字だけを拾い読みしてみると……この号外をここに挟《はさ》んでおくわ……ごらんの通りトテモ大変な活字だらけなの……。

　――財界のムッソリニ、高利貸王、赤岩権六氏粉砕さる――

――本日午後五時頃、同氏経営の通称ゴンロク・アパート前、海岸通横町街路上で――

××党の爆弾か？　路面のアスファルトに二個の大穴——

——スバラシイ爆発の威力　同氏の遺骸《いがい》と名刺、同氏乗用の自動車の破片八方に散乱し、当該自動車の運転手とアパート勝手口付近事務室に残留せる女事務員二名惨死し、路上の男女数名即死重軽傷——十数間を隔てた十字路を整理中の交通巡査も打倒されて人事不省——電柱その他付近の店頭メチャメチャ——

——〔続報〕——事件後約一時間を経て出勤した同アパートの宿直小使白木某は、五階に居住していた美少女エラ子（本名年齢等一切不明）のコック兼従僕にして身長七尺に近い印度《インド》人ハラムと称する巨漢が、同少女の寝室床上に一糸も纏《まと》わざる裸形のまま、射殺されているのを発見——次いで同少女エラ子が情夫の××党員らしき青年と共に行方を晦《くら》ましているらしい事が判明した——

——美少女エラ子は赤岩氏が一か月ばかり前に何処《どこ》からか連れて来て匿《かく》まっている同氏の私生児で、今日まで固く口止されていた事実を小使の白木某が陳述した——

——同アパートは新築匆々《そうそう》のため、一階の事務室と、エラ子の居室のほか全部がガラ空きであった。——且《かつ》、爆発現状の目撃者が重傷、惨死、又は人事不省に陥っているため、目下のところ事件の真相について、何等の手がかりを得ず——

——警察当局は曰く——××党とは絶対に無関係だ。赤岩氏が同アパートの空室に秘密運搬中の、鉱山用の火薬類が、取扱いの不注意のために発火したものと、少女エラ子に絡まる情痴関係の殺人が、偶然に一致したものではないか——爆弾ならば一発で効果は充分の筈である。路面に残っている二個の大穴が何と言っても疑問の中心でなければならぬ――なお目下詳細に亘って取調中云々《うんぬん》――

――疑問の美少女エラ子の行方は――正体は？――

妾はフキ出してしまった。あんまりトンチンカンな記事なので、一人でゲラゲラ笑い出したら、カフエーじゅうの西洋人や日本人が一時にこっちをふり向いた。帳場の男も註文を通しながら妾の横顔に、色眼みたいなものを使っている。だけど妾がこの事件のホントーの犯人で、疑問の少女エラ子だなんて事は一人も気づいていないらしい。何と言ったって妾のメーキャップは、やっと女学校に入ったぐらいのオチャッピイにしか見えないのだから……。

そんな連中のポカーンとした顔を見まわしているうちに、妾はたまらなくユカイになってしまった。スコシ酔っているせいかも知れないけど……妾はわざっと黄色い声を出して、帳場の男に頼んでやった。

「……あのね。すみませんけど、レターペーパーと鉛筆を貸してちょうだいナ……」

帳場の男が眼をパチクリさせた。兵隊みたいに固くなって、

「かしこまり……ました」

と言い言いすぐにペーパーと万年筆を持って来てくれた。

妾は一気にペンを走らせはじめた。ジン台のカクテルをチビリチビリ飲みながら……。

……みんな面喰《めんくら》っているらしい。そんなことなんか、どうでもいいんだけど……。

あたしは事件の真相を発表する前にタッタ一こと書いておく光栄を有します。

妾がこの手紙を書き上げるまでには、まだどれぐらい時間がかかるかわからないけど、その間にこのあたし……疑問の少女エラ子を見つける事が出来なければ、日本の警察も新聞記者も、みんなお馬鹿さんよ……って……ね……。

大丈夫よ。誰《だれ》も妾を捕まえに来やしないわよ。妾がここを出たあとでこの置手紙を見て騒ぎ出すぐらいがセキのヤマよ。

妾は本当の事を書いて置きます。妾はつくづく神戸がイヤになってしまいました。シンカラお友達になってみたいと思う人が一人もいない事がわかりました。ですからモウこれっきり神戸に来まいと思って、タッタ一人でこのカフエーに乾盃をしに来たら、ちょうどコンナ号外が出たので、ツイ持ち前のイタズラ気を出してしまったのです。

妾は今朝早く窓際のベッドの中で眼を醒《さ》ました。前の晩に遅くまで遊んだ朝は、いつでも、おひる頃まで睡《ねむ》たいのに、今朝はよっぽどどうかしていた。

妾は窓のカアテンを引いた。硝子《ガラス》が一面にスチームで露っぽくなっていたから、手の平で拭《ふ》いた。冷たかったので頭がハッキリとなった。

妾の室はゴンロク・アパートの五階だった。窓の外は神戸の海岸通りの横町になっていた。左手に胡粉絵みたいな諏訪山の公園が浮き出している。右手の港につながっている船の姿がまるで影絵のよう。その向うから冷たい太陽がのぼって、霜の真白な町々を桃色に照している。窓硝子が厚いから何の音もきこえない。

　そんなシンカンとした景色を見ているうちに、妾はヘンに淋《さび》しくなって来た。何故って言う事はないけれど……こんな事は今までに一度もなかった。

　妾は古代更紗《さらさ》のカアテンを引いて、つめたい外の景色を隠した。思い切って寝返りをしてみた。

　妾の寝台は隅から隅まで印度《インド》風で凝《こ》り固まっていた。白いのは天井裏のパンカアと、海月《くらげ》色に光る切子《きりこ》硝子《ガラス》のシャンデリアだけだった。そのほかは椅子《いす》でも、机でも、床でも、壁でも、みんなアクドイ印度風の刺繍《ししゅう》や、更紗模様で蔽《おお》いかくしてあった。その中でも隣りの室との仕切りの垂れ幕には、特別に大きい、黄金《きん》色のさそりだの、燃え立つような甘草の花だの、真青な人喰い鳥だのがノサバリまわっていた。

　その垂幕の間から、隣りの化粧部屋と、その向うの白い浴槽《バス》がホノ暗くのぞいている。浴槽の向うには鏡の屏風《びょうぶ》が立っている。そんなものの隅々にピカピカチカチカ光っている金銀だの、瀬戸物だのの装飾が、一つ一つにブルドッグ・オヤジ……妾の旦那《だんな》になっている赤岩権六の金ピカ趣味をサラケ出していた。見れば見るほど淋しい、つまんないものばかりだった。

　そのブルドッグ・オヤジの赤岩権六は、ゆんべ夜中に急用が出来て、諏訪山裏の本宅の白髪婆《しらがばばあ》のところへ帰った。だから妾は今朝、一人ぼっちで眼を醒ましたのだった。

　だけど妾がコンナに淋しいのはブル・オヤジがいないせいじゃなかった。ブル・オヤジが百人出て来たって、妾の気持ちを、とり直すことなんか出来やしなかった。今までだってそうだった。今もそうに違いなかった。

妾はタッタ一人でベッドの上に長くなったまま、暗いところへグングン落ち込んで行くような気持ちになっていた。

妾はいつの間にか枕元《まくらもと》のベルを押したらしい。入口の横の垂れ幕を押し分けて、コックのハラムがノッソリと入って来た。

ハラムは印度人の中でも図抜けた大男だった。背の高さが二メートルぐらいあって左右の腕が日本人の股《もも》とおんなじ大きさをしていた。それがいつもの通り、妾の大好きな黄色い上等の印度服を引っかけて、おなじ色のターバンを高々と頭に巻き上げているばかりでなく、眼のまわりが青ずんで、瞳がギョロギョロして、鼻が尖《と》んがって、腮鬚《あごひげ》や胸毛を真黒くモジャモジャと生やしているのだから、ちょうどアラビアン・ナイトに出て来る強盗の親分みたいなスバラシサで、見上げただけでも気持ちがスーッとした。この印度人は故郷にいる時分からうらないが本職で、四十二歳の今日がきょうまで、何とか言うバラモンの神様に誓って、童貞を守っているのだ……と自分で言っていた。だけど色が黒いからホントだか嘘《うそ》だかよくわからなかった。

妾は毎朝ブル・オヤジが帰ったあとで、誰もいなくなると、この男に抱かれてユックリお湯に入れて貰《もら》うのを何よりの楽しみにしていた。それは思いようによってはこの上もない、ステキな冒険に違いなかったから……。

けれどもハラムは妾の処に来た最初から、どこまでも従順な妾の家来になり切っていた。今朝もやっぱりいつもの通り憂鬱《ゆううつ》なまじめな顔をしながら、黒い逞《たく》ましい両腕を悠々《ゆうゆう》とまくり上げて、妾をヤンワリと抱き上げてくれた。そうして赤チャンを扱うように親切に身体を流して、新しいタオルで包んでくれた。

「今朝はたいそう、お早う御座います……お姫《ひい》様」

ハラムの日本語は、本物の日本人よりもズットお上品で、立派に聞えた。シンガポールの一流のホテルで日本人専門のボーイを志願して稽古《けいこ》をしたのだと言っていたが、発音がハッキリしている上に、セロみたいな深い響きをもっていた。

「……あたし……淋しいのよ……」

妾は濡《ぬ》れたまんまの両腕をハラムの太い首に巻きつけた。その拍子にハラムの身体に塗りつけた香油の匂《にお》いがムウーとした。

ハラムはすこしビックリしたらしく、眼をまん丸にして、白眼をグルグルと動かしながら、高らかに笑いだした。

「ハッハッハッハッハッ。……おおかたお姫様は……お腹がお空きになったので御座いましょう」

妾はイキナリ、その毛ムクジャラの胸に飛びついて、甘ったれるように首を振って見せた。

「イイエイイエ。あたしチットモひもじかない。ゆんべ遅くまで色んなものを喰べたん

だもの……それよりも妾ホントウに淋しいのだよ。お前にこうして抱っこされていても
よ……綱渡りの途中で綱が切れちゃって、そのまんま宙に浮いているような気持ちよ。ドッチへ行ったらいいのか解んなくなったような気持ちよ。教えておくれよ。ハラム、どうしたらいいんだか……」

妾はそう言いながらハラムの頸《くび》をヤケにゆすぶった。逞しい脂切《あぶらぎ》った筋肉に、爪《つめ》を掘り立てるくらい、キツクゆすぶった。けれどもハラムはビクともしなかった。軽々と妾を抱えたまま長椅子の前に突立って、妾の顔をマジリマジリと見詰めているきりだった。

「……ヨウ……ハラムったら。教えてよう。どうして妾こんなに淋しいんだか……。お前は妾の家来じゃないか。何でも妾の言いつけ通りの事をしてくれなくちゃダメじゃないの……お前はいつも妾の言いつけ通りに……」

ハラムがやっと表情を動かした。妾の瞳の底の底をのぞき込むように、青黒い瞳を据《す》えたまま……赤い大きな舌を出して、口のまわりの鬚《ひげ》をペロリとなめまわした。そうしてシンミリとした、落ち着いた声を出した。

「……わかりまして御座います……お姫様……何もかも運命で御座います」

ハラムは、そうした気持ちの妾を又も軽々と抱き上げて、ノッシノッシと歩きながら、室の真中に在る紫檀《したん》の麻雀《マージャン》台の前に来た。それは牌《パイ》なんか一度も並べた事のない、妾達の食卓になっていた。その前に坐《すわ》っている色真綿の肘掛椅子《ひじかけいす》の中に妾の身体を深々と落し込むと、その上から緞子《どんす》の羽根蒲団《はねぶとん》を蔽《おお》いかぶせて、妾の首から上だけ出してくれた。

ハラムのこんなシグサは、まったく、いつもにない事だった。けれども妾は別段に怪しみもしないで、される通りになっていた。今から考えると、その時の妾の恰好《かっこう》は、ずいぶん変テコだったろうと思うけど……。

そればかりじゃなかった。ハラムは平生《いつも》のようにパンカアを引き動かして、妾の身体を乾《かわ》かしてくれる事もしなかった。そんな事は忘れてしまったように、室の隅から籐椅《とうい》子《す》を一つ、妾の前に引き寄せて来て、その上に威儀堂々とかしこまった。そうして塔のように巻き上げたターバンを傾けて、妾の瞳にピッタリと自分の瞳を合わせると、そのまま瞬《まばた》き一つしなくなった。妾も仕方なしに、真綿の椅子の中で羽根蒲団に埋《うず》まったまま、おなじようにして、ハラムの顔を見上げていた。

籐椅子がハラムの大きな身体の下でギイギイと鳴った。

その時にハラムは底深い、静かな声で、ユルユルと口を利《き》きはじめた。妾の瞳をみつめたまま……。

「……何事も運命で御座います。私は、お姫様の運命をはじめからおしまいまで存じているので御座います。あなた様の過去も、現在も、未来の事までも、残らず存じ上げているので御座います。この世の中の出来事という出来事は、何一つ残らず、運命の神様のお力によって出来た事ばかりなのでございます」

ハラムの顔つきがみるみるうちに、それこそ運命の神様のように気高く見えて来た。ターバンのうしろに光っている海月《くらげ》色のシャンデリアまでが、後光のように神秘的な光をあらわして来た。それにつれてハラムの低い声が、銀線みたいに美しい、不思議な調子を震わしはじめた。

「……その運命の神様と申しまするのは、竈《かまど》の神、不浄場の神、湯殿の神、三ツ角の神、四ツ辻の神、火の山の神、タコの木の神、泥海の神、または太陽の神、月の神、星の神、リンガムの神、ヨニの神々のいずれにも増して大きな、神々の中の大神様で御座いまする。その運命の大神様の思召しによって、この世の中は土の限り、天の涯《はて》までも支配されているので御座います」

妾はハラムの底深い声の魅力に囚《とら》われて、動くことが出来なくなってしまった。電気死刑の椅子に坐らせられて、身体がしびれてしまったようになってしまった。大きな呼《い》吸《き》をしても……チョイト動いても、すぐに運命の神様の御心に反《そむ》いて、大変な事が起りそうな気がして来た。

そんなに固くなっている妾を真正面にして、ハラムは裁判官のように眼を据えた。なおも、おごそかな言葉をつづけた。

「……けれども……けれども……御聡明《ごそうめい》なお姫《ひい》様は、今朝から、それがお解りになりかけてお出でになるので御座います。……お姫様は今朝から、眼にも見えず、心にも聞えない何ものかを探《さが》し求めてお出でになるので御座います。……で御座いますから、そのようにお淋しいので御座います」

妾は返事の代りに深いため息を一つした。そうして今一度シッカリと眼を閉じて見せた。ハラムのお説教の意味がすきとおるくらいハッキリと妾にわかったから……。

　ハラムは毛ムクジャラの両手を胸に押し当てて、黄色いターバンを心持ち前に傾《かし》げていた。その青黒い瞳をジイと伏せたまま、洞穴《ほらあな》の奥から出るような謙遜《けんそん》した声を響かした。

「……おそれながら私は、今日という今日までの間、運命の神様のお仕事が、お姫様の御身の上に成就致しまするのを、来る日も来る日もお待ち申しておったので御座います。それを楽しみに明け暮れお側にお付き添い申し上げておったので御座います。眼に見えぬ運命の神様のお力を借りまして、あの赤岩権六様を、あなた様にお近づけ申し上げましたのも、かく申す、私なので御座います。それから、あの共産党の中川さまを、お伽《とぎ》におすすめ致しましたのも、ほかならぬ私めが仕事で御座いまする。そうして、かように申しまする私が、赤岩様のお眼鏡に叶《かな》いまして、あなた様の御守役として、御奉公が叶いまするように取り計らいましたのも、皆、この私めが、私の霊魂を支配しておられまする神様の御命令によって致しました事なので御座いまする」

　ハラムはここまで言いさすと、何故だかわからないけれども、プッツリと言葉を切ってしまった。突伏したまま黙りこくって、身動き一つしなくなった。それにつれて、その下の籐椅子の鳴る音が、微かにギイギイときこえて来た。運命の神様の声のように、おごそかに……ひめやかに……。

　妾は今までに泣いた事などは一度もなかった。人間が何人殺されたって、どんなに大勢からイジメられたって、悲しいなんか思ったことはコレっぽかしもなかった。それだのにこの時ばっかりは、何故ともわからないまんまに、泪《なみだ》が出て来て仕様がなかった。ハラムのお説教とは何の関係もなしに胸が一パイになって来て仕様がなかった。何が悲しいのかチットモ解らないのに、泣けて泣けてたまらなかった。

……すると、そのうちに何だか胸がスウ——として来たようなので、妾は羽根蒲団からヒョイと顔を出してみた。

　両方の目をこすって見るとハラムはまだ妾の前に頭を下げている。妾を拝むように両手を握り合わせて、両股を広々と踏みはだけている。そうして心の中で御祈禱《ごきとう》か何かしているらしく、唇をムチムチと動かしている。

　そうしたハラムの姿を見ているうちに、妾はフッと可笑《おか》しくなって来た。何だか生まれかわったように、気が軽くなって、思わずゲラゲラと笑い出してしまった。

　ハラムはビックリしたらしかった。白眼をクルクルとまわしながら顔を上げて、妾の顔をのぞき込んだから、妾はもう一度キャッキャッと笑って遣った。

「……ハラムや御飯をちょうだい……」

「……ハ……ハイ……」

　ハラムは面喰らったらしかった。妾のために一所懸命で、ラドウーラ様にお祈りしていた最中だったらしく、毒気を抜かれたように目ばかりパチクリさせていた。

「それからね。御飯が済んだら、妾に運命を支配する術を教えて頂戴ね。自分の運命でも他人の運命でも、自分の思い通りに支配する術を教えて頂戴……あたし……悪魔の弟子になっていいから……ネ……」

「……ハ……ハ……ハイ……ハイ……」

ハラムはイヨイヨ泡《あわ》を喰ったらしかった。ムニャムニャと唇を動かしていたが、やがて、こんな謎《なぞ》のような言葉を、切れぎれに吐き出した。

「……運命の神様……ラドウーラ様の前には……善も……悪も……御座いません」

「ダカラサ。何でも構わないから教えて頂戴って言ってるじゃないの……あたしの運命を、お前の力で、死ぬほど恐ろしいところに導いてくれてもいいわ」

ここまで言って来ると妾は思わず羽根蒲団を蹴飛《けと》ばしてしまった。妾のステキな思いつきに感心してしまって、吾れ知らず身体を前に乗り出した。両手を打ち合わせて喜んだ。

「いいかい、ハラム。妾はまだハラハラするような怖《こわ》い目に会った事が一度もないんだから、お前の力でゼヒトモそんな運命にブツカルようにラドウーラ様に願って頂戴……妾は自分で気が違うほど怖い目だの、アブナッカシイ目だのに会ってみたくて会ってみたくて仕様がないんだから」

「……ハイ……ハハッ……」

ハラムはやっと息詰まるような返事をした。

「その代りに御褒美《ごほうび》には何でも上げるわ。妾はナンニモ持たないけど……妾のこの身体でよかったらソックリお前に上げるから、八ツ裂きにでも何でもしてチョウダイ」

ハラムはイヨイヨ肝《きも》を潰《つぶ》したらしかった。眼の玉を血のニジムほど剝《む》き出した。唇をわななかして何か言おうとした。……と思うと、その次の瞬間には、みるみる血の色を復活さして、身体じゅうを真赤な海老茶色にしてしまった。口をアングリと開いて、白い歯をギラギラ光らせながら、思い切って卑《いや》しい……獣のような、声のない笑い顔をした。

その顔を見ているうちに妾はヤットわかった。ハラムの本心がドン底までわかってしまった。ハラムは運命の神様のラドウーラ様から、この妾を生涯《しょうがい》の妻とするように命令《いいつけ》られているに違いなかった。

ハラムはズット前から、妾に死ぬほど惚《ほ》れ込んでいたに違いない。そうしてその悪魔みたいな頭のよさと、牡牛のような辛抱強さとで、妾の気性を隅から隅まで研究しながら、妾の心を捉《とら》える機会を、毎日毎日、一心にねらい澄ましていたにちがいない。

「オホホホホホ。おかしなハラム……そんなに真赤にならなくたっていいよ。妾は嘘《うそ》を吐かないから……その代りお前も嘘を吐いちゃいけないよ」

ハラムは幾度も幾度も唾液《だえき》を呑みこみ呑みこみした。御馳走《ごちそう》を見せつけられた犬みたいに眼を光らせながら……。

「キット……キットお眼にかけます。ハイ、ハイ。私はお姫様の奴隷で御座います。ハイ……私は……私はまだ誰にも申しませぬが、世にも恐しい……世にも奇妙なオモチャを二つ持っております。印度《インド》のインターナショナルの言葉で『ココナットの実』と申しますオモチャを二つ持っております。それは輸入禁止になっておりまする品物でナカナカ手に入らない珍しいもので御座いますが、私は、その取次ぎを致しておりますので……」

「そのオモチャは何に使うの……言って御覧……」

ハラムは急に両手をさし上げた。いかにも勿体《もったい》をつけるように頭を烈しく振り立てた。

「イヤ……イヤイヤイヤ。それは、わざと申し上げますまい。お許し下さいませ。ただ今はそれを申し上げない方が、運命の神様の御心に叶うからで御座います。……しかし……それはもう間もなく、おわかりになる事で御座います。私はその『ココナットの実』を、きょう中に二つとも、ある人の手に渡すので御座います。その方は、お姫様がよく御存じの方で御座いますが……そうしますると、その『ココナットの実』が、その方と、それからやはり、お姫様がよく御存じのモウ一人の方の運命を支配致しまして、お二方ともお姫様のところへ二度とお出でになる事が出来ないような、恐ろしい運命に陥られる事になるので御座います。お姫様の眼の前で……お身体の近くで、そのような恐ろしい事が起るので御座います。そうして……そうして……お姫様は……お姫様は……」

「ホホホホホホ。キットお前一人のものになると言うのでしょう」

ハラムは真赤な上にも真赤になった。眼に泪《なみだ》を一パイに溜めた。口をポカンと開いて、今にも涎《よだれ》の垂れそうな顔をしたが、両手をさし上げたまま床の上にベッタリと、平蜘蛛《ひらぐも》のようにヒレ伏してしまった。

「もういい、もういい。わかったよ、わかったよ。それよりも早く御飯の仕度をして頂戴……お腹がペコペコになって死にそうだから……」

妾《わたし》のお腹の虫が、フォックス・トロットとワルツをチャンポンに踊っていた。そこへ美しい印度式のライスカレーが一皿分天降ったら、すぐに踊りをやめてしまった。妾はお腹の虫の現金なのに呆《あき》れてしまった。それからハラムの御自慢の、冷たいニンニク水をグラスで二、三杯流し込んで遣ると虫たちはイヨイヨ安心したらしく、グーグーとイビキをかいて眠り込んでしまった。だから妾もすぐに、寝台の上に這《は》い上って、羽根蒲団にもぐり込んで寝た。死んだようにグッスリと眠ってしまった。

それから三時頃眼をさまして、羽根蒲団の中で焼き林檎《りんご》を喰べていると、いつの間に入って来たのか、狼《ウルフ》が枕元に突立っていた。

狼というのは最前ハラムが言った中川青年のことだった。左翼の左翼の共産党の中でも一等スバシコイあばれ者だと自分で白状していたが、それはハラムの童貞とおんなじにホントウらしかった。青黄色い、骸骨《がいこつ》みたいに瘠《や》せこけた青年で、バラバラと乱れかかった髪毛の下から、瞳《め》ばかりが薄暗く光っていた。唇だけが紅をつけたように真赤なのもこの青年の特徴だった。

このウルフ青年は妾に、いろんな事を教えてくれた。インキの消し方だの、音を洩《も》らさないピストルの撃ち方だの、台所にある砂糖とか、曹達《ソーダ》とか言うものばかりで出来る、自然発火装置だの、ドブの中に出来る白い毒石の探し方だの……そんなものは、みんな印度のインターナショナルの連中から伝わったので、共産党の仕事に入り用なものばかりだと言って、得意になって話してくれた。けれどもカンジンの共産党の主義の話になると、ウルフの頭がわるいせいか、まるっきりチンプンカンプンなので困ってしまった。ウルフはただ小器用なのと、感激性が強くて無鉄砲なだけが取り柄の人間らしかった。

「……だから僕は一文もないのだ。おまけに親ゆずりの肺病だから、生命だってもうイクラもないようなもんだ。その上にあんたから毎日こうして虐待されるんだからね」

　ウルフはいつも詩人らしい口調でそう言っては、黒ずんだ歯を見せて薄笑いをした。きょうも散ざっパラ遊んだあげくに、もとの寝台にかえってさし向いになると、又おんなじ事を言ったから、妾は思い切って冷かしてやった。

「又はじまったのね。あんたのおきまりよ。ナマイダ、ナマイダ、ナマイダって」

　ウルフは慌《あわ》てて手を振った。妾の言葉を打ち消しながら、やはり薄笑いをつづけた。

「……そ……そうじゃないよ。エラチャン。そうじゃないったら。だから……僕はだから、生命のあるうちに、何か一つスバラシイ、思い切った事をやっつけなくちゃ……」

「……また……生命生命って……そんなに生命の事が気になるのだったら、サッサとお帰んなさいよ」

　妾から、こう言われると、ウルフは急にだまり込んで、うなだれてしまった。寝台の向う側に妾の爪先《つまさき》とスレスレにかしこまったまま、それこそ狼《ウルフ》ソックリのアバラ骨を薄い皮膚の下で上げたり下げたりして、一所懸命に咳《せき》を押え押えしていた。

「エラチャンは肺病は怖くないかい」

「チットモ怖かないわ。肺病のバイキンならどこでもウヨウヨしている。けれども達者な者には伝染しないって本に書いてあるじゃないの。妾その本を読んだから、あんたが無性に好きになったのよ。あんたが肺病でなきゃあ、妾こんなに可愛がりゃしないわ。妾はあんたがくれた赤い表紙の本を読んでいるうちに、あんた以上の共産主義になっちゃったのよ。……あんたが妾にサクシュされて、どんな風にガラン胴になって、ドンナ風に血を吐いて死んで行くか、見たくって見たくってたまんなくなったのよ。だからこんなに一所懸命になって可愛がって上げるのよ」

妾がこう言って笑った時の狼の顔ったらなかった。蒼白《あおじろ》く並んだ肋骨《ろっこつ》を、鬼火のように波打たして、おびえ切ったウツロ目から泪をポトリポトリと落しはじめた。泣くような……笑うような皺《しわ》を顔中に引き釣らして泪の流れを歪《ゆが》みうねらせた。……と思うと不意に妾の両脚の間の、真白なリンネルの上に、骨だらけの身体を投げ伏せて、両手をピッタリと顔に押し当てた。

妾はハッとして起き直った。血を吐くのじゃないかしらんと思った。そのモジャモジャと乱れ重なった髪毛の下を、ドキドキしながら見守っていた。しかし、そうじゃないらしい事が間もなくわかったので、妾はガッカリしてしまった。

ウルフは、差し出した妾の手をソッと押し退《の》けた。そうして泪でよごれた顔を手の甲で拭《ぬぐ》い拭い寝台から降りて、長椅子の上に投げ出した洋服を着はじめた。けれども継ぎはぎだらけのワイシャツとズボン下を穿《は》いて、黒いボロボロのネクタイを上手に結んでしまうと、ウルフは、穴だらけの黒靴下を両手にブラ下げたまま、又、ジッとうなだれて考えはじめた。

　すると、そのうちにジッと考え込んでいたウルフは、何と思ったか両手に提《さ》げていた古靴下を麻雀台の上に投げ出した。髪毛をうしろにハネ上げて、入口の扉の方へヒョロヒョロと近づいた。そこの棚《たな》の上に置いてある黒い風呂敷《ふろしき》包みを丁寧にほどいて、新しい食パンの固まりを二つ、大切そうに取り出した。そうして、その一つを両手で重たそうに抱えながら引返して来て、寝ころんでいる妾の目の前に突きつけた。

「これは……約束の品です」

「ナアニ。コレ……食パンじゃないの」

　ウルフはニヤニヤと笑い出した。笑いながらパンの横腹《よこつぱら》を妾の方に向けて、そこについている切口を、すこしばかり引き開けるとその奥にテニスのゴム毬《まり》ぐらいの銀色に光る球が見えた。ところどころに黒いイボイボのついた……。

「アッ……コレ爆弾、アブナイジャないの、こんなもの」

「エラチャンは……この間……言ったでしょう。日暮れ方にこの窓から覗《のぞ》いていると、あのブルドッグの狒々《ひひ》おやじが、往来を向うから横切って、妾の処へ通って来るのが見える。その威張った、人を人とも思わぬ図々しい姿を見ると、頭の上から爆弾か何か落してみたくなるって……」

「ええ……そう言ったでしょうよ。今でもそう思っているから……」

「その時に僕が、それじゃ近いうちにステキなスゴイのが仲間の手に入るから、一つ持って来て上げましょう。その代りにキット彼奴《あいつ》の頭の上に落してくれますかって念を押したら、貴方はキット落してやるから、キット持って来るように……」

「ええ。そう言ったわ。タッタ今ハッキリと思い出したわ」

「その約束をキット守って下さるなら、このオモチャを……おいしい『ココナットの実』を貴女に一つ分けて上げます。どうぞ彼奴に喰べさしてやって下さい。あいつは財界のムッソリニです。彼奴はお金の力で今の政府を押えつけて、亜米利加《アメリカ》と戦争をさせようとしているんです。現在の財界の行き詰りを戦争で打ち破ろうと企《たくら》んでいるのです。日本は紙と黄金の戦争では世界中のどこの国にも勝てない。下層民の血を流す鉄と血の戦争以外に日本民族の生きて行く途《みち》はない。不景気を救う道はないと高唱しているのです。彼奴《きゃつ》はこの世の悪魔です。吾々の共同の敵なのです……彼奴《あいつ》は……イヤあなたの旦《だん》那《な》の事を悪く言って済みませんが……」

「……いいわよ……わかってるわよ。そんな事どうでもいいじゃないの。もうジキ片づくんだから……」

「……大丈夫ですか……」

「大丈夫よ。訳はないわ。あのオヤジはここへ来るたんびにキット、この窓の真下の勝手口の処で立ち止まって汗を拭《ふ》くんだから……そうして色男気取りでシャッポをチャンと冠《かぶ》り直して、ネクタイをチョット触ってから勝手口の扉《ドア》を押すのが紋切型になっているんだから、その前に落せば、一ペンにフッ飛んでしまうかも知れないわね。そうしたら、なおの事おもしろいけど……ホホホ……」

妾がこう言うとウルフはチョット心配そうな顔をした。室の中をジロジロと見まわしたが、鉄筋コンクリートの頑丈《がんじょう》ずくめな構造に気がつくと、やっと安心したらしく妾の顔を見直した。真赤な唇を女のようにニッコリさせつつ、無言のまま、ウドン粉臭いパンの固まりを私のお臍《へそ》の上に乗っけた。その無産党らしい熱情の籠《こ》もった顔つき……モノスゴイ眼《め》尻《じり》の光……青白い指のわななき……。

本当を言うと妾はこの時に身体中がズキンズキンするほど嬉《うれ》しかった。約束なんかどうでもいい……こんなステキなオモチャが手に入るなんて妾は夢にも思いがけなかった。妾はウルフに獅《し》噛《が》みついて喰ってしまいたいほど嬉しかった。丸い銀の球を手玉に取って、椅子やテーブルの上をトーダンスしてまわりたくてウズウズして来た。

けれども妾は一所懸命に我慢した。その新しいパンの固まりを、お臍の上に乗っけたまま、ソーッとあおむけに引っくり返った。その中の銀色の丸《たま》の重たさを考えながら、静かに息をしていると、そのパンの固まりが妾の鼻の先で、浮き上ったり沈み込んだりする。その中で爆弾が温柔《おとな》しくしている。そのたまらない気持ちよさ。面白さ。とうとうたまらなくなって妾は笑い出してしまった。

あんまりダシヌケに笑い出したので、ウルフは驚いたらしかった。靴を穿《は》きかけたまま妾の処へ駈け寄って来て、妾のお臍の上から辷《すべ》り落ちそうになっているパンの固まりをシッカリと両手で押えつけた。サッキのように、おびえて、ウツロな眼つきをしいしいパンの固まりを抱え上げて、妾の寝台の下に並んでいる西洋酒の瓶の間に押し込んだ。ホッと安心のため息をしいしい立ち上り、また服を着直した。靴穿きのまま、ダブダブのコール天のズボンと上衣を着て、その上から妾の古いショールをグルグルと巻きつけた。その上から厚ぼったい羊羹《ようかん》色の外套《がいとう》を着て、ビバのお釜帽を耳の上まで引っ冠せた。それから膝《ひざ》をガマ足にして背中をまん丸く曲げて、首をグッとちぢめると五寸ぐらい背が低くなった。何方《どっち》から見てもズングリした、脂肪肥りのヘボ絵かきぐらいにしか見えなくなった。

妾はいつもながらウルフの変装の上手なのに感心してしまった。口をへの字なりにして頬《ほお》の肉をタルましたりしている顔つきのモットモらしいこと……妾だって往来のまん中でウルフを見つける事は出来ないだろうと思った。

そのうちに厚ぼったい手袋のパチンをかけてウルフはヨロヨロと入口の方へ歩いて行った。もう一つのパンを黒い風呂敷包みにつつみ直して、大切そうに小腋《こわき》に抱えると、扉《ドア》を静かに開いて廊下に出たが、扉を閉めがけに今一度、共産党らしい、執着に冴《さ》えた瞳《め》の光を妾の顔に注いだ。そうして念を押すように淋しくニッコリと笑いながら、扉を閉じた。

その足音を聞き送ると、妾は、枕元のスイッチをひねってシャンデリアを消した。パジャマと羽根蒲団で身体を深々と包みながら、横のカアテンを引いた。硝子《ガラス》窓を開いて首を出した。

窓の外はもう夕方で、山の手の方から海へかけて一面に灯がともっている。そのキラキラした光の海を青い、冷たい風が、途切れとぎれに吹きまくって、横町から五階の窓まで吹き上げて、妾の頬を撫《な》でて行くのがトテモ気持ちがいい。スチームのムンムンする室に居るよりも、窓からスーッと飛び出して、冷たい風の中を舞いまわった方がいいと思った。

そう思いながらも、妾はジッと瞳を凝《こ》らして、真下に在るアパートの勝手口の処を見ていた。今のウルフの中川が、どんなに巧みな歩き方をして、街を横切って行くか見たかったから……そうして街を横切ってしまわないうちに、そこいらにウロついている私服に捕まったら……その時にあの爆弾を投げつけたら……モウモウと起る土けむり……バラバラ散り落ちる家々の硝子窓……転がる首……投げ出す手……跳ね飛ぶ足……乱れ散る血しお……ホンモノの素晴らしいトオキー……。

ところが目の下のスクリーンはなかなか妾の思う通りに進展しなかった。狼《ウルフ》の中川は待っても待っても往来に姿をあらわさなかった。気がついてみるとサッキからエレベーターの音がチットモ響いて来ないのは、もしかすると、どこかに故障が出来ているのかも知れない。だから中川はコツコツと階段を降りて行っているのかも知れないと思った。あとから考えるとこの時にハラムが何かしら運命の神様にお祈りをしているのを、薄々気づいていたようにも思うけど……。

妾は寒い往来を辿りまわる自動車を、あとからあとから見送っているうちに、鼻の穴がムズ痒《かゆ》くなって来た。今にもクシャミが出そうになったから、慌《あわ》てて窓から首を引っこめようとした。

するとその時だった。そんな自動車の群れの中から、見おぼえのある新型のフォードが目の下のアパートの勝手口にスルスルと近づいた……と思うと、その中からブルドッグ・オヤジの黒い外套が茶色の中折れを冠《かぶ》り直しながらヒョロヒョロと降りてきた。その足どりを見るとかなり酔っているらしく、石段の前に立ちはだかって、もう一度帽子を冠り直しながら、あぶなっかしい手つきでネクタイを直し始めた。すると又それと殆《ほと》んど同時に勝手口の扉が開いたらしく、ウルフの猫背《ねこぜ》の姿がヨタヨタと石段を降りてきたが、その拍子に、入りかけて来るブル・オヤジと真正面から衝突してしまった。

妾はハッとした。今にも爆弾が破裂するかと思って、首を引っこめる心構えをした。

けれども爆弾は破裂しなかった。

妾は生唾《なまつば》をグッと呑み込んだ。あんまり出来事が不意打ちで案外だったので、正直のところ胸がドキドキした。けれども、それが静まって来ると一緒に、こうした不意打ちの出来事の原因が、ハッキリと妾にわかって来た。これは運命の神様のイタズラに違いないと言うことが……。

運命の神様ラドウーラの御つかわしめになっているハラムは、ツイ今しがた妾の処からウルフが帰りかけたのを見るや否や、どこかでお酒を飲んでいるブル・オヤジに何かしら大変な急用を知らせたに違いない。ことによると昇降機に故障が出来たのもラドウーラ様がハラムに御命令遊ばしたトリックの一つかも知れない。そうして、ウルフの帰りを手間取らして、妾の旦那と色男が、わざっと妾の目の下の往来でブッカリ合うように時間を手加減なすったのかも知れない。

そう思いながら腋の下の寒いのも忘れて一心に見とれていると、ブルとウルの二人は、だしぬけにブッカリ合ってビックリしたらしくちょっとの間、睨《にら》めっくらをしているようであったが、そのうちにブル・オヤジはツカツカと二、三歩踏み出した。……と……いかにも傲慢《ごうまん》らしくウルフの肩に手をかけて二、三度グイグイと小突きまわした。けれどもウルフは、それに対して手向いも何もせずにヨロヨロとよろめきまわっている。左手の黒い包みをシッカリと握り締めたまま……。

妾はこんな面白い光景を見た事がなかった。あの包みが直ぐ横の電柱か、自動車の横腹にぶつかったら……と思うと、何度もハラハラさせられた。

ところが不思議な事に、二人はそのまま別れて行かなかった。

ブル・オヤジはウルフを睨みつけたまま、右手をあげて合図をすると、自動車の中から、菜葉《なっぱ》服に鳥打帽の、肩幅の広い運転手が降りて来た。この運転手はブル・オヤジが用心棒に雇っている相馬という男で、刑事の経験がある上に、柔道を四段とか五段とか取る恐ろしい人だとハラムがいつぞや話して聞かせた。本当だか嘘《うそ》だかわからないけども、何しろブル・オヤジがまん丸く膨れて、赤い浮標《ブイ》のようにフラフラしているのに、片っ方の運転手は弗《ドル》箱みたいに重々しく真四角い恰好《かっこう》をしているから、見かけだけでも頑固《がんこ》らしい。おまけに、そればかりでなく、その男が自動車の手入れをする姿のままで来たのだから、何でもヨッポド素敵な大事件を耳にしてフル・スピードで飛び出したとしか思えない。そうして何かしら思い切った冒険を覚悟してここへ乗りつけたものに違いない。……と思う間もなく相馬運転手は、今まで自動車の中からウルフに差し向けていたらしいピストルをキラリと菜葉服のポケットに落し込みながら、直ぐにウルフのうしろに廻って、両手の手首を黒い包みごとシッカリと押えつけてしまった。

　それを見るとそこいらを通りかかっている三、四人の洋服男が立ち止まって見物し出した。ズッと向うの四ツ辻に突立っている交通巡査も、こっちの方を注意しはじめた。

　妾はブル・オヤジの大胆なのに呆《あき》れてしまった。おおかたブル・オヤジは相手の正体を知らないでいるのだろう。よしんば正体を知っているにしても、その相手が持っている黒い包みの中味ばっかりは知っていよう筈がない……だから自分の経営しているビルジングから出て来た怪しげな浮浪人を咎《とが》めるくらいの積もりでいるのじゃないかしら……と考えているうちに、吹き荒《すさ》んでいた風が突然ピッタリと止んで、ブル・オヤジの大きな怒鳴り声が、五階の上から見下している妾のところまで聞えて来た。

「……俺は貴様の正体ぐらい、トックの昔に知ってるぞ。貴様はお尋ね者の××だろう」

妾は夢中になって身体を引っこめかけた。ブル・オヤジが、わざと言わなかった名前が相手にハッキリ通じたに違いないと思った。それと同時にウルフが正体をあらわすにちがいないと思った。今にも運転手の強力に押えられている両手を振り切って、黒い包みを相手にタタキつけるかと、息を詰めて身構えていたが、ウルフはやはり、そんな気振りをチットモ見せなかった。ブル・オヤジからそう言われると同時に、意気地なくグッタリと首をうなだれてしまった。

ウルフのそうした姿を見ると、ブル・オヤジは、なおのこと大きな声でタンカを切り出した。

「貴様等の秘密行動は一から十まで俺の耳に筒抜けなんだぞ。日本の警察全体の耳よりも俺の耳の方がズッと上等なんだぞ。貴様がこのごろここへ出入りし始めた事も、タッタ今、貴様の変装と一緒に、或る方面から電話で知らせて来たんだ。だから俺は大急ぎで飛ばして来た。貴様の面を見おぼえに来たんだ。いいか……」

「…………」

「……敵にするなら敵でもいい。貴様等の首を絞めるくらい何でもない。論より証拠この通りだ。貴様等みたいな青二才におじけて俺の荒仕事が出来ると思うか。しかし、きょうは許して遣る。俺の可愛い奴のために見のがして遣る。ここで出会ったんだから仕方があるまい」

「………」

「行け……」

ブル・オヤジが、こう言うのと一緒に、ウルフの両手を摑《つか》んでいた運転手が手を離して、グルリと相手の横ワキへまわった。その菜葉服のポケットの中でピストルを構えているのが真上から見ているせいか、よくわかった。

けれどもウルフは行かなかった。その代りに今まで猫背に屈《かが》まっていた身体をシャンと伸ばすと、共産党員らしい勇敢な態度にかわって、ブル・オヤジの真正面にスックリと突立った。二人はそのまま睨《にら》み合いをはじめた……。

妾は何だかつまんなくなって来た。

睨み合っている二人はお互いに、お互い同士の事を知り過ぎるくらい知り合っているのだった。それでいてこの妾に気がねをしているために、何んにも手出しが出来ずにいるのだった。

妾は窓から首を引っこめて、大きなクシャミを一つした。寝台の下に手を入れてコロコロ倒れる瓶《かめ》の間から、重たいパンの塊《かたま》りを取り上げると、その横腹をやぶきながら、もう一度窓の下をのぞいてみた。

五階の下の往来では二人がまだ睨み合っている。見物人も元の通りに四、五人突立っている。その真上に重たい銀色の球をさし出して手を離しながら、すばやく窓を閉めて、耳の穴に指を突込んだ。建物全体がビリビリとふるえた。

……それだけだった……けれども、タッタそれだけで、妾は身体中が汗ビッショリになるほど昂奮《こうふん》してしまった。

それから何十分ぐらい経っていたか、わからなかった。

隣りの室の仕切りの大きな垂れ幕の裾《すそ》にハラムの全裸体《まるはだか》の屍骸《しがい》が長々と横わっていた。その横の化粧部屋で、妾は久し振りにお垂髪《さげ》に結って、新しいフェルト草履《ぞうり》を突っかけながら、振袖《ふりそで》のヨソユキと着がえていた。

それはウルフが四、五日前に教えてくれたピストルの無音発射の試験を実地にやってみて、成功したばかしのところだった。妾の寝台の上にだらしなく眠りこけていたハラムの真黒い、おおきな腹の弾力が、妾の小さなブローニングの爆音を、あらかた丸呑みにしてくれたのだった。反動がずいぶんひどくてビックリしたけれども、逆手に持った引金の引き方をウルフから教わっていたので、指を折るようなヘマな事はしなかった。その代り手の中から飛び出したピストルが天井にぶつかって、風車のように廻転しながら床の上に落ちて、又も二、三べんトンボ返りを打った。

ハラムはそのあとからワレガネみたいな悲鳴をあげて床の上に転がり落ちた。そのまま絨氈《じゅうたん》の上をドタリドタリとノタ打ちまわると、それにつれて真赤な帯がグルグルとハラムの胴体に巻きついて行った。

ハラムは、その間じゅう息詰まるような唸《うな》り声をあげつづけた。

「……オヒイ……サマ……オオオヒヒ……サママ……アア……アア……」

妾はそれを見下しながら麻雀台の傍に突立っていた。「恋」というものの詰まらなさ……アホラシサをゾクゾクするほど感じさせられながら、シンミリした火薬の煙と、腥《なまぐさ》い血の匂いの中に立ちすくんでいた。百五十キロもある大きな肉体が、椅子やテーブルを引っくり返して転がりまわるのを見守っていた……まだ死なないのか……まだ死なないのか……と思いながら……。

怪夢

工場

おごそかに明るくなって行く鉄工場の霜朝である。

二、三日前からコークスをたき続けた大るつぼが、鋳物工場の薄暗がりのなかで、夕日のように熟し切っている時刻である。

黄色い電燈の下で、汽鑵《ボイラー》の圧力計指針《はり》が、二百ポンドを突破すべく、無言の戦慄《せんりつ》を続けている数分間である。

真黒くすすけた工場の全体に、地下千尺の静けさが感じられる一刹那《いっせつな》である。……その一刹那が暗示する、はかり知れない、ある不吉な予感……この工場が破裂してしまいそうな……。

私は悠々《ゆうゆう》と腕を組み直した。そんな途方もない、想像のおよばない出来事に対する予感を、心の奥底で冷笑しつつ、高い天井のアカリ取り窓を仰いだ。そこから斜めに、青空はるかに黒煙を吐き出す煙突を見上げた。その斜めに傾いた煙突の半面が、旭のオリーブ色をクッキリと輝かしながら、今にも頭の上に倒れかかって来るような錯覚の眩暈《めまい》を感じつつ、頭を強く左右に振った。

私は、私の父親が頓死《とんし》をしたために、まだ学士になったばかりの無経験のまま、この工場を受け継がせられた……。そうしてタッタ今、生まれて初めての実地作業を指揮すべく、引っぱり出されたのである。若い、新米の主人に対する職工たちの侮辱《ぶじょく》と、冷罵《れいば》とを予期させられつつ……。

しかし私の負けじ魂は、そんな不吉な予感のすべてを、腹の底の底の方へ押し隠してしまった。誇らかな気軽い態度で、バットを横ぐわえにしいしい、持場持場についている職工たちの白い呼吸を見まわした。

私の眼の前には巨大なフライホイールが、黒い虹《にじ》のようにピカピカと微笑している。その向うに消え残っている昨夜からの暗黒の中には、大小の歯車が幾個《いくつ》となく、無限の歯嚙みをし合っている。

ピストンロッドは灰色の腕をニューと突き出したまま……。

水圧打鋲機は天井裏の暗がりを睨《にら》み上げたまま……。

スチームハンマーは片足を持ち上げたまま……。

……すべてが超自然の巨大な馬力と、物理原則が生む確信とを百パーセントに身構えて、私の命令一下を待つべく、飽《あ》くまでも静まりかえっている。

……シイ――イイ……という音がどこからともなく聞こえるのは、セーフバルブの唇《くちびる》を洩《も》れるスチームの音であろう……それとも私の耳の底の鳴る音か……。

私の背筋を或る力が伝わった。右手が自ら高く揚《あが》った。

職工長がうなずいて去った。

……極めて徐々に……徐々に工場内に重なり合ったいっさいの機械が眼醒《めざ》めはじめる。工場の隅《すみ》から隅まで、スチームが行き渡り始めたのだ。

そうして次第次第に早く……遂には眼にも止まらぬ鉄の眩覚《げんかく》が私の周囲から一時に渦《うず》巻《ま》き起る。……人間……狂人……超人……野獣……猛獣……怪獣……巨獣……それらのいっさいの力を物ともせぬ鉄の怒号……如何なる偉大なる精神をも一瞬の中に恐怖と死の錯覚の中に誘い込まねば置かぬ真黒な、残忍冷酷な呻吟《しんぎん》が、到る処に転がりまわる。

今までに幾人となく引き裂かれ、切り千切られ、タタきつけられた女工や、幼年工の亡霊を嘲《あざけ》る響き……。

このあいだ打ち砕かれた老職工の頭蓋骨を罵倒《ばとう》する声……。

ずっと前にヘシ折られた大男の両足を愚弄《ぐろう》する音……。

すべての生命を冷眼視し、度外視して、鉄と火との激闘に熱中させる地獄の騒音……。

はるかの木工場から咽《むせ》んで来る旋回円鋸機の悲鳴は、首筋から耳のつけ根を伝わって、頭髪の一本一本毎に沁み込んで震える。あの音も数本の指と、腕と、数人の若者の前額を斬《き》り割《さ》いた。その血しぶきは今でも梁木の胴腹に黒ずんで残っている。

私の父親は世間から狂人扱いにされていた。それは仕事にかかったが最後、昼夜ブッ通しに血も涙もない鋼鉄色の瞳をギラギラさせる、無学な、醜怪な老職工だからであった。それがこの工場の十字架であり、誇りであると同時に、数十の鉄工所に対する不断の脅威となっていたからであった。

だから人体の一部もしくは生命そのものを奪った経験を持たぬ機械はこの工場に一つもなかった。真黒い壁や、天井の隅々までも血の絶叫と、冷笑がしみ込んでいた。それ程左様にこの工場の職工達は熱心であった。それ程左様にこの工場の機械等は真剣であった。

しかも、それ等のいっさいを支配して、鉄も、血も、肉も、霊魂も、残らず蔑視《べっし》して、木ッ葉の如く相闘わせ、相呪《あいのろ》わせる……そうして更に新しく、偉大な鉄の冷笑を創造させる……それが私の父親の遺志であった。……と同時に私が微笑すべき満足ではなかったか……。

「ナアニ。やって見せる。児戯《じぎ》に類する仕事だ……」

私は腕を組んだまま悠々と歩き出した。まだまだこれからドレ位の生霊を、鉄の餌食《えじき》に投げ出すか知れないと思いつつ……馬鹿馬鹿しいくらい荘厳な全工場の、叫喚大叫喚を耳に慣れさせつつ……残虐を極めた空想を微笑させつつ運んで行く、私の得意の最高潮……。

「ウワッ。タタ大将オッ」

という悲鳴に近い絶叫が私の背後に起った。

「……又誰《だれ》かやられたか……」

と私は瞬間に神経を冴《さ》えかえらせた。そうしておもむろに振り返った私の鼻の先へ、クレエンに釣《つ》られた太陽色の大るつぼが、白い火花を一面にちりばめながらキラキラとゆらめき迫っていた。触れるもののすべてを燃やすべく……。

私は眼が眩《くら》んだ。ポンプの鋳型を踏み砕いて飛び退いた。全身の血を心臓に集中さしたまま木工場の扉《ドア》に衝突して立ち止まった。

私の前に五、六人の鋳物工が駆け寄って来た。ピョコピョコと頭を下げつつ不注意を詫《わ》びた。

その顔を見まわしながら私はポカンと口を開いていた。……額と、頬《ほお》と、鼻の頭に受けた軽い火傷《やけど》に、冷たい空気がヒリヒリと沁みるのを感じていた……そうして工場全体の物音が一つ一つに嘲笑《ちょうしょう》しているのを聴いていた……。

「エヘヘヘヘヘヘヘ」

「オホホホホホホホ」

「イヒヒヒヒヒヒヒ」

「ハハハハハハハハ」

「フフフフフフフフ」

「ゲラゲラゲラゲラゲラ」

「ガラガラガラガラ」
「ゴロゴロゴロゴロ」
「……ザマア見やがれ……」

空中

T11と番号を打った単葉の偵察機《ていさつき》が、緑の野山を蹴《け》落《おと》しつつスバラシイ急角度で上昇し始めた。

「……オイ……。Y中尉。あの11の単葉なら止せ。君は赴《ふ》任《にん》そうそうだから知るまいが、アイツは今までに二度も搭乗者《とうじょうしゃ》が空中で行方不明になったんだ。おまけに二度とも機体だけが、不思議に無《む》疵《きず》のまま落ちていたと言う曰《いわ》くつきのシロモノなんだ。発動機も機体もまだシッカリしているんだが、みんな乗るのを厭《いや》がるもんだから、天井裏にくっつけて置いたんだ……止せ止せ……」

そう言って忠告した司令官の言葉も、心配そうに見送った同僚の顔も、みるみるうちに旧世紀の出来事のように層雲の下に消え失せて行った。そうして間もなく私の頭の上には朝の清新な太陽に濡《ぬ》れ輝いている夏の大空が、青く青く涯《は》てしもなく拡がって行った。

私は得意であった。

機体の全部に関する精確な検査能力と、天候に対する鋭敏な観察力と、あらゆる危険を突破した経験以外には、何者をも信用しない事にきめている私は、そうした司令官や同僚たちの、迷信じみた心配に対する単純な反感から、思い切ってこうした急角度の上げ舵《かじ》を取ったのであった。……そんな事で戦争に行けるか……という気になって……。

だが……ソンナような反感も、ヒイヤリと流れかかる層雲の一角を突破して行くうちに、あとかたもなく消え失せて行った。そうして、あとには二千五百メートルを示す高度計と、不思議なほど静かなプロペラの唸《うな》りと、何とも言えず好調子なスパークの霊感だけが残っていた。

……この11機はトテモ素敵だぞ……。

……もう三百キロを突破しているのにこの静かさはドウダ……。

……おまけにコンナ日にはエア・ポケットもない筈《はず》だからナ……。

層雲がなければここいらで一つ高等飛行をやって驚かしてくれるんだがナア……。

……なぞと思い続けながら、軽い上げ舵を取って行くうちに、私はフト、私の脚下二、三百メートルの処《ところ》に在る層雲の上を、11機の投影が高くなり、低くなりつつ相並んで辷《すべ》って行くのを発見した。

それを見るとさすがに飛行慣れた私も、何とも言えない嬉《うれ》しさを感じない訳に行かなかった。大空のただ中で、空の征服者のみが感じ得る、澄み切った満足をシミジミ味わわずにはいられなかった。……真に子供らしい……胸のドキドキする……。

……二千五百の高度……。

……静かなプロペラのうなり……。

……好調子なスパークの霊感……。

私の眼に、何もかも忘れた熱い涙がニジミ出した。太陽と、蒼空《あおぞら》と、雲の間をヒトリポッチで飛んで行く感激の涙が……それを押し鎮めるべく私は、眼鏡の中で二、三度パチパチと瞬《まばた》きをした。

……その瞬間であった……。

ちょうどプロペラの真正面にピカピカ光っている、大きな鏡のような青空の中から、一台の小さな飛行機があらわれて、ズンズン形を大きくしはじめたのは……。

私は不思議に思った。あまりに突然の事なので眼の誤りかと思ったが、そう思ううちに向うの黒い影はグングン大きくなって、ハッキリした単葉の姿をあらわして来た。

私は心構えしながら舵《だき》機をシッカリと握り締めた。

……二千五百の高度……。

……静かなプロペラのうなり……。

……好調子なスパークの霊感……。

私は驚いた。固唾《かたず》を呑んで眼をみはった。向うから来るのは私の乗機と一分一厘違わぬ陸上の偵察機である。搭乗者も一人らしい。機のマークや番号はむろん見えないが……。

……二千五百の高度……。

……静かなプロペラ……。

……好調子なスパーク……。

……青空……。

……太陽……。

……層雲の海……。

私はアッと声を立てた。

私が大きく左舵を取って避けようとすると、同時に向うの機も薄暗い左の横腹を見せつつ、大きく迂回《うかい》して私の真正面に向って来た。

私の全身に冷汗がニジミ出た。……コンナ馬鹿な事がと思いつつ慌《あわ》てて機体を右に向けると、向うの機も真似をするかのように右の横腹を眩《まぶ》しく光らせつつ、やはり真正面に向って来る。

……鏡面に映ずる影の通りに……。

私の全神経が強直した。歯の根がカチカチと鳴り出した。

その途端に私の機体が、軽いエア・ポケットに陥ったらしくユラユラと前に傾いた。

……と同時に向うの機もユラユラと前に傾いたが、その一刹那に見えた翼のマークは紛れもなく……T11……と読まれたではないか……。

……と思う間もなくその両翼を、こっちと同時に立て直した向うの機は、真正面から一直線に衝突して来たではないか……。


……私はスイッチを切った。

……ベルトを解いた。

……座席から飛び出した。

わざとパラシュートを開かないまま百メートルほど落ちて行った。

私と同じ姿勢で、パラシュートを開かないまま、弾丸のように落下して行く私ソックリの相手の姿……私そっくりの顔を凝視《ぎょうし》しながら……。


……はてしもない青空……。

……眩しい太陽……。

……黄色く光る層雲の海……。

街路

大東京の深夜……。

クラブで遊び疲れたあげく、タッタ一人で首垂《うなだ》れて、トボトボと歩きながら自宅の方へ帰りかけた私はフト顔を上げた。そこいら中がパアッと明るくなったので……。

……そのトタン……飛び上るようなサイレンの音に、ハッと驚いて飛び退《の》く間もなく、一台の自動車が疾風《はやて》のように私を追い抜いた。続いて起る砂ぼこり……ガソリンの臭い……４４４の番号と、赤いランプが見る見るうちに小さく小さく……。

……ハテナ……あの自動車の主は人形じゃなかったかしら……あんまり綺麗《きれい》過ぎる横顔であった。着物はよくわからなかったが、水の滴《したた》るような束髪に結って、真白に白粉《おしろい》をつけて、緑色の光の下にチンと澄まして……黒水晶のような眼をパッチリと開いて、こころ持ち微笑《ほほえ》みを含みながら、運転手と一緒に、一直線の真正面を見詰めて行った。あの反《そ》り身になった澄まし加減がイカニモ人形らしかった……と思う中に又一台あとから自動車が来た。

私はすぐに振り返ってみた。

その自動車の主はパナマ帽を冠《かぶ》った紳士であった。赭《あか》ら顔の堂々と肥《ふと》った、富豪の典型のような……それが両手をチャンと膝《ひざ》に置いて、心持ち反り身になったまま、運転手と一緒に、一直線の真正面をニコニコと凝視しながら、私の前をスーッと通り過ぎた。

自動車の番号は１１１１１……。

……人形だ。人形だ。今の紳士はたしかに人形だった……ハテナ……オカシイゾ……。

……と考えているうちに私は又石のように固くなったまま向うから来かかった自動車の内部を凝視した。

……今度は金襴《きんらん》の法衣を着た坊さんであった。若い、品のいい宮様のように鼻筋のとおった人形……それが心持ち眼を伏せて、両手を拝み合わせたままスーッと辷《すべ》って行った。

私はブルブルと身震いをした。あたりは森閑とした街路……大空は星で一パイ……。

……深夜の東京の怪……私はタッタ一人で見た……。

私は、私の周囲に迫りつつある、何とも知れない、気味のわるい、巨大《おおき》な、恐ろしいものを感じた。一刻も早く家に帰るべくスタスタと歩き出した。

その時に私の前と背後から、二台の自動車が音もなく近づいて来た。私の前でスレ違うべく……。

私は一所懸命で逃げ出した。クラブの玄関へ駈《か》け込んで、マットの上にぶッ倒れた。

「助けてくれ」

病　院

私はいつの間にか頑丈《がんじょう》な鉄の檻《おり》の中に入れられている。白い金巾《かなきん》の患者服を着せられて、ガーゼの帯を巻きつけられて、コンクリートの床のまん中に大の字型《なり》に投げ出されている。

……精神病院らしい……。

しかし私は驚かなかった。そのまま声も立てずにジッと考えた。ここが精神病院だとわかれば、騒いでも無駄《むだ》だからである。騒げば騒ぐほど非道《ひど》い目に合う事がわかり切っているからである。おまけに今は深夜である。かなり大きい病院らしいのにコトリとも物音がしない。……騒いではいけない、憤ってはいけない。否々、泣いても笑ってもいけないのだ。いよいよキチガイと思われるばかりだから……。

私はそろそろとコンクリートの床のまん中に坐《すわ》り直した。両手を膝《ひざ》の上に並べて静坐をして、眼を半眼に開いて、檻の鉄棒の並んだ根元を凝視した。神経を鎮めるつもりで……。

果して私の神経はズンズンと鎮静して行った。かなり広い病院の隅から隅までシンカンとなって……。

その時であった。私が正面している鉄の檻の向うから誰《だれ》か一人ノロノロと歩いて来た。それは白い診察着を着た若い男らしく、私が坐っているコンクリーの床よりも一尺ばかり高くなっている板張りの廊下を、何か考えているらしい緩《ゆる》やかな歩度でコトリコトリと近づいて来るのであったが、やがて私の檻の前まで来るとピッタリと立ち止まった。そうして両手をポケットに突込んだまま、ジッと私を見下しているらしく、爪先《つまさき》を揃《そろ》えたスリッパ兼用の靴《くつ》が、私の上瞼《うわまぶた》の下に並んだまま動かなくなった。

私はソロソロと顔を上げた。

その私の視界の中には、まず膝の突《と》んがった縞《しま》のズボンと、インキの汚染《しみ》のついた診察着が入って来た……が……それはどこかで見たことのある縞ズボンと診察着であった……と思ってチョット眼を閉じて考えたが……間もなく私はハッと気づいた。眼をまん丸くむき出して、その顔を見上げた。

それは私が予想した通りの顔であった。……青白く痩《や》せこけて……髪毛をクシャクシャに掻《か》き乱して……不精髪をぼうぼうと生やして……憂鬱《ゆううつ》な黒い目を伏せた……受難のキリストじみた……。

……それは私であった……かつてこの病院の医務局で勉強していた私に相違なかった。

私の胸が一しきりドキドキドキドキと躍《おど》り出した。そうして又ドクドクドク……コッコツコツコツと静まって行った。

診察着の背後の巨大な建物の上を流れ漂う銀河が、思い出したようにギラギラと輝いた。

……と……同時に私は、いっさいの疑問が解決したように思った。私を精神病患者にして、この檻に入れたのは、たしかにこの鉄格子の外に立っている診察着の私であった。この診察着の私は、あまりに自分の脳髄を研究し過ぎた結果、精神に異常を呈して、自分と間違えてこの私を、ここにブチ込んだものに相違なかった。この「診察着の私」さえいなければ私は、こんなキチガイ扱いされずとも済む私であったのだ。

そう気がつくと同時に私は思わずカッとなった。吾《われ》を忘れて、鉄檻の外の私の顔を睨《にら》みつけながら怒鳴った。

「……何しに来たんだ……貴様は……」

その声は病院中に大きな反響を作ってグルグルまわりながら消え失せて行った。しかし外の私は少しも表情を動かさなかった。診察着のポケットに両手を突込んだまま、依然として基督《キリスト》じみた憂鬱な眼つきで見下しつつ、静かな、澄明な声で答えた。

「お前を見舞いに来たんだ」

私はイヨイヨ、カッとなった。

「……見舞いに来る必要はない。コノ馬鹿野郎……早く帰れ。そうして自分の仕事を勉強しろ……」

そう言う私の荒っぽい声の反響を聞いているうちに私は、自分の眼がしらがズウーと熱くなって来るように思った……何故だかわからないまま……しかし外の私はイヨイヨ冷静になったらしく、その薄い唇の隅に微かな冷笑を浮かべたのであった。

「お前をこうやって監視するのが、俺《おれ》の勉強なのだ。お前が完全に発狂すると同時に俺の研究も完成するのだ。……もうジキだと思うんだけれど……」

「おのれ……コノ人非人。キ……貴様はコノ俺をオモチャにして殺すのか……ココノ冷血漢……」

「科学はいつも冷血だ……ハハ……」

相手は白い歯を出して笑った。突然に空を仰いで……うそぶくように……。

私は夢中になった。イキナリ立ち上って檻の中から両手を突き出した。相手の白い診察着の襟《えり》を摑《つか》んでコヅキ廻した。

「……サ……ここから出せ……出してくれ……この檻の中から……そうして一緒に研究を完成しようじゃないか……ね……ね……後生だから……」

私は思わず熱い涙にむせんだ。その塩辛い幾流れかを咽喉《のど》の奥へ流し込んだ。けれども診察着の私は抵抗もしなければ逃げもしなかった。そうして患者服の私に小突かれながら苦しそうに言った。

「……ダ……メ……ダ……お前は俺の……大切な研究材料だ……ここを出す事は出来ない」

「ナ……ナ……何だと……」

「お前を……ここから出しちゃ……実験にならない……」

私は思わず手をゆるめた。その代りに相手の顔を自分の鼻の先に引きつけて、穴のあく程覗《のぞ》き込んだ。

「……何だと！　モウ一ペン言って見ろ」

「何遍言ったっておんなじ事だよ。俺はお前をこの檻の中に封じこめて、完全に発狂させなければならないのだ。その経過報告が俺の学位論文になるんだ。国家社会のために有益な……」

「……エエッ……勝手に……しやがれ……」

と言い終らぬうちに私は、相手のモジャモジャした頭の毛を引っ摑んだ。その眼と鼻の間へ、一撃を喰らわした。そうして鼻血をポタポタとたらしながらグッタリとなった身体を、力一パイ向うの方へ突き飛ばすと、深夜の廊下に夥《おびただ》しい音を立てて、……ドターン……と長くなった。そのまま、死んだように動かなくなった。

「……ハッハッハッ……ザマを見ろ……アハアハアハアハ……」

七本の海藻

曇り空の下に横たわる陰鬱《いんうつ》な、鉛色の海の底へ、静かに静かに私は沈んで行く。金貨を積んで沈んだオーラス丸の所在をたしかめよ……という官憲の命令を受けて……。

潜水着の中の気圧が次第次第に高まって、耳の底がイイイ――ンンと鳴り出した。続いて心臓の動悸《どうき》がゴトンゴトン、ボコンボコンという雑音を含みながら頭蓋骨《ずがいこつ》の内側へ響きはじめる。それにつれて、あたりの静けさが、いよいよ深まって行くような……。

……どこか遠くで、お寺の鐘が鳴るような……。

灰色の海藻《かいそう》の破片がスルスルと上の方へ昇って行く。つづいて、やはり灰色の小さい魚の群が、整然と行列を立てたまま上の方へ消え失せて行く。

眼の前がだんだん暗くなり始める。

……とうとう鼻を抓《つま》まれても解らない真の闇《やみ》になると、そのうちに重たい靴底がフンワリと、海底の泥の上に落ちついたようである。

私は信号綱を引いて海面の仲間に知らせた。

私は潜水兜《かぶと》に取りつけた電燈の光をたよりに、ゆっくりゆっくりと歩き出した。まん丸い、ゆるやかな斜面を持った灰色の砂丘を、いくつもいくつも越えて行った。

しかし行けども行けども同じような低い、丸い砂の丘ばかりで、見渡しても見渡しても船の影はおろか、貝殻《かいがら》一つ見当らなかった。……のみならず私は暫《しばら》く歩いて行くうちに、そこいら中がいつともなく薄明るくなって、青白い、燐《りん》のような光に満ち満ちて来たことに気がついた。……砂漠《さばく》の夕暮のような……冥府《あのよ》へ行く途中のような……たよりない……気味のわるい……。

私は静かに方向を転換しかけた。何となく不吉な出来事が、私の行く手に待っているような予感がしたので……。けれども、まだ半廻転もしないうちに、私はハッと全身を強直さした。

ツイ私の背後の鼻の先に、いつの間に立ち現われたものか、何とも言えない奇妙な恰《かっ》好《こう》をした海藻の森が、涯《は》てしもない砂丘の起伏を背景にして迫り近づいている。

……海藻の森……その一本一本は、それぞれ五、六尺から一丈ぐらいある。頭のまん丸いホンダワラのような楕円形をした……その根元の縊《くく》れたところから細い紐《ひも》で海底につながっている。並んだり重なり合ったりしながら、お墓のように垂直に突立っている。

蒼白《あおじろ》い、燐光の中に、真黒く、ハッキリと……数えてみると合計七本あった。

私は啞然《あぜん》となった。取りあえずドキンドキンと心臓の鼓動を高めながら、二、三歩ゆるゆると後しざりをした。

するとその巨大な海藻の一群の中でも、私に一番近い一本の中から人間の声が洩《も》れ聞えて来た。

低い、カスレた声であった。

「モシモシ……」

私は全身の骨が一つ一つ氷のように冷え固まるのを感じた。同時に、その声の正体はわからないまま、この上もなく恐ろしい妖怪《ようかい》に出あったような感じにとらわれたので、そのままなおもジリジリと後しざりをして行った。すると又、右手にある八尺位の海藻の中から、濁った、けだるそうな声が聞えて来た。

「……貴方は……金貨を探《さが》しに来られたのでしょう」

私の胸の動悸が又、突然に高まった。そうして又、急に静かに、ピッタリと動かなくなった。妖怪以上の何とも知れない恐ろしいものに睨《にら》まれていることを自覚して……。

すると又、一番向うの背の低い、すこし離れている一本の中から、悲しい、優《やさ》しい女の声がユックリと聞えて来た。

「私たちは妖怪じゃないのですよ。貴方がお探しになっているオーラス丸の船長夫婦と……一人の女の児と……一人の運転手と……三人の水夫の死骸《しがい》なのです。……今、貴方とお話したのは船長で、妾《わたし》はその妻なのです。おわかりになりまして……。それから一番最初に貴方《あなた》をお呼び止めしたのは一等運転手なのです」

「……聞いてくんねえ。いいかい……おいらは三人ともオーラス丸の船長の味方だったのだ」

と別の錆《さ》び沈んだ声が言った。

「……だから人非人ばかりのオーラス丸の乗組員の奴等に打ち殺されて、ズックの袋を引っかぶせられて、チャンやタールで塗り固められて、足に錘《おもり》を結わえつけられて、水雑炊にされちまったんだ」

「…………」

「……それからなあ……ほかの奴らあ、船の破片を波の上にブチ撒《ま》いて、沈没したように見せかけながら、行方を晦《くら》ましちまいやがったんだ」

「…………」

「……その中でも発頭人になっていた野郎がワザと故郷の警察に嘘《うそ》を吐《つ》きに帰りやがったんだ。タッタ一人助かったような面をしやがって……ここで船が沈んだなんて言いふらしやがったんだ……」

「ホントウよ。オジサン……その人がお父さんとお母さんの前で、妾を絞《し》め殺したのよ。オジサンはチャンと知っていらっしゃるでしょ」

という可愛らしい、悲しい女の児の声が一番最後にきこえて来た。七本のまん中にある一番丈の低い袋の中から洩れ出したのであろう……。あとはピッタリと静かになって、スッスッという啜《すす》り泣きの声ばかりが、海の水に沁み渡って来た。

私は棒立ちになったまま動けなくなった。だんだんと気が遠くなって来た。信号綱を引く力もなくなったまま……。

私が、その張本人の水夫長だったのだ……。

……どこかで、お寺の鐘が鳴るような……。

硝子世界

世界の涯《はて》の涯まで硝子《ガラス》で出来ている。

河や海はむろんの事、町も、家も、橋も、街路樹も、森も、山も水晶のように透きとおっている。

スケート靴を穿《は》いた私は、そうした風景の中心を一直線に、水平線まで貫いている硝子の舗道をやはり一直線に辷《すべ》って行く……どこまでも……どこまでも……。

私の背後のはるか彼方に聳ゆるビルジングの一室が、真赤な血の色に染まっているのが、外からハッキリと透かして見える。何度振り返って見ても依然としてアリアリと見えている。家越し、橋越し、並木ごしに……すべてが硝子で出来ているのだから……。

私はその一室でタッタ今、一人の女を殺したのだ。ところが、そうした私の行動を、はるか向うの警察の塔上から透視していた一人の名探偵が、その室が私の兇行で真赤になったと見るや否や、すぐに私とおんなじスケート靴を穿いて、警察の玄関から私の方向に向って辷り出して来た。スケートの秘術をつくして……弦《つる》を離れた矢のように一直線に……。

それと見るや否や私も一所懸命に逃げ出した。おんなじようにスケートの秘術をつくして……一直線に……矢のように……。

青い青い空の下……ピカピカ光る無限の硝子の道を、追う探偵も、逃げる私もどちらもお互同士に透かし合いつつ……ミジンも姿を隠すことの出来ない、息苦しい気持ちのままに……。

探偵はだんだんスピードを増して来た。だから私も死物狂いに爪先《つまさき》を蹴立てた。……一歩を先んじて辷り出した私の加速度が、グングンと二人の間の距離を引離して行くのを感じながら……。

私は、うしろ向きになって辷りつつ右手を拡げた。拇指《おやゆび》を鼻の頭に当てがって、はるかに追いかけて来る探偵を指の先で嘲弄《ちょうろう》し、侮辱《ぶじょく》してやった。

探偵の顔色が見る見る真赤になったのが、遠くからハッキリとわかった。多分歯噛みをして口惜しがっているのであろう。溺《おぼ》れかけた人間のように両手を振りまわして、死物狂いに硝子の舗道を蹴立てて来る身振りがトテモ可笑《おか》しい……ザマを見やがれ……と思いながらも、ウッカリすると追いつかれるぞと思って、いい加減な処でクルリと方向を転換したが……私はハッとした。いつの間にか地平線の端まで来てしまった。……足の下は無限の空虚である。

　私は慌《あわ》てた。一所懸命で踏み止まろうとした。その拍子に足を踏み辷らして硝子の舗道の上に身体をタタキつけたので、そのまま血だらけの両手を突張って、自分の身体を支え止めようとしたが、しかし今まで辷って来た惰力が承知しなかった。私の身体はそのまま一直線に地平線の端から、辷り出して無限の空間に真逆様に落ち込んだ。

　私は歯噛みをした。虚空《こくう》を摑《つか》んだ。手足を縦横ムジンに振りまわした。しかし私は何物も摑むことが出来なかった。

　その時に一直線に切れた地平線の端から、探偵の顔がニュッと覗《のぞ》いた。落ちて行く私の顔を見下しながら、白い歯を一パイに剝《む》き出した。

「わかったか……貴様を硝子の世界から逐《お》い出すのが、俺の目的だったのだぞ」

「…………」

　初めて計られた事を知った私は、無念さの余り両手を顔に当てた。大きな声でオイオイ泣き出しながら無限の空間を、どこまでもどこまでも落ちて行った……。

キチガイ地獄

……ヤッ……院長さんですか。どうもお邪魔します。

ええ。早速ですが私の精神状態も、御陰様でヤット回復致しましたから、今日限り退院さして頂こうと思いまして、実は御相談に参りました次第ですが……どうも永々御厄介に相成りまして、何とも御礼の申し上げようがありません。……ええ。それから入院料の方は、自宅《うち》へ帰りましてから早速、お届けする事に致したいと思いますが……。

……ハハア……いかにも。なるほど。事情をお聞きにならない事には、退院させる訳には行かぬとおっしゃるのですね。イヤ、重々御尤《ごもつと》もです。それでは事情を一通りお話し致しますが……しかし他人《ほか》へお洩《も》らしになっては困りますよ。何しろ私の生命にかかわる重大問題ですからね……。

ナル……成る程。患者の秘密を一々ほかへ洩らしたら、医者の商売は成り立たない。特に病院というものは、世間の秘密の保管倉庫みたいなようなもの……。イヤ御信用申し上げます。御信用申し上げるどころではありません。

それでは事実を打ち割って告白致しますが、何を隠しましょう、私は殺人犯の前科者です。破獄逃亡の大罪人です。婦女を誘拐《ゆうかい》した愚劣漢であると同時に、二重結婚までした破廉恥《はれんち》極まる人非人……。

　イヤ、お笑いになっては困ります。そんな風にお考え下さるのは重々感謝に堪《た》えない次第ですが、しかし事実を枉《ま》げる事は断然出来ません。御承知の通り現在、只今《ただいま》の私は、北海道の炭坑王と呼ばれていた谷山家の養嗣子、秀麿と認められている身の上ですからね。私も実家も、定めし立派な身分家柄の者であろうと、十人が十人思っていられるのは、むしろ当然の事かも知れませんが、遺憾《いかん》ながら事実はまるで正反対……と申し上げたいのですが、実はもっとヒドイのです。その証拠に、私が谷山家に入り込みました直前の状態を告白致しましたら、誰《だれ》でも開いた口が塞《ふさ》がらないでしょう。

　私は大正×年の夏の初めに、原因不明の仮死状態に陥ったまま、北海道は石狩川《いしかりがわ》の上流から、大雨に流されて来た、一個のルンペン屍体《したい》に過ぎなかったのです……しかも頭髪や鬚《ひげ》を、蓬々《ぼうぼう》と生やした原始人そのままの丸裸体《まるはだか》で、岩石の擦り傷や、川魚の突つき傷を、全身一面に浮き上らせたまま、エサウシ山下の絶勝に臨む、炭坑王谷山家の、豪華を極めた別荘の裏手に流れ着いて、そこに滞在していた小樽《おたる》タイムスの記者某の介抱を受けているうちに、ヤット息を吹き返した無名の一青年に過ぎなかったのです。

　イヤ、お待ち下さい。お笑いになるのは重々御尤もです。話が一々脱線し過ぎておりますからね……のみならずこの話は、谷山家の内輪でも絶対の秘密になっておりますので、御存じのないのは御尤も千万ですが、しかし私は天地神明に誓ってもいい事実ばかりを、申し上げているのです。イヤ、まったくの話です。それぱかりじゃありません。只今から告白致します私の身の上話を、冷静な第三者の立場からお聴《き》きになりましたら、それこそモットモット非常識を極めた事実が、まだまだドレくらい飛び出して来るかわからないのです。……ですから、そんなのを一々御心配下すったら、せっかくの告白がテンキリ型なしになってしまうのですが、しかし同時に、それがホントウに意外千万な、奇怪極まる事実であればあるだけ、それだけ谷山家の固い秘密として、今日まで絶対に外へ洩れなかったもの……という事実だけはドウカお認めを願いたいと思うのです。殊に内地と違いまして未開野蛮な……むしろ神秘的な処《ところ》の多い北海道の出来事ですからね。その辺のところを十分に御斟酌《ごしんしゃく》下すって、お聴き取りを願いましたならば、このお話がヨタか、ヨタでないか……精神病患者のスバラシイ幻想《イリュージョン》か、それとも正気の人間が告白する、明確な事実譚《ものがたり》かと言うことは、話の進行につれて、追々とおわかりになる事と思いますからね。

……ところでです。その小樽タイムスの記者某と、近隣の医師の介抱によりまして、ヤット仮死状態から蘇生《そせい》しました私は、どうした原因かわかりませんが、自分自身の過去に関する記憶を、完全に喪失しておりましたのです。もっともその当時は、私の頭にヒドイ打撲傷が残っておりましたので、多分、どこか高い処から落っこって、頭を打った瞬間に、ソンナ変テコな状態に陥ったものじゃなかったかと、今でも思っている次第ですが……しかしコンナ実例は、先生の方が失礼ながら、お詳しい事と存じますが……。

……ハハア。そんな実例を見た事はないが、話にはよく出て来る。真面目な事実として在り得るかも知れない……成る程。とにかくそれから後というもの私は、その記者某から指導されるままに、自分自身の過去を、すっかりカモフラージュしておりました……。

……自分は九州佐賀《さが》の生まれで、親も兄弟もない孤児である。むろん学問という学問もしていないが、最近、東京で事業に失敗して、この世を悲観した結果、人跡未踏の北海道の山奥で自殺して、死骸を熊《くま》か鷲《わし》の餌食《えじき》にするつもりで、山また山を無茶苦茶に分け登って行くうちに、過《あやま》って石狩川に陥《お》ち入ったもの……。

とか何とか言ったような出鱈目《でたらめ》で、別荘付近の人々を胡麻化《ごまか》してしまいました。それから伸び放題になっていた頭をハイカラに手入れして、見違えるようなシャンに生まれ変りましたが、しかしソンナ風にして生まれ変りは変ったものの、モトモト行く先も帰る先もない、風来坊の身の上でしたから仕方がありません。その記者が寝間着にしていた、古浴衣《ゆかた》を貰《もら》い受けまして、その別荘の御厄介になりながら、毎日毎日ボンヤリしていたわけでしたが……。

……エッその新聞記者の名前ですか。

……ええっと……オヤッ。おかしいな……何とか言ったっけが……ツイ今サッキまでハッキリと記憶《おぼ》えていたんですが。……オカシイナ……ツイ胴忘れしちゃってチョット思い出せないんですが。エッ、何ですって……。

生命の親様の名前を忘れるなんて、言語道断だとおっしゃるのですか……ト……飛んでもない。アンナ奴が生命の親様なら、猫イラズは長生きの妙薬でしょう。
私が前に申しましたような、容易ならぬ大罪人の前科者という事実を、早くもその時に看破するや否や、一種の猟奇趣味の満足のためとしか思えない、極めて残忍な方法でもって、私の運命を手玉に取るべく、ソロソロと手を伸ばしかけていた悪魔というのは、誰でもない。その生命の親様だったのです。谷山家の獅子《しし》身中の虫となって、私を半狂《きち》人《がい》になるまで苦しめ抜く計画を、冷静にめぐらしていたケダモノが、その新聞記者だったのです。……ええ……そうですね。それじゃソイツの名前を思い出すまで、仮にAとでも名づけて、お話を進めて置きますかね。

　何でもそのAという男は、谷山家の内情に精通している、お出入り同様の新聞記者で、熊狩や、スケートの名人だと自称しておりましたが、それは恐らく事実だったのでしょう。体格のいい、色の黒い、眼の光の鋭い、如何にも新聞記者らしいツンとした男でしたがね。そんな風にして私を、谷山家の別荘に引止めながら、いろんな事を質問したり、話しかけたりして、私の記憶を回復させようさせようと努力していたようです。

　ええ。もちろんそうですとも。とりあえず私の記憶を回復させた上で、素晴らしい新聞種を絞《しぼ》り出してくれようと、思っていたに違いないのですが、生憎《あいにく》なことにその結果は、全然、徒労に帰してしまいました。私の脳髄から蒸発してしまった過去の記憶は、モウ疾《と》っくにシリウス星座あたりへ逃げ去っていたのでしょう。それから後、容易な事では帰って来なかったのですが……。

もっともその時に万一、私が過去の経歴を思い出していたら、話はソレッ切りで、目出度し目出度しになっていたかも知れません。アンナ空恐ろしい思いをさせられないまま、音も香もなく土になってしまったかも知れないのですがね……。


それから約二週間ばかり経《た》った、或る暑い日のことでした。炭坑王、谷山家の一粒種の女主人公で、両親も兄弟もない有名な我儘《わがまま》者で、同時に小樽から函館《はこだて》へかけて、社交界の女王と呼ばれていた、龍代さんと称する二十三歳になる令嬢が、叔母《おば》さんと称する、中年の婦人を二、三人お供に連れて、愛別《あいべつ》から出来た新道をドライブしながら、突然に、エサウシ山下の別荘へやって来たのです。そうして私は間もなく、その令嬢のお眼に止まる事になったのです……ええ。そうなんです……お話のテンポが非常に早いようですが、事実ですから致し方がありません。もっとも後から聞いてみますと、その我儘女王の龍代さんは、小樽の本宅に廻って来たA記者の報告によって、私の事を承知するや否や、たまらない好奇心に駈《か》られたらしく、何もかも放ったらかして、私を見に来たものだそうですが、しかも来て見るや否やタッタ一眼で、氏も素性も知れない風来坊の私を捉まえて、死んでも離さない決心をしたというのですから、その我儘さ加減が如何に甚《はなはだ》しいものであったかが、アラカタお察し出来るでしょう。

……どうも惚《のろ》けを申し上げるようで恐れ入りますが……しかし又一方に、私も私です。

只今申しました通りに過去の記憶を喪失《なく》していることをハッキリ自覚していたんですから、万一、ズット以前に約束した女がいはしなかったか……ぐらいの事は、その時にチョット考えてみる必要があったかも知れないのですが、ミジンもその事に気がつかずに……むろん私共の背後《うしろ》で、Aが赤い舌を出していようなぞとは、夢にも気づかないまま、妖艶潑剌《はつらつ》を極めた龍代の女王ぶりに、魂を奪われてばかりおりましたのは、何と言っても一生の不覚でした。或はこれが運命というものだったかも知れませんがね……ハハハ……。

その結果は、改めてお話する迄《まで》もなく、世間周知の事実ですから略させて頂きます。ただ私がその龍代の超特級な我儘と、A記者の不思議なほど熱心な仲介に依りまして、谷山家の養子に納まる事になりますと、何よりも先に驚かされた事実が三つありました事を、念のため申し上げて置きましょう。

その第一というのは、さしもに北海道切っての放埒《ほうらつ》者と呼ばれていた龍代が、意外にも処女であった事です。それから第二はやはりその龍代の性格が、結婚後になると急に一変して、極めて温良貞淑な、内気者に生まれかわってしまったことです。

それから今一つは少々さもしいお話ですが、さすがの炭坑王、谷山家の財政が、その当時の炭界不況と支配人の不正行為のために、殆《ほと》んど危機に瀕《ひん》する打撃を受けていたことでした。……ですから詰まるところ私は、龍代に見込まれたお陰で、泰平無事の風来坊から一躍して、引くに引かれぬ愛欲と、黄金の地獄のマン中に、真逆様に突き落された訳で……しかもそれは私のような馬鹿を探《さが》し出すために、心にもない放埒振りを見せていた龍代の大芝居に、マンマと首尾よく引掛けられた物……という事が結婚後、半年も経たないうちに判明して来たのです。

　しかし一方に私も今更、そうした二重の地獄から逃げ出すような、臆病《おくびょう》者ではありませんでした。この点でもやはり龍代の見込みが百パーセントに的中していたのかも知れませんが、元来、風来坊の川流れであった私が、それから後というものは、龍代にも負けないくらい性格の一変ぶりを見せましたもので、どこで得た知識かわかりませんが、自分でも驚くほどの才能を発揮し始めたものです。

　何よりも先に、今申しました悪支配人をタタキ出して、危機に瀕した谷山家の財政をドシドシ整理して行く片手間に、その当時まで誰も着眼していなかった、鰊《にしん》の倉庫業に成功し、谷山燻製《くんせい》鰊の販路を固めて、見るみるうちに同家万代の基礎を築き始めましたので、谷山一家の私に対する信頼は弥《いや》が上にも高まるばかり……そう言う私も時折りは、吾れながらの幸福感に陶酔しいしい、モットモット優越した将来の夢を、妻の龍代と語らい誓った事もありました。

　しかし今から考えますと、ソウした幸福感はホンノ束《つか》の間の夢だったのです。私の一身に絡《から》まる怪奇な因縁《いんねん》は、中々ソレ位の事で終結《おしまい》にはなりませんでした。

　それは私共の間に、長男の龍太郎が生まれてから、一年と経たない中の事でした。妻の龍代が突然に……それこそホントウに突然に、カルモチン自殺を遂げてしまったのです。同時にその遺書によって、谷山家の内輪の人々が何故に永い間、龍代の放埒と我儘を見て見ない振りをしていたか……のみならずどこの馬の骨か、牛の糞《くそ》かわからない風来坊の川流れを、よく調べもせずに炭坑王後継者として承認したか……という理由がハッキリ判明《わか》ったのですが……斯様《かよう》申しましたら先生は、もうアラカタ事情をお察しになっているでしょう。

谷山家は、容易に他家と婚姻出来ない、忌《いまわ》しい病気を遺伝した家柄なのでした。そうしてその血統と、財産とが、同時に絶滅しかけていた処を、私のお陰で辛うじて、繋《つな》ぎ止めたという状態なのでした。

ところがその危なっかしい血統が、龍太郎の誕生によってヤット繋ぎ止められたと思う間もなく、龍代自身の肉体に、早くもその忌しい遺伝病の前兆が、あらわれ始めたことがわかりましたので、まことに申し訳ないが、貴方に……つまり私にですね……情ない姿をお見せしないうちにお別れする決心をしました。これが妾《わたし》の最後の我儘ですから、何卒おゆるし下さい。……妾は貴方を欺《だま》すまいとした妾のまごころを、欺し得ないで貴方と結婚しました。その深い罪のお詫《わ》びは、仮令《たとえ》、この儚《はか》ない玉の緒が絶えましてもキットお側に付添うて致します。……お別れしたくない……子供の事をくれぐれもお願いします。妾のまごころをタッタ一人信じて下さる貴方のお心に、お縋《すが》りして死んで行きます。今はただ天道様の無情を怨《うら》むばかり……と言ったような、それはそれは哀切を極めたものでしたが、その文句には全く泣かされましたよ。ハ、ハイ。昔の我儘はアトカタもない、透きとおるほどの純情と、理知とに責められた……弱々しさと美しさとに満ちみちた……ハ、ハイ……。

むろんその時も私は、谷山家を出る考えなんか毛頭ありませんでした。ハイ。世の中の事はすべて運命ですからね。

しかし谷山家の連中はその時に、トテモ狼狽《ろうばい》したらしいのです。何しろ、一所懸命になって秘し匿《かく》していた、谷山家の忌しい血統が、龍代の自殺をキッカケにして、世間に暴露しそうになったのですからね。警察と新聞社に頼み込んで極力、事情を秘密にして貰《もら》う一方に、今となって私に逃げられては、一大事と思ったのでしょう。出来るだけ早く、私の気に入るような後妻を探してやらなければ……と言ったような話が、まだ龍代の百か日も済まないうちから、谷山家の内輪で真剣に進められる事になりました。つまりそんな連中の私に対する信頼が、イヨイヨ明白に裏書きされる段取りになって来た訳ですが、サテそれでは誰がいいか、彼がいいか……と言った具体的な処まで話が進んで参りますと、不思議な事に、私の気がドウしても進まなくなって終ったのです。前に龍代と一緒になった時分とは、何だか気持ちが違うように思われて来たのです。しかもそればかりでなく、そうした気持ちを自分自身でよくよく解剖してみますと、それは死んだ龍代に気兼ねをした気持ちでもなければ、子供の将来を心配した訳でもないように思われるのです。なぜ気が進まないのか、自分でも判然《はっきり》しないまんまに、何だか恐ろしく気が咎《とが》めるような……何かしら大切な事を忘れているのを、ヤット思い出しかけているような気がしてなりませんので、実際、吾れながら妙チキリンな自烈《じれっ》たい気持ちになってしまったものです。ですから私は親類達への返事をいい加減にして突然、旅行に出かけたり何かしながら、いろいろと、その理由を考え廻《めぐ》してみたものですが、解らないものはイクラ考えたって解る筈がありません。のみならず、その結果スッカリ憂鬱《ゆううつ》になってしまった私は、トウトウ皆をビックリさせるような事を仕出かしてしまいました。……つまり何となく石狩川の上流に行ってみたい。どこだかわからないが自分の故郷は、石狩川の上流に在るような気がするから、そこに行ってみたら、何もかも解るに違いない……と言ったような、タマラない悲壮な気持ちになりましたので、人知れず小型のカンバスボートや、食料などを買込みまして、無断で家を飛出しますと、一直線にエサウシの別荘に向ったものです。すると又、生憎《あいにく》なことに、ズッと以前から、私のそうした素振りを不審に思って、気をつけていた者が、家の中におりましたので、難なく途中で押えられて、小樽へ引戻されてしまったものですが……しかし先生はモウ疾《と》っくに、私のそうした気持ちを察しておいでになるでしょう。……ねえ先生。先生はソンナ病症の経過をイクラでも御存じでしょう。そうした不可思議極まる潜在意識の作用を、知り尽しておいでになるでしょう。

ハハア。西洋の古い記録にはそうした実例が出ているが、先生御自身にはソンナ患者を御覧になった事がない……それはいい都合です。私はソンナ実例の中でも特別誂《あつら》えの標本ですからね。

何を隠しましょう、今朝の事です。しかもタッタ今の出来事です。私は病室の床の上にこぼれていた茶粕《ちゃかす》の上で、ウッカリ足を踏み辷《すべ》らして、ヒドク尻餅《しりもち》を突いたのですが、そのトタンに、トテモ素晴らしい大事件が持ち上ったのです。永い間忘れていた過去の記憶……石狩川に陥ち込んだ以前の、身の毛も竦《よだ》つ記憶の数々が、一ペンにズラリッと頭の中で蘇《よみがえ》ってしまったのです。同時にモウこれで私は、自分の頭の故障から完全に解放された……と気がつきましたので、早速ながらこうして、退院のお許しを受けに参りました次第ですが……。

ハイ……実を申しますと、この秘密をお話するのは、私にとっても身を切られるよりも辛《つら》いのです。むろん社会的にも、モノスゴイ反響を喚起《よびおこ》すに違いない重大事件ですから、万一、公表でもされますと、私を中心とする一切合財が、破滅に陥るかも知れないと思われるのですが、しかし私自身の一生涯が、この病院の中で埋れ木になるか、ならないかの境目と思いますから、背に腹は換えられない気持ちで、先生にだけソッとお打明けする次第ですが……ハ、ハイ……ハイ。

先生はズッと前に、誰からか、コンナ話をお聞きになった事がありましょう。

北海道は石狩川の上流、山また山のそのまた奥の奥山に、一軒の原始的な小舎《こや》が建っているのが見える。その家は北面の背後を、旭岳《あさひだけ》に続く峨々《がが》たる山脈に囲まれている一方に、前面は切立ったような、石狩本流の絶壁に遮《さえぎ》られていて、人間業では容易に近づけない位置に在るので、ツイこの頃まで、誰にも発見されないままになっていたものらしい。

　ところが最近に到って、北海道特有の薬草採りが、霧に出会って山道に踏み迷った結果、偶然に、遠くからこの一軒屋を発見してからと言うもの、急に評判が高くなって、北海道中に拡がってしまった。……その一軒屋は、まだ誰も知らないアイヌ部落の離れ小舎だろうと言う者がいる。一方に、それは北海道名物の、監獄部屋から脱出した人間が、復讐《しかえし》を恐れて隠れているのだ……と言ったような穿《うが》った説が出るかと思うと、イヤそうではあるまい。ことによるとそれは、太古以来生き残っている原人の棲家《すみか》かも知れない……などと言い出す凝《こ》り屋もいる。そうかと思うと……ナアニそれは薬草採りが見当違いをしたんだ。大方北見境にいる猟師の家を遠くから見たんだろう……などと茶化してしまう者もいる……と言った塩梅《あんばい》で、サッパリ要領を得ないままに、噂《うわさ》ばかりがヤタラに高まって行った。

　そのうちにその評判が、トウトウ新聞社の耳に入ると、イヨイヨ騒ぎが大きくなってしまった。結局Aが奉公していた小樽タイムスの政敵、函館時報社の飛行機で撮影された、その家の鳥瞰《ちょうかん》写真が、紙面一パイに掲載されることになったが、その写真をよく見ると、それは明らかに日本人が建てたらしい草葺《くさぶき》小舎で、外国映画に出て来る丸太小舎《ロッグケビン》式の恰好《かっこう》をしているばかりでなく、純日本式の野菜畑や、西洋式の放射状の花畑などが、ハッキリと映っている処を見ると、皆の想像とは全然違った文化人の住居に違いない。しかも、それでいてその位置はと言うと、確かに、北海道の脊梁《せきりょう》山脈の中でも、人跡未踏の神秘境に相違ないのだから、その一軒家が何人《なんぴと》の住家であろうかは、容易に推測されない訳である。奇怪……不思議……と言ったような事実が、同乗の記者によって詳細に報道された。そうしてそのまま猟奇の輩《ともがら》の口端《くちのは》に上って、いろいろな臆説《おくせつ》の種になっているばかりである……という事実を、先生は多分、何かの雑誌か、新聞で御覧になった事でしょう。ハハア。まだ御覧にならない……御研究がお忙しいのでね。成る程……それでは致し方がありませんが、何を隠しましょう、その一軒屋こそ、私が建てた愛の巣なのです。私が妻子と一緒に、楽しい自給自足の生活を営んでいた、第二の故郷に相違ないのです。……イヤどうも……御免下さい。どうも胸が一パイになりまして……ハ、ハイ……ハ、ハイ……。私は石狩本流の絶壁から墜落したトタンに、そうした記憶をスッカリ喪《うしな》っていたのです。ええ、ええ。事実ですとも、事実ですとも……。

私の戸籍が偽物《にせもの》であることは、私の生まれ故郷の村役場に御照会下されば一目瞭然《りょうぜん》することです。その戸籍面を偽造して、私を初め谷山一家の人々を欺《あざむ》いていたのが、誰でもない、新聞記者のAだったのですからね。

私が二度目の結婚問題に差し迫られたまま、旅行にカコつけて家を飛び出したのも、かつては誰にも知れないようにAに面会してみたかったからでした。Aはその頃、小樽タイムスを罷《や》めて、九州地方をウロついているという噂でしたからね。何かしら私の過去に就いて、探りに行ったのじゃないか……と言ったような気がしたからです。それから二度目に、モウ一度家を脱け出した時も、そうした潜在意識に支配されていたのでしょう。何となく石狩の上流に行ってみたい。そうしたら何もかもわかるに違いない……と言ったような気持ちになったからでした。

　しかし、もはやそんな無駄《むだ》骨折をする必要はなくなりました。私が完全に過去の記憶を回復しているのですからね……同時に、そのお陰で、谷山家の養子事件を裏面《うら》からアヤツリ廻して来た、冷血残忍なAの手の動きを、ハッキリと見透かしながら、お話する事が出来るのですからね……。私は福岡県朝倉郡の造酒屋、畑中正作の三男で、昌夫と呼ばれていた者です。父の持山に葡萄《ぶどう》を栽培するのが目的で、駒場の農科大学に入学して、卒業間際になっていた者ですが、九州人の特徴として、器量もない癖に政治問題の研究に没頭した結果、当時の大政党憲友会の暴状に憤慨し、同会総裁、首相であった白原圭吾氏を暗殺して終身懲役に処せられ、北海道樺戸《かばと》の監獄に送られて間もなく脱獄し、爾来《じらい》、杳《よう》として消息を絶っていた者……と申しましたら、その他の細かい履歴は申し上げずとも宜しいでしょう。暗殺、逮捕、脱獄の前後を通じて、全国の新聞紙に仰々《ぎょうぎょう》しく掲載されていたものですからね……。

　しかしその中に唯一つ、私の脱獄の理由として新聞紙上に伝えられていたものが皆、飛んでもない間違いばかりであった事は、誰も気づかないでいるでしょう。再度の暗殺決行とか、社会主義的潜行運動のためとか、又は露西亜《ロシア》への逃亡のためとか言ったような風説が皆、御念の入った当てズッポーばかりで、天下を聳動《しょうどう》した私の脱獄の動機なるものが、実は他愛もないモノであった事を知っている人間は、そう沢山にはいない筈です。

私が樺戸に落ち着いてから間もなくの事でした。東京で恋の真似事をしておりました女給の鞆岐《ともえだ》久美子というのが、遥々《はるばる》、北海道まで尋ねて来て、思いがけなく面会に来てくれたのです。

この事実は間もなく新聞紙上に伝えられまして、活動写真にまで仕組まれたそうですから、御存じの方もありましょうが、何を隠しましょう。私はその時に、彼女から受けました巧妙な暗示と、係官に怨恨《うらみ》を抱いておりました同囚の者の同情とに依りまして、何の苦もなく脱獄を決行する事が出来たのです。……しかもその脱獄の方法というのが、特に私の生命に関わる重大問題でありまして、同時に同囚の恩人たちにも、非常に迷惑のかかる話ですから、こればかりはこの口を引裂かれてもお話出来ないのです。……が……ともかくもそのような事情で、首尾よく逮捕の手をのがれました私は、彼女と共に石狩川の下流を越えまして、例の絶対安全の神秘境に恋の巣を営むことになったのです。

もっともコンナ風に話して参りますと、何のことはないお伽話《とぎばなし》みたような筋道になってしまいますが、しかし、そこまで来る間の私共の辛苦艱難《かんなん》と、それから後の孤軍奮闘的生活と言ったら、優にロビンソン・クルーソー以上の奇談を綴《つづ》るに足るものがあったのですよ。

私は樺戸を脱出するとそのまま、持って生まれた健脚を利用して、山また山を逃げ廻りながら、一心に久美子の行方を探索し始めたものです。無論囚人服を着たままですから、夜しか人里に出られなかった訳でしたが、私は盗みというものを絶対にしない方針でしたので、どこまでも青いお仕着せ姿で、鳥獣と同じ生活をして行かなければなりませんでした。ですから、その最初の間の苦しみというものは、実に想像の外でしたが、しかし又一方から申しますと、そうした辛抱のお陰で、私の逃げ足が絶対にわからなかったのですから、詰まるところ差引の損得はなかったかも知れません。のみならずその辛抱の甲斐《かい》がありまして、脱獄してから一か月目に、新旭川付近のとある村外れで、彼女が私に暗示していた、小さな奇術劇団の辻《つじ》ビラがブラ下っているのを発見した時の、私の喜びはドンナでしたろう。忽《たちま》ち勇気を百倍しました私は、アラユル危険を物ともせず、折からの暗夜に紛《まぎ》れて、旭川《あさひかわ》の町にかかっているその劇団に付き纏《まと》うたものでしたが、そのうちに、トウトウ彼女と連絡を取ることに成功しますと私は、迅速《じんそく》に手《て》筈《はず》をきめまして、一気に彼女を引っぱり出してしまったのです。

　その時に生命と頼むものは、大急ぎで彼女に買い集めさした一梃《いっちょう》の鍬《くわ》と一本の洋刀《ナイフ》と、リュックサックに詰めた二つの鍋《なべ》と、六貫目ばかりの食料だけでした。それ以外には何の準備も出来ない囚人服のまま、舞台裏から飛出して来たばかりの、金ピカ洋装の彼女と手に手を取って、涯《はて》しない原始林の奥を目がけて、盲滅法に突進したのですからね。恋は盲目と申しますが、これくらい思い切った盲目ぶりはチョットほかに類がないでしょう。

　しかもその途中では、深山幽谷に慣れた薬草採りでも震え戦《おのの》く、寒い寒い霧に包まれて、二日二晩も絶食したまま、土の中に穴を掘って潜り込んだり、又は背丈よりも高い灌木林《かんぼくりん》を、一反歩以上も掻《か》き散らして、木の根を掘った飢え熊の爪《つめ》の跡を見て、モウ運の尽きだと諦《あきら》めて、二人で抱き合って泣き出したり、それはそれは喜劇とも悲劇ともつかない情ない目や、恐ろしい目に何度会ったものかわかりません。

　ところでそのような次第で、木の実、榧《かや》の実を拾いながらヤットのことで、念がけていた人跡未踏の山奥に到着しますと、私は辛苦艱難をして持って来た鍬と、ナイフで木を伐《き》り倒して、頑丈《がんじょう》な掘立て小舎を造り、畠を耕して自給自足の生活を始めると同時に、小川の魚を釣《つ》って干物にしたり、木の実を煮て苞《つと》に入れたりして、冬籠《ふゆご》もりの準備を始めました。

　二人はそこで初めて、この上もなく自由な、原始生活の楽しさを悟ったのです。科学、法律、道徳と言ったようなやかましい条件に縛られながら生きている事を、文化人の自覚とか何とか錯覚している馬鹿どもの世界には、夢にも帰りたくなくなったのです。

　二人は約束しました。……二人はこれから後イクラ子供が出来ても、年を老《と》っても、モウ人間世界へは帰るまい。アダムとイブが子孫を地上に繁殖させたようにして、吾々《われわれ》の子孫をこの神秘境に限りなく繁殖させよう。自然の儘の文化部落を作らせよう……と……。

　彼女はそれから年児を生みました。私が二十一の年から二十五までの間に、男の児と女の児を二人ずつ、都合四人の子供を生みましたが皆、病気一つせずに成長しましたので、山の中が次第に賑《にぎ》やかになって参りました。

　ところが忘れもしませんその二十五の夏の事でした。最前お話しました新聞社の飛行機が、突然に私の家の上を横切りましたのは……。

　その時の子供たちの脅《おび》えようと言ったらありませんでした。ちょうど私は家の前の草原に、放射状の花壇を作って、山から採《と》って来た高山植物を植えかけておりましたが、思いがけない西北の方角から、遠雷のような物音が近づいて来ますと、踊るような恰好《かっこう》をして逃げ迷っている子供等と一緒に、慌《あわ》てて家の中へ逃げ込んだものです。そうして軒下に積んだ寝床用の枯草の中から、青い青い石狩岳の上空に、消え失せて行く機影を見送っているうちに何かしらタマラない不吉な予感に襲われましたので、ホーッと溜息《ためいき》を吐《つ》いておりますと、その背後から久美子もソッと不安気な顔をさし出して、

「妾達《わたしたち》を探しに来たのじゃないでしょうか」

　と言ったものです。それを聞くと私は、思わずドキンとしましたが、しかし顔ではサリ気なく微苦笑しまして、

「ナアニ。俺たちみたような人間を探すのに、ワザワザあんな大袈裟《おおげさ》な事をするもんか。しかも今頃《いまごろ》になって……ハハハ……」

　と打消すには打消したものの、それでも押え切れない不吉な胸騒ぎをドウする事も出来ないまま、立ち竦《すく》んでいたことでした。

　私はそれから後、四、五日の間というもの、ドウしても遠くに出歩く気がしなかった

ものです。むろん写真まで撮《と》られていようなぞいうことは、夢にも気づきませんでしたので、ただ、私共のいる神秘境をダシヌケに搔き乱して行った巨鳥の姿を、思い出しては溜息しいしい、家の周囲の畠ばかりをいじくっていたものですが、そのうちにまた、眼の前に差迫っている冬籠もりの用意の事を思い出しますと、何がなしにジッとしてはいられなくなりましたので、お天気のいいのを幸いに、手製のタマ網を引っ担いで、鱒《ます》をすくいに出かけました。

久美子はその時にも、不安そうな顔をして私を引止めましたが、やはり虫が知らせたとでも申しましょうか。それを振り切って山を下りまして、紅山桜や、桂《かつら》の叢林《そうりん》を分けながら、屛風《びょうぶ》が切り立ったような石狩本流の崖《がけ》の上まで来ますと、生木の皮で作った丈夫な綱をブラ下げまして、下の石原に降り立って、岩の間の淀《よど》みに迷う鱒や小魚を、掬《すく》い上げ掬い上げしておりました。

すると……どうでしょう。まだホンの五、六匹しか掬い上げていないと思ううちに、ツイ向うの川隅の岩壁の陰から、中折帽を眉深《まぶか》に冠《かぶ》った洋装の青年が、畳みボートを引っぱりながら、ヒョックリと顔を突き出したではありませんか……。

……私はその青年と暫《しばら》くの間、顔を見交したまま立ち竦んでいたようです。しかしその中に電光のように……これはいけない……と気がつきますと、大切なタマ網を腰巻の紐《ひも》に挿《さ》すや否や、崖にブラ下がっていた綱に飛びついて、一所懸命に攀《よ》じ登り始めました……が……しかしモウ間に合いませんでした。まだ半分も登り切らないうちに、思いがけない烈しい銃声が二、三発、峡谷の間に反響して、私の縋《すが》っていた綱が中途からブッツリと撃ち切られました……と思うと、一旦《いったん》、岩の上に墜落しました私は、心神喪失の仮死状態に陥ったまま、苔《こけ》だらけの岩の斜面を、急流の中へ辷《すべ》り落ちて、そのまま見えなくなってしまったものだそうです。

このときに私を撃ち落した洋装の青年が、最前お話しました新聞記者のAであったことは、申すまでもありません。同時に、この時に響いた二、三発の銃声こそはAが私の運命を手玉に取り始めた、その皮切りの第一着手であったことも、トックにお察しが着いていることでしょう。

ただし……ここでチョットお断りして置きたいのは、このときまでAが、私に対して、別段に、深刻な野心を持っていなかった事です。むしろAは私という奇妙な人間を発見して、タマラナイ好奇心を挑発されて行くうちに、いつの間にか悪魔的な、残虐趣味の世界へ誘い込まれて行ったもの……と考えてやった方が早わかりする事です。

手早く申しますとAは、新聞記者一流の功名心に駆《か》られた結果、夏の休暇を利用して、旭岳の麓《ふもと》の一軒屋の怪奇を探《さぐ》りに来た人間に過ぎなかったのです。……政敵、函館時報社の飛行機に先鞭《せんべん》をつけられて、地団太を踏んでいた小樽タイムス社と、その後援者とも言うべき谷山家の援助を受けまして、畳みボートと、食糧と、それから腕におぼえのある熊狩用の五連発旋条銃《ライフル》を担《かつ》ぎながら、深淵《しんえん》と、急潭《きゅうたん》との千変万化を極めた石狩川を遡《さかのぼ》って来た訳でしたが、幸運にもその一軒家の主人公らしい怪人物を発見すると間もなく、取り逃がしそうになりましたので、思い切って私を威嚇《いかく》すべく、頭の上を狙《ねら》って二、三発、実弾を発射したものに過ぎませんでした。

ですからAが、その時にドレくらい狼狽《ろうばい》致したかは、御想像に難くないでしょう。すぐに畳みボートを押し出して、危険を犯しながら激流の中を探しまわりました。そのうちに、どうしても私の死骸《しがい》が見つからない事がわかりますと、今度はタマラナイ空恐ろしい気持ちになって来ました。

Aはたびたび申しました通り、冒険好きの新聞記者です。つまり普通とは違った神経を持っていた訳ですから、人間を一人や二人、ソッと見殺しにする位のことは、何とも思わない性格の男に相違ないのでしたが、しかし……何しろ人跡絶えた山奥の谿谷《けいこく》で、水の音ばかり聞こえる寂寞境ですからね。そんな処で思いがけなく、奇妙な恰好をした丸裸体《まるはだか》の人間を一匹撃ち落したのですからね。……何とも言えない鬼気に迫られたのでしょう。四、五日もかかって遡った急流激潭を、タッタ一日で走り下って、エサウシ山下の谷山別荘に帰り着くと、人知れずホッとしいしい、ウイスキーを飲んで眠ったものだそうです。

ところがその翌る朝のこと。何かしら近所の人々の騒ぎまわる声が耳に入ったので、何事かと思ってAが飛び起きてみると……どうでしょう。見覚えのある私の丸裸体の屍《し》体《たい》が、自分の寝ている離れ座敷の直ぐ下の、石段の処に流れ着いているではありませんか。……その時の気味の悪かったこと……。あの石狩川の上流で、私を撃ち落した時以上のイヤな気持ちに、ゾーッと襲われたと言いますが、それはそうでしたろう。世にも恐ろしい因縁と言えば言えるのですからね。

しかしその屍体を、そのまんま知らん顔をして見逃がすことは、さすがにＡの好奇心が承知しませんでした。のみならず、その屍体の血色や何かが、何となく違っていることが、素人《しろうと》眼にもわかりましたので、付近の者に手伝わせながら、気味わる気味わる石段の上の芝生に引き上げて、馳《か》けつけて来た医者と一緒に介抱をしておりますと、そのうちに意識を回復しかけた私が、非常な高熱に浮かされながら、盛んに譫語《うわごと》を言い始めたものだそうです。

ところが又、その譫言のうちに、普通人にはチンプン・カンプンの囚人用語が、チョイチョイ混っているのに気がつきますと、Ａは忽《たちま》ち、今までの恐怖心理から一ペンに解放されまして、見るみる持ち前の記者本能に立ち帰ってしまったものだそうです。つまり是が非でも私の告白を絞《しぼ》り取って、有力な新聞記事《だね》にすべく、アラユル努力を払った訳でしたが、その苦心努力の甲斐があって、首尾よく私が意識を回復してみますと……三度ビックリ……案外千万にもその私が、完全に過去の記憶から絶縁されている、一種の白痴《はくち》同様の人間である事がわかった時には、ガッカリにもウンザリにも……今一度タタキ殺してやりたいくらい、腹が立ったものだそうです。

ところがサテその私が、頭や顔の手入れをして、見違えるような青年に生まれ変ったのを見ますと、Ａの気持ちが又もやガラリと一変してしまいました。……と言うのは外でもありません。Ａはそこで、一つのステキもない巧妙な金儲《かねもう》けを思いついたのでした。つまりＡ独特の猟奇趣味と、冒険趣味とを兼ねた、一挙三得の廃物利用を考え出しましたので、その儘《まま》グングンと仕事を運んで行ったものでした。

　谷山家の内情……特に龍代の放埒《ほうらつ》の底意を、ドン底まで看破《みぬ》いておりましたＡは、それから一か八かの芝居を巧みに打って、私を谷山家の養子に嵌《は》め込んでしまうと、いい加減な口実を作って、かなりの金を龍代から絞り取ったまま、パッタリと消息を絶ってしまったのです。

　しかもこれを見た龍代は、愚かにも、スッカリ安心してしまったものでした……と言うのは、つまりＡが自分の注文通りに、どこか遠い処へ立去ったものと考えましたからで、こんな点では龍代も、普通の金持ちの子弟と同様に、お金の力を過信する傾向があったのですね。むろん私にもそれとなく打ち明けて、万事が清算済みになったつもりでいたらしいのですが、これが豈計《あにはか》らんやの思いきやでした。なかなかその位のことで、諦《あきら》め切れるＡの悪魔趣味ではなかったのです。モットモット大きく、私共夫婦を中心とする谷山家の全体を、地獄のドン底に落ちる迄《まで》絞り上げながら、高見の見物をしてやろうと言う、その準備計画のために、ホンの暫くの間、姿を晦《くら》ましていたものに過ぎませんでした。

　Ａはまず、彼の記憶に残っている私の言葉の九州訛《なまり》と、囚人用語との二つの手掛りを目標にして、探索の歩を進むべく、とりあえず小樽タイムスを飛び出して、九州北部の大都会、福岡《ふくおか》市の片隅に在る小さな新聞社に就職しました。そうしてそこを中心にした同県下の警察や、新聞社方面に就いて、私の年齢に相当した前科者や、失踪《しっそう》者の名前を根気よく探してまわったものですが、そのうちに偶然にも、福岡市の某大新聞社に保存して在る、六、七年前の新聞の綴込《とじこ》みの中から「青年刺客」という大活字を添えた、私ソックリの大きな写真版を発見した時のAの驚きと喜びはドンナでしたろう。ほかの新聞に出ていた囚人姿や、学生姿の写真が皆、私に似ても肖付《につ》かぬ朦朧《もうろう》写真であったのに、タッタ一つその紙面にだけ掲載されていた、私の少年時代の浴衣《ゆかた》がけのソレが現在の私に酷似《こくじ》していたことは何と言う奇蹟《きせき》でしたろう。

しかもそこまでわかるとAの仕事はもはや、半分以上片づいたようなものでした。その社の整理係の連中に知れないように、精巧な写真機を担《かつ》ぎ込んで、その紙面ばかりでなく、私の生い立ちや、脱獄の記事を満載した紙面までも残らず複写して、一直線に北海道に帰って来ましたAは、その後の私の動静を、詳細に亘《わた》って探りまわった序《ついで》に、二人の間に愛の結晶が出来かけている事実まで、すかさずキャッチしてしまいますと、なおも最後的な脅迫材料を摑《つか》むべく、もう一度、極秘密の裡《うち》に、石狩川の上流を探険に出かけたものです。

彼はモウそのときには、旭岳の斜面の一軒家が、私の棲家《すみか》であったことを確信していたものでしょう。ですから突込んで、何かしら動きの取れない材料を摑んだ上で、今の新聞紙面か何かと一緒に、私へ突きつける心算《つもり》だったのでしょう。

　ところがそこまではAの着眼が百二十パーセントに的中していたのですから、まずまず大成功と言ってもよかったのですが、それから先がどうもイケませんでした。

……というのは外でもありません。さすがに悪魔式の明敏なアタマを持っておりましたAも、ここで一つの小さな……実は極めて重大な手落ちをしている事に、気がつかないでいるのでした。すなわち樺戸に訪ねて来ました、女給の久美子の行方について、深い考慮を払っていなかったことで、つまり久美子のああした行動は、テッキリ活動屋の宣伝に使われたものとばかり考えていたのです。そうして久美子自身は、新聞記事と一緒に音も香もなく消え失せたものと、信じ切っていたのですね。これは要するにAの頭が、アンマリ冴《さ》え過ぎていた処から起った間違いでしたが、しかもそのお陰でせっかくのAの計画が実に意想外とも、ノンセンスとも言いようのない、悲惨な結果に陥ることになったのです。

　それから約一か月ばかり経《た》った、秋の初めのことでした。

骸骨《がいこつ》のように痩《や》せこけた身体に、ボロボロの登山服を纏《まと》うて、メチャメチャに壊れたカメラを首に引っかけた、乞食《こじき》然たる男の姿が、ヒョッコリ旭川の町に現われて、何やら訳のわからない事を口走りながら、ウロウロし始めました。その男はヒドイ紫外線か、雪ヤケにかかったらしく、泥のような青黒い顔をしておりまして、そのポックリと凹《へこ》んだ眼窩《がんか》の奥から、白眼をギラギラと輝やかし、木の皮や、草の根の汁《しる》で染まった黄金色の歯をガッガッと鳴らしながら、川を渡るような足取りで、ヒョロリヒョロリと往来を歩いているという、世にもモノスゴイ風付きでしたが、更にモットモット不思議な事には、その男の凹んだ眼の底に、裸体か、もしくは裸体に近い女の姿がチラリとでも映ると、それが絵であろうと、実物であろうと見境はない、破れ千切れた登山靴を宙に飛ばして、逃げ出して行くのでした。そうして知らない家でも、自動電話でも何でも構わない。行きなり放題に飛込んで、救《たす》けを求めるかと思うと、進行中の電車や汽車に飛び乗りかけて、跳《は》ね飛ばされたりするので、トテモ剣呑《けんのん》で仕様がないのです。……ええ……そうなんです。近頃は方々の店先に裸体画が増えて来ましたからね。おまけに秋口と言っても、旭川の日中はまだ相当暑いのですからね。何でもソレらしいものを見さえすれば、絵葉書屋の前だろうが、川の中の洗濯《せんたく》女だろうが、見境はない。又は一里先だろうが鼻の先だろうがおなじこと。悲鳴をあげて狂いだすのでトウトウ旭川の町中の大評判になってしまいました。

　ところがそのうちに、そのエロ狂の骸骨男が、ドウ戸惑いをしたものか、旭川の警察署へ飛び込んで、保護を受けるようになりますと、世間は又広いもので、意外にもその骸骨男を引取りたいという、篤志家《とくしか》が現われて来ました。

　その篤志家というのは、東京の目黒《めぐろ》に在る精神病院の副院長で、その当時旭川に帰省していた、何とか言う富豪の医学士でしたが、その骸骨男……すなわちAの事を書いた新聞記事の切抜を持って、旭川署に出頭しますと、自分の研究材料としてＡの身柄を引取りたい旨を、恭《うやうや》しく申出たものだそうです。もっとも最初のうちにＡの精神状態を、新聞記事によって判断したその医者は、極めて著明な色情倒錯と思っていたそうで、ステキに珍しい実例として、論文の材料にするつもりだったそうですが……ちょうど又、警察でも願ったり叶《かな》ったりの処だったので、厄払いのつもりで、よく調べもせずに引渡したものだそうですが……そうなるとそこはさすがに専門家だけあって、催眠剤や、鎮静剤を巧みに使い分けながら、無事に東京まで連れて来て、自分の受持の病室に、首尾よくＡを監禁してしまいました。そうして半年ばかり経過するうちに、栄養が十分について来て、言う事がイクラカ筋立って来た頃を見計って、なだめつ賺《す》かしつしながらいろいろと事情を聞き訊《ただ》してみますと……色情倒錯どころの騒ぎではない。大変な事実をＡは喋舌《しゃべ》り始めたのです。

Ａはその副院長の前で、谷山家の秘密を洗い渫《ざら》いサラケ出したばかりでなく、自分の発狂の真原因までも思い出して、アッサリ白状してしまったのでした。

Ａは石狩川の上流を探検して、千辛万苦の末に、ようようの事で旭岳の麓《ふもと》の私の留守宅を探し当てたのです。そうしてもはや、スッカリ原始生活に慣れ切っている久美子と、四人の子供達が、澄み切った真夏の太陽の下で、丸裸体《まるはだか》のまま遊び戯《たわむ》れている姿を、そこいらのトド松の陰から、心ゆくまで垣間《かいま》見た訳ですが、その時のＡの驚きはドンなでしたろう。夢にも想像し得なかった神秘的な光景に接して、開いた口が塞《ふさ》がらなかった事でしょう……のみならずそこでヤットいっさいの事情を呑《の》み込んだAは、懐中していた新聞紙面の複写の中に在る久美子の写真と、実物とを引き合わせてみた時の喜びは又ドンナでしたろう。これこそ谷山家の一切合財を、地獄のドン底まで突き落すに足る大発見と思って、胸を轟《とどろ》かしたに違いありません。……その時まではまだ龍代が自殺していなかった筈ですからね……。

けれどもAはここで又、第二段の失策に足を踏みかけていることに気づきませんでした。つまりAはそこで、久美子と子供達の写真を、何枚か撮《と》っただけで、一まず探検を切上げて来ればよかったのですが、そうしなかったのがAの運の尽きでした。……もっともそのような、エロともグロとも形容の出来ないスバラシイ情景を、遠くから眺《なが》めたまま引返すと言うようなことは、新聞記者根性のAにとって絶対に不可能な事だったかも知れません。或はそのエロ・グロの女主人公《ヒロイン》に対して、A一流の冷酷な野心を起したものかも知れませんが、とにかく吸い寄せられるようにフラフラとなったAは、吾れ知らず熊笹《くまざさ》を押し分けながら、その方向に近づいて行ったものです。

すると間もなく大変な事が起りました。

永い間、男気なしのまま、人跡絶えたモノスゴイ山奥に、原始生活をして来た気の強い女……ことにタッタ一人でアラユル飢寒と戦いながら、四人もの子供を育てて来た母性が、如何に慓悍《ひょうかん》狂暴な性格に変化するものかという事実は、普通人のチョット想像の及ばない処でしょう。……まして況《いわ》んやです。ずっと以前に石狩川の方向で、二、三発の銃声が聞えて以来、パッタリと影を消してしまった自分の夫を、監獄からの追跡者に殺されたものとばかり思い込んでいた妻の久美子が、カーキ色の登山服に、ライフルを担いだAの姿をチラリと見るや否や、おなじ監獄からの追跡者と早合点したのは無理もない話でしょう。……何の気もなく五連発の旋条銃《ライフル》を担いで、フキやイタドリの深草を潜りながら、一軒屋に近づいて行ったAは、背後から不意打ちに、猛獣みたような者に飛びつかれたので、アッと思う間もなく飛び退《の》いてみると、そこにはタッタ今奪い取ったばかりの旋条銃を構えた、全裸体《まるはだか》の女が、物凄《ものすご》い剣幕で立ちはだかっている。幸いにして引金の転把《テンパ》が上がっていなかったので、ダムダム弾の連発を喰《く》らわされる事だけは助かった訳ですが、それにしても女の剣幕の恐ろしさには、さすがのAも震え上ったのでしょう。女が転把の上げ方を知らないで、まごまごしている隙《すき》を狙って、一足飛びに逃げのくと、あとから銃身を逆手に振上げた女が、阿修羅《あしゅら》のように髪を逆立てて逐蒐《おいか》けて来る。その恐ろしさ……道もわからない藪畳《やぶだたみ》や、高草の中を生命限りの思いで逃げ出して行ったが相手はソンナ処に慣れ切っている半野生化した女ですから、それこそ飛ぶような早さです。おまけにドウしてもAをタタキ倒して、息の根を止めなければならぬ。……子供の安全を計らなければならぬと思い詰めた、母性愛の半狂乱で飛びかかって来るのですからたまりません。

　息も絶えだえのまま野を渡り山を越えて、方角も何も判然《わか》らなくなってしまっても、まだザワザワと追いかけて来る音がする……と思ううちに思いもかけぬ横あいから、銃身を振り翳《かざ》した裸体《はだか》女が、ハヤテのように飛び出して来る。驚いて崖《がけ》から転がり落ちると、女も続いてムササビのように飛び降りる。小川を躍《おど》り越せば女も飛び越す。それが男よりもズット敏捷《びんしょう》で、向不見《むこうみず》と来ているのですから、Aはイヨイヨ仰天して、悲鳴を揚《あ》げながら逃げ迷う。その中に日暮れ方になると、女はヤット転把の上げ方を会得したらしく、数十間うしろから立て続けに二、三発撃ち出しましたが、その最後の一発が思いがけなく、Aの帽子を弾《は》ね飛ばしたのでイヨイヨ肝魂《きもたま》も身に添わなくなったAは、それこそ死に物狂いの無我夢中になって、夜となく昼となく裸体女の幻影に脅やかされながら、人跡未踏の高原地をさまよい始めました。

　日が暮れて、夜が明けても、まだ女が追掛けて来るらしい風の音が、四方八方に聞こえる。息も絶えだえに疲れて打ち倒れても、睡《ねむ》るとすぐにライフルの音が聞えたり、女の乱髪が顔を撫《な》でたりする。そこで又も、夢うつつのまま起き上って、青天井や星空の下をよろめきまわるという、世にも哀れな状態になってしまいました。そうしてどこを、ドウ抜けて来たものか野垂死もせずに、生きた木乃伊《ミイラ》と同様の浅ましい姿で、旭川の町にさまよい出ると、裸体女が眼につくたんびに飛び上って悲鳴をあげる。そうかと思うとどこへでも駈け込んで、

「……タ……大変だ……谷山家の重大秘密だ……二重結婚だ……脱獄囚の妻だ……天女の姿をした猛獣だ……」

なぞとアラレもない事を口走るようになった……というのがAの発狂の真相だったのです。

……ところでこの真相を聞き出した今の精神病院の副院長は、最初のうち半信半疑だったと申しますが、それは当然の事だったでしょう。初めから終《しま》いまで非常識を通り越した事実ばかりですからね。……しかも念のために病院に保管して在ったAのボロボロの登山服を調べてみると……ドウでしょう。Aの言葉が一言一句、真実に相違ない事を証明するに十分な、畑中昌夫と谷山秀麿の戸籍謄本や、新聞紙面の複写フィルムを、内ポケットから探し出したばかりでなく、メチャメチャに壊れたAのカメラの中に、タッタ一枚無事に残っていた、私の妻子のグロ写真を現像する事にまで成功したではありませんか。

副院長はそこで初めて、Aの精神異常の回復が、谷山家の重大問題となるであろう事実に気がついたものでした。そこで早速、私に宛《あ》てた至急親展で、事のアラマシを通知して、事実かどうかを問合わせて来た訳ですが、その手紙を受取った時には私も、思わずシインとなりましたよ。

むろんその手紙には、学術研究のために問合せるのだから、仮令《たとえ》事実であっても絶対秘密にする……云々《うんぬん》という追而《おつて》書が添えてありましたし、問題の龍代も、もはやトックにお位牌《いはい》になっていた時分のことですから、私の心配も半分以下で済んだようなものでしたが、しかし、それにしても重大問題には相違ないので、取るものも取りあえず上京して目黒の精神病院を訪問してみますと……又もシインとするほど脅かされたのでした。頑丈な鉄の檻《おり》の中に坐り込んでいた、患者姿のＡは、とりあえず見舞いに来た私の顔を、ハッキリと記憶していたばかりでなく、何やら訳のわからない紙片を鉄棒の間から突出しながら、辻褄《つじつま》の合わない脅迫めいた文句を、私に向って浴びせかけるではありませんか。むろんその紙片は、私の事を書いた新聞の複写か何かと思い込んでいたものに違いないのですが……。

私はその複写拡大紙面の実物と、ブロマイドに焼きつけられた妻子のグロ写真とを並べて、副院長の自室で見せて貰《もら》いましたが、それを見ているうちに初めて、自分の過去の記憶を電光のように呼び起す事が出来ました私は、あんまり烈《はげ》しいショックを受けましたために、一時失神状態に陥ってしまったものです。

しかし間もなく、副院長の介抱によって正気に帰りますと、私は、すぐに非常な勇気を奮い起しまして、Ａが自白したいっさいの事実を確認しました上に、尚《なお》足りない処を詳細に、副院長の前で補足してしまいました。そうしてＡの一身に関する相当の保護を依頼すると同時に、私の前身を公表するかしないかという重大な判断はタッタ一つ……副院長の自由意志に一任しまして、その旨を半狂人のＡに詳しく言い聞かせますと、そのまま北海道に引上げてしまいました。これは申すまでもなく、万一、私の前身が公表されました場合、落ち着いて刑に就くべく心用意をして置くためでした。……いくら他人の秘密を預るのが商売の精神病医でも、これ程の秘密を握り潰《つぶ》すのは、容易な事であるまいと思いましたからね。

……エッ……何ですって……。

私の話がトンチンカンですって……。

これは怪《け》しからん。どこがトンチンカンですか。私は立派に順序を立ててお話しているつもりですが……。

何ですか……その新聞記者のAという男の本名は、まだ思い出さないかっておっしゃるのですか……サア。それがまだ思い出せないのですが……モウジキに思い出すだろうと思っているんですが……。

……オヤ……何故お笑いになるのですか。

ヘエここがその目黒の病院なんですか。ヘエッ。それじゃA君もここにいる訳ですね。ヘエ――ッ。ほんとうにいるのですか。……ちっとも知らなかった。イッタイどこに……。

エッ、ここにいる……。

……ナ……何ですか……私がその新聞記者のAだとおっしゃるのですか。御冗談ばかり……私は只今《ただいま》も申しました通り、谷山家の養嗣子秀麿ですが。その久美子という、猛獣天女の亭主に相違ないのですが……龍代と二重結婚をしたアノ白痴同様の……。

エッ。その秀麿……谷山家の養子になった私が、ここに入院した原因をお尋ねになるのですか。そ……それはその……発狂当時の事ですからチョット思い出しかねるのですが……。

……お笑いになっちゃ困ります。鏡なんか見なくたっていいです。自分の顔は自分でちゃんと知っております。

……ナ……ナ……何とおっしゃるのですか。その谷山秀麿は、今でもやはり谷山家の養子になって、盛んに事業界に活躍している。後妻には山の中から久美子を迎え出して、谷山夫人を名乗らしている……そ……そりゃあ怪しからんじゃないですか……二人は今後、絶対に人間世界に帰らないと言って、あれ程固く約束していたのに……イヤイヤ。私の想像なんかじゃないのです。事実に相違ないのです。実に……ジッに怪しからんですなあ……。

ヘエ。何ですって……ここの副院長から与えられた暗示で、見事に過去の記憶を回復した谷山秀麿は、北海道に引返してから間もなく、副院長の誠意を籠《こ》めた手紙を受取ったので、ホッと一息安心することが出来た。そうしてAの一生涯を、病院で飼殺しにして貰うように、折返して返事を出すと、すぐにタッタ一人で極秘密の裡《うち》に、旭岳の麓《ふもと》へ久美子を迎えに行ったのですか。ヘエ……そこでさすがの猛獣天女だった久美子も、なつかしい昌夫の泪《なみだ》ながらの告白に負けてしまった。ハハア……作り飾りのない、昌夫の純情に動かされた結果、龍代の身代りになって、谷山家の一粒種……龍太郎を育て上げるべく、涙ぐましい決心をした。成る程……そこで四人の子供を左右に引連れた猛獣天女が、はるばると人間世界に天降る事になったが、それに就ては昌夫の秀麿が、思い出深い石狩川の上流から、エサウシ山下の別荘まで、人に知れないように連れ込むべく、アラユル苦心を払ったものである。いかにもねえ……それから久美子の戸籍面の届出や、子供の行儀作法のテストに至るまで、又もや惨憺《さんたん》たる苦心研究を積ませられたものであるが、さてそのあげく、イヨイヨ一行を谷山家に乗込ませて見ると、案ずるよりも生むが易いで、久美子の奥様振りが頗《すこぶ》る板についたアザヤカナものだったので、龍代の再来という評判が立って、一躍、界隈《かいわい》の社交界をリードするようになった。同時に家庭も極めて円満で、五人の子供達にミジンの分け隔ても見せないから、将来、谷山家の秘密に気づくものは絶対に出ない見込である……だからその事に就ては、絶対に心配しなくともいいとおっしゃる……ナア——ンダイ。馬鹿にしやがらア……。

イヤ……アハハハハ……こりゃあ失敗《しま》った。うっかりネタを曝《さ》らしちゃった。アハハハ。実はね。先生をドウかして一パイ引っかけて、マンマと首尾よく退院してくれようと思いましてね。この間から寝ないで話の筋を考えていたんです。そうしたらツイ今サッキ尻餅《しりもち》を突いた拍子に、自分の経歴を思い出したような気がしたもんですからね。こいつあ占めたと思って、すぐに先生の処へ来たんですが……ハアテネ……。

俺は一体、誰の経歴を思い出したんだろう……自分で調べた他人の経歴を思い出したんじゃないか……ハテ……いけねえいけねえ。モットよく考えて来りゃあよかった。どこかに辻褄の合わない処があったんだ……。ヨオシ……今度こそは……。

エッ。昨日も僕が同じ話をしに来たんですって……一昨日も……ズッと前から何度も何度も……アノ僕が……ヘエ……。だから先生の方でも、谷山さんに頼まれた通りに、繰り返し繰り返し詳しい事情を説明して、ヤキモキしないように言って聞かせているが、ドウしてもわからない……僕がですか……ヘエ。おまけに自分の事と、他人の事とをチャンポンにして考えたりするので、話がだんだんトンチンカンになって来る。だから君のアタマはタシカでない。谷山家の事なんか忘れてしまって、モット気楽に養生しなければ、いつ退院出来るかわからない……ヘエ――……。そりゃあ誰のことですか……エッ……僕のこと……ヘエ。そうして貴方は……。失礼ですが、どなたですか。

エッ。副院長の助手さん……一緒に僕の心理状態を研究している……。

……ウワア……しくじったア。それじゃ何でも知っている筈だ。僕は又院長さんかと思った。院長さんなら、まだ一度も僕に会ったことがないから、もしかすると一パイ喰うかも知れないと思ったんだが……いけねえいけねえ……。

アッハッハッハッハッハッハッハッ……。

ああア――ッ。くたびれたアッ……ト……。

ねえ先生……話賃に煙草を一本下さいな……。

……オヤア――ッ。誰もいやがらねえ……。

ここは監房の中だ……おかしいな。俺あサッキから一人で饒舌《しゃべ》ってたのかな……フーン……イッタイ何を饒舌《しゃべ》ってたんだろう……。

……桐の花が、あんなに散ってやがる……。

……アッ……忘れていたッ……。

俺《おら》あ龍代に復讐《ふくしゅう》するつもりだったんだ……彼女は俺に肘鉄《ひじてつ》を喰わせやがったんだ……妾をオモチャにするつもり……って冷笑しやがったんだ。だからその通りにしてやったんだ。前科者を亭主に持たして、一泡《ひとあわ》吹かしてくれようと思ったのが、間違ってコンナ事になってしまったんだ。あべこべに俺がキチガイ扱いされる事になったんだ。

エエッ……コンナ篦棒《べらぼう》な……不公平な……。

俺あ谷山家に怨《うら》みがあるんだ。ココを出してくれ。不法監禁だぞ畜生……ドウスルカ見ろ……龍代の阿魔《あま》……。出してくれ出してくれ出してくれ……出してくれッ……。出して……くれエエエ――ッ……。

老巡査

睦田老巡査はフト立ち止まって足下を見た。黄色い角燈の光の輪の中に、何やらキラリと黄金《きん》色に光るものが落ちていたからであった。

老巡査は角燈を地べたに置いた。外套《がいとう》の頭巾《ずきん》を外《はず》して、シンカンと静まり返っている、別荘地帯の真夜中の気はいに耳を澄ましたが、やがて手袋のまま外套の内ポケットを探《さぐ》って、覚束《おぼつか》ない手つきで老眼鏡をかけながら、よく見ると、それは金口の巻煙草の吸いさしを、短い銅線の切端の折れ曲りに挟《はさ》んで、根元まで吸い上げた残りであった。そこいらに、すこしばかり灰が散らばっている処《ところ》を見ると、ツイ今しがた投げ捨てたものらしかったが、しかし火は完全に消えていた。ほのかに冷たい大地の湿気を吸ったものであろう。

睦田巡査は、いくらか失望したらしく、力ない手つきで眼鏡を外した。そうして、

「心配なことはない」

と口の中でつぶやきながら、モウ一度そこいらの暗闇《くらやみ》を見まわしたが、なおも念のためにその吸殻《すいがら》を泥靴《どろぐつ》でゴシゴシと踏みにじって、火の気がないことを確かめてから、老

眼鏡をモト通りに、仕舞《しま》い込んで、外套の頭巾を頭の上に引上げると、又も角燈を取り上げながらポツリポツリと歩き出した。……すこし睡《ねむ》くなりながら……。

彼は、こうして幾カラットのダイヤモンドにも優《まさ》る、スバラシイ幸運を踏みにじって行ったのであった。金口の煙草を、そんな風にして吸う人間が、ドンナ種類の人間であるか考えたならば……そうしてソンナ種類の人間が、このような真夜中の別荘地帯に、無暗に来るものか来ないものかを、その時にチョッと考えてみただけでも、彼の一生涯《いっしょうがい》の幸運を取返す筈《はず》であったのに……。

もう五十の坂を越していながら、まだ部長にもなり得ないでいる睦田巡査は、こうして巡廻を続けながら、これぞという功績も過失もなかった。平々凡々の彼の巡査生涯を、何度くり返して考え直したか、わからないのであった。何か事件が起るたんびに、こんな仕事は自分に向かないと思ってビクビクしながらも、ただ病身の妻と、大勢の子供が可愛いばっかりに、思い切って辞職もし得ないで来た彼の運命のみじめさを、幾度涙ぐんだか知れないのであった。

だから最近に栄転した前署長のお情で、東京郊外の平和な別荘地になっている、このK村の駐在所に廻されると、受持区域に住んでいる知名の人々からの付届けで、やっと息が吐《つ》けるようになった事をドレ位、感謝していたことか。その巡廻の一足一足毎に……この地域に事なかれかし……とドンナに誠意を籠《こ》めて祈ったことか。そうして又、それが泥棒一つ捕まえた経験のない無能な彼の、衷心からの……ただ一筋の悲しい願いでなければならぬ事を、彼自身に何度、自覚したことか。

　しかし睦田巡査はまだ二十歩と行かないうちに、タッタ今踏みつけた奇妙な吸殻の事を、キレイに忘れてしまっていた。まん丸い背中を一層丸くして、外套の頭巾を深々と引下して、薄暗い角燈の光の中に、どこまでもどこまでも続くコンクリート壁や、煉瓦《れんが》塀《べい》や、生垣《いけがき》の間をトボトボと歩いて行った。

　寒い寒い星の夜であった。

　その翌る朝であった。

　彼が踏み躙《にじ》って行った幸運が、ソレだけの悪運となって彼の頭上に落ちかかって来たのは……。

　彼の受持区域内でも、屈指の富豪と眼指されている倉川男爵家《だんしゃくけ》の別邸に、二人組の強盗が入って、若い、美しい夫人と小間使を絞殺《こうさつ》し、一人の書生に重傷を負わせ、夫人所有の貴金属、宝石類と、現金二百余円を奪い取って逃走した事が、夜明けまで震えていた台所女中によって、分署まで報告された。そうしてその兇行の推定時刻が、彼の巡廻時刻とピッタリ一致したのであった。

　電話で「巡廻中異状はなかったか」と尋ねられた時に、何の気もなく「ハイ」と答えた彼は、すぐにK駐在所から一里ばかりを距《へだ》った、K分署に呼びつけられて、居残っていた法学士の分署長から、眼の玉の飛び出るほど叱責《しっせき》されなければならなかった。そ

うして、

「見舞に行くには及ばぬ。君のような人間が現場に立会ったとて、役に立つものじゃない。留守をして電話でも聞いていたまえ」

と小使の面前で罵倒《ばとう》されたのであった。

署長以下の全員が出動したあとで、ガランとした室の真中の大火鉢《ひばち》に、椅子《いす》を寄せて屈《かが》まり込んだ睦田巡査は、その青ざめた顔に幾度も涙を流した。そうして電話がかかるたんびに、水涕《みずつばな》をススリ上げススリ上げ立上っていたが、その電話を本署に取次いでいるうちに……遭難した倉川家の若い男爵は、旧友の某国大使を、神戸に出迎えに行って留守中であったこと……犯人はドチラも黒装束に覆面をした、専門の強盗らしかったこと……倉川家の裏手のコンクリート塀を乗越える時に、電話線を切断していたこと……バンガロー風の二階の窓硝子《ガラス》を切って、螺旋《ねじ》止めを外して忍び入ったこと……夫人と小間使は眠ったままの位置で絞殺されていたこと……重傷を負わされた書生が間もなく死亡したこと……物置に隠れて震えていた台所女中が、夜の明けるのを待って、お隣りから分署に電話をかけたこと……そのほかはいっさい不明……と言ったような事実が判明して来た。

彼は非常召集を受けた巡査たちが、自宅から直接に現場へ行く姿を、真白な霜の野原と一緒に思い浮かべた。そうしてそんな連中が、無能な自分を怨《うら》んだり、冷笑している顔つきまで想像してみた。それから事件が万一迷宮に入った場合に、当然自分に落ちかかって来るであろう運命に就いて、繰返し繰返し考えてみたが、しかし、それはイクラ考え直しても、わかり切った事であった。

睦田巡査はポケットから鉈豆煙管《なたまめきせる》を出して、粉煙草を一服吸いつけた。思い諦《あきら》めた投げやりのような気持ちで、フーッと煙を吹くうちに、思わず噎《む》せかえってゴホンゴホンと咳《せき》をしたが、それにしてもこの際くれぐれも残念なことは、自分の受持区域でありながら、被害者の家に見舞に行けない事であった。

いつも彼の老体に同情して、いろいろと慰めた上に「主人が留守勝ですから、どうぞよろしく」と言って十分の心付をしてくれた、あの美しい奥さんの霊前に、誰《だれ》よりも先に駈《か》けつけて、心からのお詫《わ》びの黙禱《もくとう》が捧《ささ》げたかった。そうして出来ることならば、新しい手がかりの一つか半分でいい、心安い台所女中の口からなりと引き出して、署長の機嫌《きげん》を取直したい……当座の不面目を取繕《とりつくろ》いたいと、暫《しばら》くの間それぱっかりを気にして考え直していたが、しかし、それとても今となっては、力及ばない事であった。

彼はこうして、誰を怨む力もなくなった彼自身の姿を、灰になりかけた火鉢の縁に発見したのであった。そうして彼の眼の底に蠢《うご》めくものは結局、痩《や》せ衰えた彼の妻と、その周囲を飛びまわったり、匐《は》いまわったりしている子供たちの姿ばかりになってしまった。

彼はそうした幻影を見まいとしてシッカリと眼を閉じた。すると最前から溜《た》まっていた生温《なまあたたか》い涙が、ポタポタと火鉢の灰の中に落ちた。その一粒が、消えかかった炭火の上に落ちたらしくチューチューと音を立てたが、その音を聞いているうちに、又も新しい涙が湧出《わきだ》して来るのを、彼はドウする事も出来なかった。

そんな事を考えまわしているうちに、いつの間にか時間が経《た》ったらしい。彼の背後の柱時計が、夢のように一時を打つと間もなく、非常線に出ていた同僚の二、三名がバタバタと帰って来た。

「……ああ……ねむいねむい……」

「いくら言うたって新米の署長は駄目《だめ》じゃよ。第一非常線からして手遅れじゃないか。青年会なぞ出したって何の足しになるものか」

「まあそう言うなよ。お陰で無駄骨折が助かるじゃないか」

「指紋もないそうですね」

「ウン今頃《いまごろ》は犯人等《やつら》、千里向うで昼寝してケツカルじゃろ。ハハン。うまくやりおった」

そう言ううちに古参の彼がいることに気がつくと、慌《あわ》てて敬礼をしいしい帯剣を外したが、そのまま各自の椅子に就いてヒッソリと口を噤《つぐ》んでしまった。彼等は睦田巡査が、最前署長から叱《しか》られた事を知っているらしかった。

睦田巡査は、もう現場の模様を聞いて見る勇気さえ出なかった。ただ、無能の標本みたように、火鉢のふちに曝《さら》し物にされている自分自身を顧みて、力なくうなだれるばかりであった。

それから、ちょうど満一年経った。

睦田巡査は予想通り年度代りで首になったが、それでも貰《もら》えるものだけは貰ったので、それをたよりにいろいろと縁故を辿《たど》って運動した結果、二か月ばかり前から、市外の製作工場の門衛に雇われていた。むろん俸給は安いし、夜勤もあるにはあったが、しかし、殆《ほと》んど門番と受付を兼ねたような単純な仕事であった上に、巡廻の区域が非常に狭かったので、肥満した睦田老人にとっては、却《かえ》って極楽のような気がしたのであった。

彼は毎日正午の休憩時間になると、会社の事務室に来て、新聞の続きものを読むのが、何よりの楽しみになった。ビクビクと縮こまったまんま、何の華《はな》やかさもない生涯を送って来た彼は、その小説や講談の中に出て来る気の毒な、憐《あわ》れな運命の持主に満腔《まんこう》の同情を寄せると同時に、そんな人々が、正義の力によって救われて行く筋道を、自分の事のように力瘤《ちからこぶ》を入れて読み続けた。ことに世の中の下積みになった温柔《おとな》しい人間が、思いがけない幸運に出会ったり、お上から御褒美《ごほうび》を戴いたりする場面にぶつかると彼は、人に気づかれるのを恐れるかのように、ソッと眼鏡を拭《ぬぐ》いながら、二度も三度もくり返して読み直しては、人知れず溜息《ためいき》をするのであった。

ところが、そのうちにツイ二、三日前のこと、フト眼についた社会面の大標題《みだし》を、何心なく見直してみると、彼は思わずドキンとして、老眼鏡をかけ直した。

就職運動に逐《お》われているうちに、忘れるともなく忘れていたけれども、モウ、とっくの昔に捕まっているものとばかり思っていた、一年前のK村の強盗殺人犯が二人とも、まだ捕まっていないばかりでなく、益々兇暴を逞《たくま》しくしているのであった。

倉川家の幸福と共に、彼の運命まで蹂躙《じゅうりん》し去った二人組の黒装束は、若い倉川男爵が、涙のうちに大枚三千円の懸賞金を投出して、復讐《ふくしゅう》を誓ったにも拘《かか》わらず、その後三回までも東京郊外を荒しまわって警視庁の無能を思う存分に嘲笑《ちょうしょう》したのであった。そのあげく暫く消息を絶っていたが、この頃になって、ズッと飛んで京大阪地方に河岸《かし》を変えたらしい。やはり閑静な住宅地が専門らしく、既に二軒ほど、おなじ二人連の黒装束に襲われていて、一軒の家で後家さんが絞殺され、モウ一軒の家では、留守番の男が前額を斬《き》り割られていた。

新聞は又思い出したように当局の無能を鳴らし始めていた。そうして一年前のK村の惨劇を振出しにした、彼等の戦慄《せんりつ》すべき兇暴な手口を、殆《ほと》んど称讃せんばかりに書立てているのであった。

睦田老人は、殆んど新聞の半面を蔽《おお》うている、その長々しい大記事を読んでいるうちに、モウ、息も吐《つ》かれないくらいタタキつけられてしまった……モウ沢山だ……モウ沢山だ……と叫んで逃げ出したい気持ちになりながらも、息も吐かれぬ心苦しさに惹《ひ》きつけられて読んでいる彼を……これでもか……これでもか……と押えつけられるかのように、峻烈《しゅんれつ》を極めた筆つきで、今までの事件の記録が繰返されてあった。そうして最後に、これ等の数件の犯罪は、その手がかりの絶無なところから、逃走の迅速《じんそく》な点に到るまで、在来の日本の警察能力をはるかに卓越し、且《か》つこれを冷笑しているものと見るべきである。かかる残忍大胆なる犯行を防止し得ない警察当局は、ソモソモの責任をどこに持って行こうと思っているのか……と言ったような激越な論調で結んでいるのであった。

睦田老人は病人のように青褪《あおざ》めたまま、事務室をよろめき出た。事件後間もない或る夕方のこと、小雨の降る中を人知れず、倉川家の門前に行って、心からお詫《わ》びをした時と同じ気持ちになりながら……そうして今となっては同じようなお詫びをイクラ繰返しても追いつかなくなった、彼自身の無能な立場に気づきながら……。

睦田老人はそれ以来、事務室へ新聞を読みに行かなくなった。五つ六つ読みかけている続きものの後段が、たまらなく気にかかるにはかかったが、しかしその間に又もや挟《はさ》まれているかも知れない、二人組の黒装束の記事のことを考えると、二の足を踏まずにはいられないのであった。

彼は今日も新聞を読みに行きたいのをジッと我慢しいしい、門衛の部屋に腰をかけながら、ボンヤリと火鉢に当っていた。お天気がいいので急に殖《ふ》えて来た蠅《はえ》が、二、三匹ブルブルンと這《は》いまわっている、汚れた硝子戸を見詰めていた。

門の前の空地《あきち》の向うには、大きなS製薬会社のコンクリート壁が屹立《きつりつ》していて、ルンペンが三人ほど倚《よ》りかかっていた。そこは日当りがいいし、交番から遠くもあったので、いつも一人か二人のルンペンがいないことはなかった。その姿を見ると彼は、いつも、自分の境遇に引き較《くら》べて、儚《はかな》い優越感を感じながら、心持ちだけ救われたようなタメ息をするのであった。

今も睦田老人は、そうした気持ちで何気なく、そんなルンペン達を眺《なが》めていたのであったが、そのうちに中央《まんなか》の一人が、妙な手付きをして煙草を吸っているのに気がつくと、睦田老人は、その青白く曇った眼を急にギョロギョロと廻転させた。慌《あわ》ててポケットをかい探《さぐ》りながら老眼鏡をかけた。

ズット前から、度が弱くなっていた古い鉄縁の老眼鏡は、ちょうどそこいらに焦点が合うらしく、その鬚《ひげ》だらけのルンペンの口元がよくわかった。

そのルンペンは、よく新聞や雑誌に出て来る外国の大政治家のような荘重な眼つきをした、堂々たる鬚男であったが、どこかそこいらの道傍から引抜いて来たらしい、細い草の茎を折曲げた間に、短い金口の煙草を挟んで、さも勿体《もったい》なさそうに吸っているのであった。

睦田老人は思い出した。ちょうど一年前に巡廻したあの寒い真夜中の出来事を……。自分が踏み潰《つぶ》した金口煙草の吸いさしの形を……。そうして死んだ倉川夫人の白い、美しい笑顔を……。

睦田老人は、思わず椅子から腰を浮かしながら、黒い詰襟《つめえり》のフックをかけ直した。それは肥満した彼が、事件で出動するたび毎にいつも繰返した昔の癖であったが……。

門衛の部屋から出て来る制服制帽の彼を見ると、ルンペンの中の二人は、追い払われるのかと思ったらしく逃げ腰になった。しかし真中の鬚男だけは、なおも金口煙草に気を取られているらしく、片眼をつぶって、唇を横すじかいにしいしいプカプカと紫色の煙を吸い味わっていた。

睦田老人は、わざとニコニコしながらその前に近づいて行った。今朝、職工長から貰《もら》ったカメリヤの袋の中から三本を抜き出して、掌《てのひら》の上に載《の》せながら……。

彼のそうした態度を見ると、三人のルンペンが急に帽子に手をかけて、ヒョコヒョコとお辞儀をした。

睦田老人は一世一代の名探偵《たんてい》になったような気持ちがした。心安そうに三人の間に並んで壁に倚りかかりながら、出来るだけ巡査口調を出さないようにして話しかけた。地面に投棄《なげす》てられた金口の煙草を指しながら……。

「そんな金口は、どこから拾《ひろ》って来るかね」

「コレケ」

と鬚男は破れたゴム靴の片足で、その煙草を踏みつけながら答えた。

「こりゃあ盛り場から拾《ひろ》って来んだ。別荘町だら長えのが落ちてるッテッケンド、俺《おら》行ったコタネエ」

鬚男は腹からのルンペンらしく、彼等特有の突ッケンドンな早口で、彼等特有の階級を無視したルンペン語を使った。巡査時代に乞食《こじき》を取調べた経験を持っている睦田老人でなかったら、到底聞き分けることが不可能であったろう。睦田老人は何となく胸の躍《おど》るのを禁ずる事が出来なかった。

「フーム。君たちの仲間で、わざわざ別荘地へ金口を拾いに行く者があるかね」

「いッコタいッケンド、そんな奴等、テエゲ荒稼《あらかせ》ぎダア。コットラ温柔《おとな》しいもんだ……へへへ……」

鬚男は黄色い健康な歯を剝《む》き出しながら、工場の上の青空を凝視《ぎょうし》した。

睦田老人は強《し》いてニコニコ顔を作ろうと努力したが、出来なかった。顔面の筋肉が剛《こわ》ばってしまって、変な泣き顔みたようなものになってしまったことを意識した。

「フーン。荒稼ぎというと泥棒でもやるのかね」

「何だってすらア。本職に雇われて見張りでもすりゃあ十日ぐれ極楽ダア。トッ捕まってもブタ箱だカンナ」

「ウーム、中には本職に出世する者もいるだろうな」

「たまにゃいるさ。去年まで一緒に稼いだタンシューなんざ、品川の女郎《アマッペ》引かして、神戸へ飛んだっチュウ位だ」

「……ナニ……何と言う……神戸へ……」

睦田老人の声が突然にシャガレたので、三人のルンペンたちが妙な顔をして振向いた。

睦田老人は慌《あわ》てて顔を撫《な》でまわしたが、その時に自分の額がジットリと汗ばんでいるのに気がついた。彼はわざとらしい咳払《せきばら》いを一つした。

「フーム。エライ出世をしたもんだな」

「ウン。野郎……元ッカラ本職だったかも知んねッテ皆、左様《せえ》言ってッケンド……いつも仕事をブッタクリやがった癖に、挨拶《あいさつ》もしねえで消えちまった罰当りだあ。今にキット捕まるにきまってら」

「フーン。ヒドイ奴だなタンシューって奴は……」

「丹六って奴でさ。捕まったら警察で半殺しにされるんでしょう……ネエ旦那《だんな》……」

「……そ……そうとも限らないが、人を殺したら死刑になるだろう」

「ブルブル。真平だ。危ねえ思いしるより、この方が楽だあネエ旦那ア……」

「そうともそうとも。しかし……その男……丹六とか言う男は人を殺したのかね」

「…………」

　鬚男は返事をしなかった。ビックリしたように眼をマン円く見開いて睦田老人の顔を見たが、忽《たちま》ち首をキュッと縮めて、眼をシッカリと閉じて、長い舌を、ペロリと鬚の間から出した。……と思うと一瞬間にモトの表情に帰って、眼を剝き出しながら、

「エヘヘヘヘ……」

　と卑しい笑い方をした。

　そんな表情を見たことのない睦田老人は思わずゾーッとさせられた。しかし一所懸命に注意力を緊張さしていたおかげで、その表情の意味だけは、わかり過ぎる位わかった。そうして吾《われ》知らずカーッと上気したまま、鬚男の笑い顔を穴の開く程、凝視したのであ

った。

それから十分と経たないうちに、タッタ一通話の市外電話を受取った警視庁は、俄然《がぜん》として極度の緊張振りを示した。

すぐに刑事を製作所に走らして、まだ日陽《ひなた》ボッコをしていたルンペンの鬚男《ひげおとこ》を引致すると同時に、睦田老人を召喚して立会わせながら、厳重な取調べを行う一方に、別の刑事を飛ばして、品川の女郎屋をシラミ潰しに調べ上げると、鬚男が話した通りの人相の男が、昨年の暮に落籍《ひか》した女の写真が手に入った。……と……その夜のうちに二人の敏腕な刑事が、鬚を剃《そ》らして変装さしたルンペンと、女の写真を護って、大阪に急行したのであった。

それから、ちょうど三週間目の夕刊には東京、大阪とも同時に、二人組の強盗が捕まったことを特号標題《みだし》で報道した。

尤《もっと》も京阪地方の新聞の大多数は、犯人の足が、意外な処からついたように書立てていた。……というのはこうであった。被害者の家には申合わせたようにS・S式軽油ストーブが在ったところから、もしやと思って京阪地方の暖房具店を調査すると、果せる哉《かな》、東京から廻送して来た写真の女が開いている、軽油ストーブ店が三《さん》の宮《みや》で発見されると同時に、その店の主人と、雇男が犯人に相違ないことが判明したものである。しかもこれを白昼に襲撃して、一挙に三人を逮捕することができたのは、何と言っても当局の偉功であると、極力賞讃しているのであったが、これに対して東京の新聞は申合わせたように、事件の殊勲者たる睦田老人の事ばかりを主として、堂々たる写真入りで掲載していたので、両方の新聞を読んだ人は思わず微苦笑させられたのであった。

　警視庁に呼出された睦田元巡査は、総監以下、各係長、新聞社員等の立会の上で、倉川男爵の手から三千円の懸賞金を授けられたが、七ツ下りの紋付袴《もんつきはかま》を着けた彼は、殆《ほと》んど歩く力もないくらい青ざめてふるえていた。

　それでも辛うじて床の上を前の方によろめき出ながら、男爵の感謝の言葉を受けるには受けたが、同時に自分の失態の代償として、大枚のお金を受取る心苦しさを言おうとして言い得なかった彼は、顔の筋肉をヒクヒクと引釣《ひきつ》らせながら、涙をハラハラと流して男爵の顔を見上げた。そうしてトウトウお礼の言葉さえ言い得ないまま、唇を二、三度震わしただけで、覚束《おぼつか》ない廻れ右をして引退ろうとすると、その時に立会っていた総監が、自分の手で渡すべく準備していた金一封を取上げながら大きな声で、

「まだありますぞ……」

　と呼び止めた。

　その声と同時に睦田老人は、ストンと尻餅《しりもち》を突いて気絶してしまった。

白菊

脱獄囚の虎蔵は、深夜の街道《かいどう》の中央に立ちすくんだ。

黒血だらけの引っ掻《か》き傷と、泥と、ホコリにまみれた素跣足《すはだし》の上に、背縫の開いた囚人服を引っかけて、太い、新しい荒縄をグルグルと胸の上まで巻き立てている彼の姿を見たら、大抵の者が震え上ったであろう。毬栗《いがぐり》頭を包んだ破れ手拭《てぬぐい》の上には、冴《さ》え返った晩秋の星座が、ゆるやかに廻転していた。

虎蔵はそのまま身動き一つしないで、遥《はる》かむこうの山蔭に光っている赤いものを凝視《ぎょうし》していた。その真白く剝《む》き出した両眼とガックリ開いた鬚《ひげ》だらけの下顎《したあご》に、いい知れぬ驚愕《きょうがく》と恐怖を凝固させたまま……。

それは虎蔵が生まれて初めて見るような美しい、赤い光であった。それは彼が永いこと飢え、憧憬《あこが》れてきたチャブ屋の赤い光とは全然違った赤さであった。又、彼が時々刻々に警戒して来た駐在所や、鉄道線路の赤ランプの色とも違っていた。ネオンサインの赤よりもズット上品に、花火の赤玉よりもズットなごやかな、綺麗《きれい》なものであった。……といって閨房《けいぼう》の灯らしい艶媚《なまめか》しさも、ほのめいていない……夢のように淡い、処女のように人なつかしげな、桃色のマン丸い光明が、巨大な山脈の一端らしい黒い山影の中腹に、ほのぼのと匂《にお》っているのだった……ほほえみかけるように……吸い寄せるように……。

　虎蔵はブルッと一つ身震いをした。……まさか……手がまわっている合図じゃあんめえが……ハアテ……。

　虎蔵は一か月ばかり前に、網走《あばしり》の監獄を破った五人組の一人であった。その中でも、ほかの四人は、それから一週間も経たないうちにバタバタと捕ってしまったので、今では全国の新聞の注意と、北海道の全当局の努力を、彼一人に集中させているのであった。

　そればかりでない。

　虎蔵の強盗時代の仕事ぶりは「ハヤテの虎」とか「カン虎」とかいう綽名《あだな》と一緒に、ズット以前から、世間の評判になっていた。

　綽名の通りカンの強い彼は脅迫《おどし》のために人を傷つける場合でも、決して生命を取るようなヘマを遣《や》らないのを一つの誇りとしていた。……のみならず彼は仕事をした界隈《かいわい》で、決して女にかからなかった。遥かの遠い地方に飛んで、絶対安全の見込みが付いた上でなければ、ドンナ事があっても酒と女を近付けなかった。そして蓄積した不眠不休の精力とすばらしい溜《た》め喰《ぐ》いと、無敵の健脚を利用した逃走力でもって到《いた》る処《ところ》の警戒線を嘲《ちょう》弄《ろう》し、面喰らわせるのを、一本槍《いっぽんやり》の逃走戦術にして来たものであった。

だからその虎蔵が久し振りにその筋の手にあがると間もなく網走の監獄を破って逃走したという一事は、全国のセンセーションを捲《ま》き起すのに十分であった。いわんや、それが一か月もの永い間、縛につかない事が一般に知れ渡ってしまった今日、結局……「虎蔵が北海道を出ないうちに捕まるか、捕まらないか」という問題が、全国の紙面に戦慄《せんりつ》的な興味を渦巻《うずま》かせているのは当然であった。

　それればかりでない。

　今度の脱獄後の彼はどこまでも囚人服を着換えなかった。到る処で彼自身に相違ない事を名乗り上げながら仕事をして来た。そうした方が恐喝《きょうかつ》に有利であったばかりでなく、そこを目星にして集中して来るその筋の手配りを、引外しひきはずし仕事をした方が、遥かに安全であることを幾度となく、事実上に証拠立てて来たものであった。

……俺《おれ》は普通の強盗とは違うんだぞ。そのうちにタッタ一つ大きな仕事をして、大威張りで北海道を脱け出すまでは、ケチな金や、ハシタ女には眼もくれないんだぞ……

　といったような彼一流のプライドを、そうした仕事ぶりの到る処に閃《ひら》めかして来たことは、いう迄《まで》もない。

……とはいえ……虎蔵のこうした精力の鬱積《うっせき》が、今度の脱獄後に限って、異常な影響を彼の仕事振りに及ぼしてきた事実だけは、さすがの虎蔵も自覚していなかった。それはその脱獄当時に、一人の老看守の頭を、彼自身の手でタタキ割った一刹那《いっせつな》からきた、心境の変化であったかも知れない。または四十を越した彼の体質から来た性格上の変化であったかも知れないが、いずれにしても今度の脱獄後の彼の手口は、まるで今までとは別人のように残虐な、無鉄砲なものに変形していた。

　彼は人跡絶えた北海道の原始林や処女林の中を、殆《ほと》んど人間業とは思えない超速度で飛びまわりながら、時々、思いもかけぬ方向に姿を現して、彼独特の奇怪な犯行を逞《たくま》しくしてきた。……酔い臥《ふ》しているアイヌの酋長《しゅうちょう》をその家族たちの眼の前で絞殺《こうさつ》して、秘蔵のマキリ（アイヌが熊狩りに用いる鋭利な短刀）一梃《いっちょう》と、数本の干魚を奪い去った。……かと思うと、それから二、三日のうちに三十里も距《へだた》った新開農場の一軒家に押入って、ちょうど泣き出した嬰児《あかご》の両足を摑《つか》むと、面白そうに笑いながら土壁にタタキ付けた。そうして若夫婦を威嚇《いかく》しいしい、悠々《ゆうゆう》と大飯を平らげて立去った。……かと思うと、その兇行がまだ新聞に出ない翌日の白昼に、今度は十数里を飛んだ山越えの街道に現れて二人の行商人に襲いかかった。若い二人の男が、仲よく笑い話をして行く背後から突然に躍《おど》りかかって一人を刺殺すると、残った一人を威嚇しながら、やはり二人の弁当の包みだけを奪って、又も悠々と山林に姿を消した。北海道のような深い山々では、内地のような山狩りが絶対に行われないことを、知って知り抜いているかのように悠々と……。

　……虎蔵が人を殺した……しかも連続的に……そうしてまだ捕まらずにいる……という事実に対して、毎日毎日の新聞紙面が如何に最大級の驚愕と戦慄を続けてきたか、全北海道の住民が、そうした脱獄囚の姿に毎夜毎夜どれほど魘《うな》されてきたか、そして全道の警察の神経と血管が、連日連夜、どれ程の努力に疲れ果ててきたことか……。

その中を脱《ぬ》けつ潜《くぐ》りつ虎蔵は、寒い寒い北海道の山の中を駈《か》けまわる事一か月あまり……とうとうどこがどこやら解らなくなったまま、人を殺しては飯を喰い、食料品を奪っては兇器を振廻してきた。そうして真冬にならない内に、是が非でも何か一つの大仕事にぶつかるべく、突詰められた餓《う》え狼《おおかみ》のような気持ちで山又山を越えてくるうちに、タッタ今ヒョッコリと、どこかわからない、大きな街道に出たと思う間もなく、思いがけない真向うの山蔭に、今までみたこともない美しい、赤い光を発見したのであった。何となく神秘的な……不可思議な……たまらなくなつかしいような……。

虎蔵は面喰った上にもめんくらった。幾度もいくども眼を擦《こす》った。何故ともなく胸の躍るのを感じながら、左右に白々と横たわっている闇夜《やみよ》の街道を見まわした。自分で自分にいいきかせるようにつぶやいた。

「……まさか……俺を威《おど》かすつもりじゃあんめえが……ハアテナ……」

虎蔵はやがて両腕を組んだまま、その光に吸い寄せられるようにスタスタと歩き出していた。深夜の草山を押し分けて、一直線に赤い光りの方へ近付いて行くと、そのうちに虎蔵の眼の前の闇の中に、要塞《ようさい》のように仄黄《ほのき》色《いろ》い、西洋館造りの大邸宅が浮かび現われてきた。

赤い光は、その大邸宅の右の端にタッタ一つ建っている、屋根の尖《と》んがった、奇妙な恰好《かっこう》の二階の窓から洩《も》れてくるのであった。そのほかにあかりの洩れている部屋は一つもないらしく、さしもの大邸宅が隅《すみ》から隅まで死んだように寝静まっていることが、まもなく彼の第六感にシミジミと感じられてきた。

虎蔵はモウ一度、前後左右を見まわした。

「……フフン……コイツは案外、大仕事かも知れんぞ……」

とつぶやきながら微《かす》かに胸をおどらした。本能的に用心深い足取りで、高いコンクリート塀《べい》を半まわりして、裏手の突角の処まできた。そうしてやはり本能的に懐中のマキリを鞘《さや》から抜き出して、歯の間にガッチリとくわえた。その突角を両手と両膝《ひざ》の間に挟《はさ》んでジリジリと上の方へのぼり始めた。気が遠くなるほどの空腹を感じながら……。

一丈ばかりの高いコンクリート塀を越えると、内部は広い花壇になっているらしい。何だかわからない秋の草花が闇の中に行儀よく列を作って、一パイに露を含んでいる中を、マキリをくわえた囚人姿の虎蔵が、ヒソヒソと匐《は》い進んで行くのであったが、そのうちに闇夜の草花の水っぽい、清新な芳香が、生娘《きむすめ》の体臭のように、彼の空腹にしみとおってきた。白々とした女の首や、手足や、唇や、腹部の幻像を、真暗な彼の眼の前に、千切れ千切れに渦巻かせながら、全身が粟《あわ》立って、クラクラと発狂しそうになるまで、彼の盲情をソソリ立てるのであった。彼は暫《しばら》くの間、唇をかんで、ベコニヤの鉢《はち》の間にヒレ伏していた。

……助けてくれ……

と叫びたいような気持ちを、ジッと我慢しながら……そうしてヤットの思いで気分を取り直すと、虎蔵はイヨイヨ静かにベコニヤの鉢の間を抜けて、綺麗に刈り込んだ芝生の上にはい上った。

眼ざす二階家はすぐ眼の前にあった。

彼は極度に冷静になった。同時にたまらない程、残忍になった。容易ならぬ荒療治に引っかかりそうな予感と世にも不思議な赤い光に対する緊張が、彼の全身を空気のように軽くした。

彼の眼の前には、白っぽい石の外廊下の支柱が並んでいて、その行き止まりが、やはり白い石の外階段になっている。その中央に続きに敷かれた棕櫚《しゅろ》のマットの上を、猫《ねこ》のように緊張しながら匐《は》いのぼってゆくと、すぐに一つの頑丈《がんじょう》な扉に行きあたった。

その扉を見上げ、見下しているうちに虎蔵は又も、ドキンドキンとさせられた。

それは虎蔵が今日まで幾度となく、あこがれ望んでいながら、一度もぶつかった記憶のない種類の扉であった。その内側に巨万の富をしまい込んでいるらしい……黒い……重たい……マン丸く光る黄金色の鋲《びょう》を縦横に打ち並べた……ただその扉が普通と違うところはそのハンドルが少し低目に取付けてある事と鍵穴《かぎあな》らしいものがどこにも見当らない事であった。

……ハテナ……内側から堅固な閂《かんぬき》が突き刺してあるのかな……。

そう気がつくと同時に虎蔵は、全身がシインとなるほど失望した。この扉を破るのは容易でない……と考えたからであった。そうしてここまで、無意味に釣《つ》り寄せられてきた自分の冒険欲を心の片隅で後悔し始めた。

……この扉に触ると、すぐに電気仕掛か何かで、ほかへ知らせるようになっているに違いない……

と思いおもい虎蔵は、仄かな赤い光に照らし出された花壇の片隅を暫くの間、見下していた……が……それでも僅《わず》かに残った糸のような未練と、万一の場合の逃走力を空頼みにした彼は、彼の生涯《しょうがい》の運命を賭《か》ける気持ちで扉の把手をしっかりとつかんだ。ソーッと右へ捻《ね》じってみた……。

……アッ……と声をあげる処であった。電気に打たれたように、階段を二、三段飛び降りた。

扉は何の締りもしてなかった。僅かな力で把手をねじられた扉が、音もなく開くと、思いもかけぬ赤い光の隙間《すきま》が、彼の鼻の先に縦に一直線にできたのであった。

虎蔵はジリジリと首を縮めた。背中を丸くして膝を曲げた。息を殺して背後を見廻した。どこからか怪しい物音が近付いて来はすまいかと、耳を澄まし、眼を凝《こ》らしながら身構えていたが、そのうちに薄黒いダンダラを作った花壇の向う側の暗黒を、白々と横切っているコンクリート塀に眼を止めると、彼は思わずニンマリと冷笑してうなずいた。ゆるゆると背中を伸ばしながら、眼の前の赤い光の隙間をかえりみた。

……ハハン……あの高土塀があると思って安心してケツカルんだな……。

そう思いつくと同時に、虎蔵の全血管の中に新しい勇気がよみがえってきた。深刻な空腹と、極度に緊張した冷血さが、彼の全身数百の筋肉に疼《うず》きみちてきた。それにつれて、

……これこそ俺の最後の大仕事かも知れないぞ……

という強烈な職業意識が、スキ透るほどギリギリと、彼の奥歯にかみしめられてきた。恐ろしいものが一つ一つ彼の周囲から消え失せていった。

彼は生皮革《なまがわ》で巻いたマキリの柄《つか》をシッカリと握り直した。谷川の石で荒磨をかけた反《そり》の強い白刃を、自分の背中に押し廻しながら、左手で静かに扉を押した。

それは天井の高い、五間四方ぐらいの部屋であった。幽雅《ゆうが》な近代風のゴチック様式で、ゴブラン織の深紅の窓掛を絞《しぼ》った高い窓が、四方の壁にシンカンと並んでいた。

その窓と窓の間の壁面に、天井近くまで畳み上げられているおびただしい棚《たな》という棚には、一面に、子供の人形が重なり合っているようである。和洋、男女、大小を問わず、裸体、半裸体、軽装、盛装の種類をつくして、世界中のあらゆる風俗を現わしているらしい抱き人形の一つ一つが皆、その大きく開いた眼であらぬ空間を眺《なが》めながら、この上もなく可愛らしい微笑を含んでいるようである。永遠に変らぬ空虚のイジラシサを競い合っているようである。

虎蔵は眼をパチパチさせた。瞼《まぶた》をゴシゴシとこすって瞳《ひとみ》を定めた。

部屋の中央にはトルコ更紗《さらさ》を蔽《おお》うた、巨大な丸テーブルが置いてある。その上には、さながらに、それらの人形たちが遊び戯《たわむ》れた遺跡であるかのように、色々な食器、豆のような玩具《がんぐ》、花籠《はなかご》、小さな犬、猫、鼠《ねずみ》、猿《さる》、小鼠のたぐいが、殆んど数限りなく、行儀のいい円陣や、方陣を作って並んでいる。その間に静止している巨大な甲虫、華麗な蝶々《ちょうちょう》、実物大の鳩《はと》、雛子《ひよっこ》、木兎《みみずく》……。

又、その丸テーブルの周囲には、ルイ王朝好みのお乳母車、華奢《きやしや》な籐椅子《とういす》、花で飾った揺籠《クレードル》、カンガルー型のロッキングなぞが、メリー・ゴー・ラウンド式に排列されている……そんなもの一つ一つにも、それぞれさまざまの微笑を含んだ人形が、ピエロ姿の行列を作ってブラ下がったり、振袖《ふりそで》姿で枕《まくら》を並べたり、海水着のまま魚のようにビックリした瞳をして重なり合ったりしている。

その中央の高い、暗い、円天井から、淡紅色の絹布に包まれた海月《くらげ》型のシャンデリヤが酸漿《ほおずき》のように吊《つ》り下っていたが、その絹地に柔らげられた、まぼろしのような光線が、部屋中の人形を、さながらに生きたお伽話《とぎばなし》のようにホノボノと、神秘めかしく照し出しているのだった。

虎蔵は、その光を浴びたまま棒立ちになってしまった。鼻息さえもし得ないまま、そうした不可思議な光景を見まわしていた。

それは彼が夢にも予期していなかった光景であった。……否……彼が生まれて初めて見る不可解な部屋であった。彼の頭脳では到底、理解出来そうにない人形ばかりの小宇宙……この上もなく美しい桃色の微笑の世界……その神秘と平和にみちた永遠の空虚の中に、偶然に……真に偶然に迷い込んでいる彼自身の野獣ソックリの姿……。

彼は、気持ちが変テコになってきた。頭がガランドウになって今にも眼がまわりそうに胸が悪くなってきた。

彼はヨロヨロと背後によろめいた……が……又も、ひとりで立上った。そうして彼自身の浅猿《あさま》しい姿を今更のように見まわしながら、何故ともわからない、長い長いふるえた溜息《ためいき》をしかけた。同時に、全身にビッショリと生汗をかいているのに気がついたが、そのうちに又、フト気がついて、見るともなく丸テーブルの向う側を見ると、ハッとした。頭の毛がザワザワと駈け出しかけて又止んだ。

丸テーブルの向うの仄《ほの》暗い右側には、黝《くろ》ずんだ古代雛《びな》……又、左側には近代式の綺羅《きら》びやかな現代式のお姫様が、それぞれに赤い段々を作って飾り付けてある。その中央の特別に大きな、高い窓に近く、こればかりは本式らしい金モールと緋房《ひぶさ》を飾った紫緞子《どんす》の寝台が置いてあって、女王様のお寝間じみた黄絹の帳帷《とばり》が、やはり金モールと緋房ずくめの四角い天蓋から、滝の水のように流れ落ちている。その蔭に仄見えている白絹らしい掛布団《かけぶとん》から、半分ほど握り締めた左手の手首が覗《のぞ》いている。……それが、どうやら七、八ツばかりの生きた女の児の手首に見えるのであった。

その無心な可愛らしい手首を見ているうちに、虎蔵はやっと我にかえった。同時に、生汗に冷え切った全身がゾクゾクとしてきた。この部屋の全体が含んでいる不可思議な意味と、この部屋の主人公の正体が、同時にわかってきたような気がしたので……。

虎蔵は自分でも気付かないうちに身を屈《かが》めていた。床の上の華麗なロシア絨氈《じゅうたん》の上に腹匍《はらば》いになって、ソロソロとその寝台の脚下《あしもと》に忍び寄って行った。なぜともわからない焦躁《しょうそう》を感じながら……。

……それはこの部屋の女主人公《ヒロイン》と思われる緞子の寝台の主が、果して自分の推量通りに生きた女の児に相違ないか……それとも、やはり、ほかの人形と同様の飾り物にすぎないかどうかを、是非とも一度たしかめてみたい……というような彼一流の無知な、盲目的な好奇心に彼自身が囚《とら》われていたせいかも知れない。または現在、極度に鋭敏になっている彼の嗅覚《きゅうかく》が、その寝台の方向からほのめいてくるチョコレートのような、牛乳のような、甘いあまい芳香に誘われたせいであったかも知れないが……。

彼は丸テーブルの蔭を、寝台の一間ばかり手前まで匍ってくると、ソーッと顔をあげてみた。思ったよりも薄暗い、寝台の中に瞳を凝《こ》らした。

彼は今更のように固唾《かたず》をのんだ。

それは、おびただしい、美しい、黄金色の渦巻毛《カール》を、大きな白麻の西洋枕の上に横たえている、西洋人の女の児であった。年頃はよくわからないが、おそらく、この部屋中のどの人形よりも端麗な、神々しい眼鼻立ちであったろう。額と鼻筋のすきとおった……

…眉《まゆ》の長い、睫《まつげ》の濃い、花びらのように頰《ほお》を紅くした寝顔が、あどけなく開いた小さな唇から、キレイな乳歯をあらわしながら、こころもちこっち向きに傾いているのであった。

その枕元には凋《か》れた秋草の花束と二、三冊の絵本と、明日のおめざらしい西洋菓子が二つ白紙に包んでおいてあった。そうしてその寝台の裾《すそ》の床の上には、少女よりも心持ち大きいかと思われる棕櫚《しゅろ》の毛製の熊《くま》が一匹、少女の眠りをまもるかのように黒い、ビックリした瞳を開きながら寝台によりかかって坐《すわ》っているのであった。

……人形じゃねえぞ……これは……。

彼は息を殺して固くなった。

彼は脚下の熊とおなじように、両眼をマン丸く見開きながら、なおも一心に寝台の中を覗き込んだ。今にも眼の前の少女が大きな寝息をしそうに思われたので……そうしてパッチリと青い眼を見開いて、彼を見上げそうな気がしたので……。

部屋の中の何もかもが、彼の耳の中でシンカンと静まり返った。

少女の寝息とも……牛乳の香気とも……凋れた花の吐息ともつかぬ、なつかしい、甘ったるい匂いが、又もホノボノと黄絹の帷帳の中から迷い出してきた。

……突然……彼は、ブルブルと身震をした。

この一か月の間じゅう、彼の全身に渦巻きみちみちてきた、アラユル戦慄《せんりつ》的なものが、その甘ったるい芳香の中で、一斉に呼び醒《さ》まされたのであった。その中からモウ一つ更に、極度の惨烈さにまで尖鋭《せんえい》化され、変態化され、猟奇化されてきたあるものが、トテモ抵抗出来そうにない、最後的の威力をもってモリモリと爆発しかけてきたのであった。

……コンナ機会は二度とねえんだぞ……しかも相手は毛唐の娘じゃないか……構うことはねえ……やっつけろ……やっつけろ……

と絶叫しながら……。

彼は今一度ブルブルと身震いをした。鮮やかな空色と、血紅色と、黒色の稜角を、花型に織り出したロシア絨氈の一角に、泥足のままスッキリと立ち上った。

右手に持ったマキリを赤い光線に透かしてみると、眼と口を真白く見開いて、声のない高笑いを笑いながらおもむろに仄暗い丸天井を仰ぎ見た。

それはさながらに鉄の檻《おり》を出た狂人の表情であった。

彼は何の躊躇《ためらい》もなく悠々と寝台に近寄って薄い黄絹を引き巻くった。白いレースに包まれている少女の透きとおった首筋の向う側にイキナリ右手のマキリを差し廻しながら、左手でソロソロと緞子《どんす》の羽根布団をめくった。同時にモウ一度彼独特の物凄《ものすご》い笑いを、顔面に痙攣《ひきつ》らせた。

「……エヘ……エヘ……声を立てる間はねえんだよ。ええかね、お嬢さん。温柔《おとな》しく夢を見ているんだよ……ウフウフ……」

それから返り血を避けるべく、羽根布団を引き上げながら、すこしばかり、身を背向けた。

……すると……そうした気持ちにふさわしくそこいら中がモウ一度、彼の身の中でシンカンとなった。

その一刹那であった。

少女の枕元にあたる、大きな硝子《ガラス》窓の向うを、何かしら青白いものが、一直線にスウーと横切って行った。

彼はハッとしてその方向を見た。少女の首筋からマキリを遠ざけながら首を伸ばした。

……今まで気がつかなかったが、薄い黄絹の帷帳《とばり》越しによくみると、窓の外は一パイの星空であった。今の青白い直線は、その星の中の一つが飛び失せたものに相違なかった。それにつれて……やはり今まで気が付かなかった事であるが、どこか、遠く遠くの海岸に打ち寄せるらしい、深夜の潮の音が、かすかにかすかに、硝子窓越しに聞えてくるのであった。それは、おおかた彼自身が、知らず知らずのうちに高い処へきていたせいであったろう……。

彼は緊張し切った態度のまま、その音に耳を澄ました。それから、やはりシッカリした身構えのうちに少女の寝顔と、右手のマキリを見比べた。

部屋の中に漂《ただよ》うている桃色の光りを白眼《にら》みまわした。

その光が淀《よど》ませている薄赤い暗がりの四方八方から、彼に微笑《ほほえ》みかけている。

あらゆる愛くるしい瞳と、唇の一つ一つを念入りに眺めまわしているうちに、またもギックリと振り返って、窓の外の暗黒を凝視《ぎょうし》した。

……その時に又一つ……

……ハッキリと星が飛んだ……

……銀色の尾を細長く引いて……

彼は愕然《がくぜん》となった。おびえたゴリラのように、身構えをし直して、少女の顔を振り返った。

……この深夜に……開放された部屋の中で……タッタ一人眠っている西洋人の娘……。

……物騒な北海道の山の中で、可愛い娘にコンナ事をさせている毛唐の大富豪……。

……これは人間の心か……。

……神様の心か……。

そんなような超常識的な常識……犯罪者特有の低能な、ヒネクレた理知が、一時に彼の中に蘇《よみがえ》ったのであった。白熱化した彼の欲情を、みるみる氷点下に冷却し始めたのであった。いい知れぬ恐怖の旋風となって、彼の足の下から襲いかかったのであった。

……俺は……俺は現在、何かしらスバラシイ陥穽《おとしあな》の中に誘い込まれているのじゃないか……。

……コンナ大邸宅の中にタッタ一つ灯されている赤い灯……。

……締りのない扉……。

……数限りない人形の部屋……。

……その中にタッタ一人眠っている生きた人形のような美しい少女……。

……思いもつかない、おそろしい西洋人の係蹄《わな》……？？？……。

彼の膝頭《ひざがしら》が我知らずガクガクと動いた。歯の根がカチカチと鳴り出した。ジリジリと後退りをしながら、薄い黄絹のカアテンを、腫《は》れ物に触るようにして潜り出た。一足飛びに大テーブルをめぐって部屋の外へ飛び出した。

ハヤテのように石の階段を馳《か》け降りて外廊下から芝生の上に飛び出した。と、思った瞬間に、何かしら人間らしいものから片足をすくい上げられたと思うと、モンドリ打って芝生の上にタタキつけられた。

……息が詰まったかと思う腰の痛さを、頭の中心までしみ渡らせながら彼は、とっさに半身をおこしてマキリを構えた。眼の前、一間ばかり向うの闇《やみ》の中に蹲《うずく》まっている白い物体にむかって身構えた。

……破滅……？？？……

と心の中でおびえながら……。

しかし白いものは動かなかった。依然として外廊下の石柱の根元に蹲まっているばかりでなく、その白い、フックリした固まりの各部分が、すこしずつ、ユラユラと揺れ合っているのが、星明りに透かして見えるようである。それについて何ともいえない品のいい菊の花の芳香がスッキリと闇を透して、彼の周囲に慕い寄ってきた。

彼はマキリを取落した。……三度、呆然《ぼうぜん》となった。

何から何まで馬鹿にされ、オモチャにされつくしたまま、ミジメに投げ出されている彼自身を、ヒイヤリとした芝生の上に発見して泣くことも、笑うことも出来ない気持になってしまった。極度にタタキつけられた選手のように、スッカリ混乱してしまったまま……両脚を投げ出して、後手をついたまま腹立たしい菊の花の芳香を、いつまでも、いつまでも呼吸していた。

しかし、そのうちに彼はヤットの思いで立ち上った。

手も力もなく蹌踉《よろめ》きながら、はだかった胸を掻《か》きあわせて、露深い草の上に落ちたマキリを探し当てて、懐中の鞘《さや》に納めながら、花壇の方向へ、スタスタと立ち去ろうとした……が……またもピッタリと立ち止って振り返った。

石柱の下に静まり返っている白菊の鉢《はち》を見返りながら腕を組んで考え込んだ。混乱した頭を静めようと努力した。

……俺はここへ何をしにきたんだ。……そうして……このまま帰ったら俺は一体どうなるんか……。

やがて彼は、闇の中でガックリとうなずいた。

忽《たちま》ちツカツカと石柱の根元に歩み寄って、盛り上った白菊の鉢に両手をかけた。

「……エエ、糞《くそ》……このまま帰ったら、俺あ型なしになるんだぞ……畜生。どうするか見よれ」

とイキミ声を出しながらジワジワと鉢を持ち上げかけた。

「俺が来た証拠だ……畜生……」

それは疲れ切った、空腹の彼にとっては、実に容易ならぬ大事業であった。大の男の二人がかりでもどうかと思われる巨大な白菊の満開の鉢を、ヤットの思いで胸の上まで抱え上げるうちに、彼の全身は、新しい汗で水を浴びたようになった。

その夜露と泥とで辷《すべ》り易くなった鉢の底を生命《いのち》カラガラ肩の上に押し上げて、よろめく足を踏みしめながら、外廊下のマットの上を一歩一歩と階段に近づいて行った時に彼は、幾度も幾度も今度こそ……今度こそ気が遠くなって、引っくり返るのじゃないかと危ぶんだ。

彼はそれから一歩一歩と、無限の地獄におち込むような怖《おそ》ろしい思いを繰り返しながら石の階段を登って行った。それから、開け放されたままの扉の外へ、中腰のままじりじりと歩み入って、向うの窓際まで一歩一歩と近づいてくると、両足を力一パイ踏みしめて立ち止った。

彼は肩の上に喰い込んでいる菊の鉢を、そのまま、眠っている少女の頭部めがけて投げつけたい衝動を、ジッと我慢しながらモウ一度、寝台の中を白眼《にら》みつけた。

……畜生……ブチ殺した方が面黒えかも知れねえんだが……それじゃ俺の意地が通らねえ。タタキつけて逃げ出したと思われちゃ詰まらねえかんな……畜生……

と唇を噛《か》みしめながら考えた。

彼は、それから更に、今までの苦しみに何層倍した、新しい苦しみに直面させられた。彼が、四十年の生涯のうちに一度も体験した事のない……髪の毛が一本一本に白髪になってしまいそうな、危険極まる刹那刹那を、刻一刻に新しく新しく感じながら、死ぬ程重たい花と土の塊《かたまり》を、肩から胸へ……胸から床の上へソーッと抱え下した。アザヤカな淡紅色を帯びて、むせかえるほど深刻に匂う白い花ビラの大群を静かに少女の枕元に置き直すと、ポキンポキンと音をたてる腰骨を一所懸命に伸ばしながら、長い長いふるえた溜息を吐《つ》いた。そのまま、暫《しばら》くの間、眼を閉じ、唇を嚙んで、荒い鼻息を落ちつけていたが、そのうちに彼は思い出したように眼を見開いて、泥塗《どろま》みれになった両掌を、腰の荒縄の上にコスリつけた。その掌で、鬚《ひげ》だらけの顔を撫《な》で上げて汗を拭こうとした。

しかし彼はモウ汗も出ないほど青褪《あおざ》め切っていた。

その薄黒い、落ち窪《くぼ》んだ両眼は、老人のように白々と弱り込んで、唇が紙のように干《ひ》乾《から》びていた。その額と頰は、僅かの間に生命を削り取られたかのように蒼白く骨張って、力ない皺《しわ》の波が、彫刻のようにコビリついていた。

……が……そうした死人じみた片頰に、弱々しい、泣き笑いじみた表情をビクビクさせると、彼は仁王立ちに突立ったまま、鼻の先の空間に眼を据《す》えた。

咽喉《のど》の奥をゼイゼイ鳴らした。

「……オレは……オレは……ちっとも怖《こわ》くないんだぞ……畜生。コレ位の事は平気なんだぞ……エヘ……エヘ……」

そういううちに彼は力が尽きたらしくガックリと低頭《うなだ》れた。タッタ今、自分がなし遂げた最大、最高の仕事を、振り返り振り返り、懐中のマキリを押えながら、ヒョロヒョロと出て行った。

彼の背後から静かに静かに閉まって行った重たい扉が、忽ち轟然《ごうぜん》たる大音響を立てて深夜の大邸宅にどよめき渡りつつ消え失せた。

……あくる朝……。

晴れ渡った晩秋の旭光が、ウラウラと山懐《やまぶところ》の大邸宅を照し出すと、黄色い支柱を並べた外廊下に、白い人影が二つほど歩みあらわれた。

それは白絹のパジャマを着流した、若い、洋髪の日本婦人と、やはり純白のタオル寝巻を纏《まと》うた四ツか五ツ位の、お合羽《かっぱ》さんの女の子が並んで、むつまじそうに手を引き合った姿であった。

若い洋髪の女性は、片手で寝乱れた髪を撫で上げながらも、こうした大邸宅にふさわしい気品のうちにユックリユックリと白羅紗《しろらしゃ》のスリッパを運んできたが、やがて棕櫚《しゅろ》のマットの中央までくると、すこし寒くなったらしく、襟元《えりもと》を引き合わせて立ち止まった。

すると、その時に、お合羽さんの女の児がつながり合った手を無邪気に引離しながらチョコチョコ走りに廊下を伝わって、真綿の白靴をひるがえしひるがえし石の段々を一つ一つ登って行った。

そうして、サモサモ嬉《うれ》しそうに扉《ドア》の把手《ノッブ》を押しながら、内側へ消え込んでいったが、やがて間もなく、眼をマン丸にして、重たい扉を引き開くと、一散に階段を駈け降りてきた。

若い女性は、それを見迎えながら微笑した。

「……まあ……あぶない……ゆっくりオンリしていらっしゃい」

しかし女の児は聞かなかった。

可愛いお合羽さんを左右に振りながら、若い女性のパジャマの裾《すそ》にすがりついた。

「……いいえ……お母チャマ大変よ……アノネ……アノネ……アタチ……アノお人形のお姫チャマのおめざを、いただきに行ったのよ……ソウチタラネ……」

といいさして女の児は息を切らした。

「ホホホ……チュウチュウが引いていたのですか」

女の児は一層眼を丸くして頭を振った。

「……イイエ。お母チャマ……ソウチタラネ……お部屋の中が泥ダラケなのよ……」

「……エ……」

若い女性は顔の色をなくした。女の児の顔をシゲシゲと見下ろした。

その唇の近くで白い指先をわななかしながらすぐ傍の芝生の上に残っている輪形の鉢の痕跡《あと》を見まわしていたが、やがてオドオドしたおびえたような眼付きで、階段の上を見上げた。

「……マア……昨夜まで……ここにあったのに……誰がまあ……」

「イーエ……お母チャマ……アタチ知ってってよ。ゆうべね。アタチ達が帰ってからね。アノお人形のお姫チャマが、菊の花を見たいっておっしゃったのよ」

女性はすこしばかり血色を取り返した。

「……まあ……オホホ……」

「それでね……アノ御家来の熊さんが、持って行って上げたのよ……キット……」

「………」

「……ネ……ソウデチョ……お母チャマ……」

「………」

「……ソウチタラネ……アノお人形のお姫チャマのおまくらもとに、大きい、白い菊の花が置いてあったのよ」

「……まあ……」

といううちに若い女性は唇の色までなくしてしまった。

解説

東《ひがし》　雅《まさ》　夫《お》

　思えば、夢野久作（以下、〈夢Q〉と略記）は、つくづく不思議な作家である。

　そもそも夢Qが探偵作家として活動したのは、三十代なかば以降のわずか十年間ほどに過ぎない。その大半を構想・執筆についやした畢生《ひっせい》の大作『ドグラ・マグラ』の出版記念会を、東京と出身地・福岡でそれぞれ開催した直後の昭和十一年（一九三六）三月十一日、来客と面談中、脳出血であっさり急逝したのだ。享年四十七だった。

　では、それまでの前半生、彼が何をしていたのか、というと、これが一筋縄ではゆかない複雑怪奇な経歴の持ち主なのである（そのへんは江戸川乱歩と似たところがある）。

　国粋主義団体「玄洋社」の大物だった父・杉山茂丸が金主となって地元・福岡で始めた「杉山農園」の経営にあたるかと思えば、ジャーナリストとして「九州日報社」に七年間ほど勤務、『東京人の堕落時代』など迫真のルポルタージュから、奇想横溢《おういつ》の童話作品まで、才筆をふるう。また父が経営する雑誌『黒白』にも多くの作品を寄稿している。

　その一方で、近衛兵として兵役に就いたり、慶應義塾大学に入退学したり、剃髪して禅宗の托鉢僧となり、本名の杉山直樹から「泰道」と改名したり、喜多流の能楽師として謡曲教授の資格を得たり……これらはいずれも短期間であったが、それらの蓄積が後に〈幻魔怪奇な作家・夢野久作〉を生みだしたことは間違いあるまい。

今では、戦前の探偵小説作家として、江戸川乱歩や横溝正史とならぶ知名度を誇っている夢Qだが、没後しばらくは忘れられたに等しい存在だった。その本格的な再評価は、昭和四十四年（一九六九）から翌年にかけて。戦後最初の〈夢野久作全集〉全七巻が三一書房から刊行され、多くの知識人の称讃を得たことで、華々しい復活を遂げたのだった。

当時は〈異端作家の復権〉といった掛け声のもと、他にも久生十蘭や小栗虫太郎、橘外男や香山滋といった作家たちがリバイバルしたが、その中でも群を抜いて復刊の機会に恵まれたのが、夢Qであった。三一書房版全集に続いて、葦書房版著作集、現代教養文庫版傑作選、ちくま文庫版全集、そして現在刊行中の国書刊行会版全集……と、これほど多くの出版社から、繰りかえし作品集が刊行された〈異端作家〉は他にいない。

とりわけ夢Qの普及に大きな役割を果したと思われるのが、角川文庫版〈夢野久作作品集〉全十巻（『ドグラ・マグラ』のみ上下巻）である。文庫本としての書店市場でのシェアの大きさもさることながら、『押絵の奇蹟』『犬神博士』『ドグラ・マグラ』『少女地獄』『瓶詰の地獄』と、人気作品をタイトルに掲げて関連作品を収載する方式で、ミステリーのコアなファン以外にも夢Qの名を広めた功績は、まことに多大なものがあった。

また、個性派俳優にして特異な画風の絵画作品でも識《し》られた米倉斉加年《よねくらまさかね》を、カバー装画に起用したことも、若い世代の読者を獲得するうえで、大きな力となったように思う。ちなみにいまから数年前、青空文庫（無料で読める著作権フリーの作品を集めたインターネット叢書）のアクセス・ランキングで、夏目漱石の『こころ』や太宰治の『走れメロス』、宮沢賢治の『銀河鉄道の夜』といった国民的文豪の人気作と、われらが『ドグラ・マグラ』が堂々、肩をならべて話題を呼んだことを、あるいは御記憶の向きもあろう。純文学／大衆文学などといった区分とは無縁な新世代の若者たちにとって、いまや夢Qは、漱石や太宰とならぶ〈文豪〉の一人なのかもしれない。

さて、このほど復刊されることとなった本書『空《くう》を飛ぶパラソル』は、右の文庫シリーズの第九冊目として、昭和五十四年（一九七九）九月に上梓されている。

さすがに九冊目ともなると超人気作品は乏しいものの、夢Q世界の真髄を随処に垣間見させてくれる絶妙なラインナップとなっており、やはり必読の一冊である。

特に注目すべき点は、次の二つだろう。

（一）ジャーナリスト（新聞記者）時代の作者の真情を窺わせる作品が多い。すなわち、作家・夢Q誕生の原風景に直結する作品が多く含まれている、ということだ。

（二）「いなか、の、じけん」および「怪夢」という、現在の〈ショートショート〉形式の先駆をなす両傑作が含まれている。

以上の点を踏まえつつ、本書に収録された諸作品について、知るところを記してみたい。

まず（一）について。

これは何といっても表題作である「空を飛ぶパラソル」に歴然だろう。主人公は「福岡時報」（夢Qが勤務していた「九州日報」がモデル。作中の上司も実在の人物で、新米記者にとっては愛憎なかばする存在だったらしい）に勤める若手新聞記者。舞台は福岡の北部を走る九州本線（現在の鹿児島本線）の鉄路――〈左手の地蔵松原の向うから、多々羅川の鉄橋を渡って、右手の筥崎《はこざき》駅へ、一直線に驀進して来る下り列車〉（地名はいずれも実在のもの）に撥ね飛ばされて無残な轢死体と化す妊産婦と、それから一年ほど後、地蔵松原の墓地のはずれに立てられた粗末な鯉幟に秘められていた残酷絵巻。妊娠出産にまつわる二つの悲劇を、事件を取材する新聞記者の視点から、ほろ苦く描いた作品である。スクープをものしたと歓んだのも束の間、事件の真相は闇の彼方へ消え、あとには記者を責め苛《さいな》むように、青いパラソルと鯉幟の幻影が乱舞する……。

ちなみに筆者は先年、怪談専門誌『幽』第二十六号の〈夢野久作特集〉で、案内役の作家・福澤徹三さんと共に、この作品の舞台となった地蔵松原一帯を歩いたことがある。同地の名前を出したとたん、福澤さんがニヤリ。

「あそこには、心霊スポットとして有名な踏切があるの、知ってますか？」

九州大学の医学部キャンパス（パラソル事件の現場近く）から車で十分ほどで到着したのは〈米一丸《よねいちまる》地蔵尊〉——地蔵松原で非業の死を遂げた武人と恋人の霊が、いまも付近を彷徨《さまよ》うと噂される現場だが、なぜか踏切がない。近年、鉄道の高架化により、曰くつきの踏切は撤去され、公園になっていたのだ。夢Q作品に米一丸の供養塔は出てこないが、ここが惨劇の舞台に選ばれた背後には、そうした伝承が翳《かげ》を落としていたことは間違いなかろう。

「空を飛ぶパラソル」の主人公はスクープを狙う真っ当な記者だが、「キチガイ地獄」（凄いタイトルだ）のそれは、夢Q得意の狂気の世界へと読者を誘う、怪しくも両義的な存在である。また「老巡査」やオカルト臭が濃厚な怪作「白菊」に登場する冷血無残な悪漢も、新聞記者とは対蹠《たいせき》的な存在だが（かれらが惹起《じゃっき》する凶悪事件は、記者には恰好のネタなのだから）、両者の間にも、どこか似通った雰囲気が漂う。蛇の道はヘビというべきか……「復讐」の院長の婚約者や「ココナットの実」の爆弾を抱えた娘も、性別こそ異なるものの〈局外者〉としての強烈な刻印は紛れもない。異常と正常、狂気と正気が瞬時にして入れ替わる意外性こそ、夢Q綺譚の真骨頂といえよう。

次に（二）について。

田舎特有の習俗に根ざして惹き起こされる悲喜劇を、ごく限られた枚数のうちに封じこめて異彩を放つ名品「いなか、の、じけん」、鉄工場の狂乱や航空機のドッペルゲンガー（自己像幻視）、人形都市など、モダン都市特有の風物が、作中人物たちを狂気へ陥れるさまを活写して、夏目漱石の「夢十夜」としばしば対比される「怪夢」。戦後、星新一らによって確立された〈ショートショート〉のスタイルを先取りして、斬新な文学世界を構築した異色の両篇である。

夢Q作品が有する新しさを、もっとも体現した作品群といえようか。本書によって、夢野久作という作家の、時代を超えた魅力を堪能していただけたら幸いである。

二〇二〇年十月　乱歩大人の生誕日に

本書は、角川文庫旧版（一九七九年九月三十日初版）を底本としました。

本書中には、低能、盲目《めくら》、狂人、白痴、跛《びっこ》、片輪、唖《おし》、支那《しな》人、私生児、キチガイ、精神病院、毛唐、アイヌの酋長《しゅうちょう》など、精神疾患や遺伝、特定地域に対する偏見を含む、今日の人権問題の見地に照らして差別的と思われる語句や表現がありますが、作品の内容が差別を助長するようなものではないこと、著者が故人であること、作品自体の文学性・芸術性、時代背景等を考え合わせ、原文のままとしました。

（編集部）

空《くう》を飛《と》ぶパラソル

夢《ゆめ》野《の》久《きゆう》作《さく》

昭和54年 9月30日　初版発行
令和3年 2月25日　改版初版発行
令和4年 6月10日　改版5版発行

発行者●堀内大示

発行●株式会社KADOKAWA
〒102-8177　東京都千代田区富士見2-13-3
電話　0570-002-301（ナビダイヤル）

角川文庫 22543

印刷所●株式会社KADOKAWA
製本所●株式会社KADOKAWA

表紙画●和田三造

Printed in Japan
ISBN 978-4-04-110972-4　C0193

角川文庫発刊に際して

角　川　源　義

第二次世界大戦の敗北は、軍事力の敗北であった以上に、私たちの若い文化力の敗退であった。私たちの文化が戦争に対して如何に無力であり、単なるあだ花に過ぎなかったかを、私たちは身を以て体験し痛感した。西洋近代文化の摂取にとって、明治以後八十年の歳月は決して短かすぎたとは言えない。にもかかわらず、近代文化の伝統を確立し、自由な批判と柔軟な良識に富む文化層として自らを形成することに私たちは失敗して来た。そしてこれは、各層への文化の普及滲透を任務とする出版人の責任でもあった。

一九四五年以来、私たちは再び振出しに戻り、第一歩から踏み出すことを余儀なくされた。これは大きな不幸ではあるが、反面、これまでの混沌・未熟・歪曲の中にあった我が国の文化に秩序と確たる基礎を齎らすためには絶好の機会でもある。角川書店は、このような祖国の文化的危機にあたり、微力をも顧みず再建の礎石たるべき抱負と決意とをもって出発したが、ここに創立以来の念願を果すべく角川文庫を発刊する。これまで刊行されたあらゆる全集叢書文庫類の長所と短所とを検討し、古今東西の不朽の典籍を、良心的編集のもとに、廉価に、そして書架にふさわしい美本として、多くのひとびとに提供しようとする。しかし私たちは徒らに百科全書的な知識のジレッタントを作ることを目的とせず、あくまで祖国の文化に秩序と再建への道を示し、この文庫を角川書店の栄ある事業として、今後永久に継続発展せしめ、学芸と教養との殿堂として大成せんことを期したい。多くの読書子の愛情ある忠言と支持とによって、この希望と抱負とを完遂せしめられんことを願う。

一九四九年五月三日

角川文庫ベストセラー

金田一耕助ファイル6
人面瘡
横溝正史

「わたしは、妹を二度殺しました」。金田一耕助が夜半遭遇した夢遊病の女性が、奇怪な遺書を残して自殺を企てた。妹の呪いによって、彼女の腋の下には人面瘡が現れたというのだが……表題他、四編収録。

金田一耕助ファイル7
夜歩く
横溝正史

古神家の令嬢八千代に舞い込んだ「我、近く汝のもとに赴きて結婚せん」という奇妙な手紙と佝僂の写真は陰惨な殺人事件の発端であった。卓抜なトリックで推理小説の限界に挑んだ力作。

金田一耕助ファイル8
迷路荘の惨劇
横溝正史

複雑怪奇な設計のために迷路荘と呼ばれる豪邸を建てた明治の元勲古館伯爵の孫が何者かに殺された。事件解明に乗り出した金田一耕助。二十年前に起きた因縁の血の惨劇とは？

金田一耕助ファイル9
女王蜂
横溝正史

絶世の美女、源頼朝の後裔と称する大道寺智子が伊豆沖の小島……月琴島から、東京の父のもとにひきとられた十八歳の誕生日以来、男達が次々と殺される！開かずの間の秘密とは……？

金田一耕助ファイル10
幽霊男
横溝正史

湯を真っ赤に染めて死んでいる全裸の女。ブームに乗って大いに繁盛する、いかがわしいヌードクラブの三人の女が次々に惨殺された。それも金田一耕助や等々力警部の眼前で――！